全国计算机技术与软件专业
技术资格（水平）考试用书

# 信息系统
# 监理师考试
# 习题集

希赛教育软考学院　桂阳　张友生　主编

电子工业出版社·
Publishing House of Electronics Industry
北京·BEIJING

## 内 容 简 介

本书由希赛教育软考学院组织编写，作为计算机技术与软件专业技术资格（水平）考试中的信息系统监理师级别考试的辅导与培训教材。本书根据最新的信息系统监理师考试大纲，对 2005—2011 年考试真题进行了归类总结，并给出了解答，使考生更有针对性地进行复习和应考，实践性较强。

考生可通过做本书的习题，掌握考试大纲规定的知识点、考试重点和难点，熟悉考试方法、试题形式、试题的深度和广度、考试内容的分布，以及解答问题的方法和技巧。

**图书在版编目（CIP）数据**

信息系统监理师考试习题集 / 桂阳，张友生主编. —北京：电子工业出版社，2011.9
全国计算机技术与软件专业技术资格（水平）考试用书
ISBN 978-7-121-14395-3

Ⅰ. ①信… Ⅱ. ①桂… ②张… Ⅲ. ①信息系统－监管制度－工程技术人员－资格考试－习题集
Ⅳ.①G202-44

中国版本图书馆 CIP 数据核字（2011）第 168619 号

策划编辑：孙学瑛
责任编辑：贾　莉
特约编辑：赵树刚
印　　刷：北京东光印刷厂
装　　订：三河市鹏成印业有限公司
出版发行：电子工业出版社
　　　　　北京市海淀区万寿路 173 信箱　　邮编 100036
开　　本：787×1092　　1/16　　印张：14.25　　字数：365 千字
印　　次：2011 年 9 月第 1 次印刷
印　　数：4000 册　　定价：35.00 元

凡所购买电子工业出版社图书有缺损问题，请向购买书店调换。若书店售缺，请与本社发行部联系，联系及邮购电话：（010）88254888。
质量投诉请发邮件至 zlts@phei.com.cn，盗版侵权举报请发邮件至 dbqq@phei.com.cn。
服务热线：（010）88258888。

# 前　言

从 2005 年上半年开始，全国计算机技术与软件专业技术资格（水平）考试（以下简称"软考"）开设了信息系统监理师的考试。人力资源和社会保障部规定，凡是通过信息系统监理师考试者，即可认定为计算机技术与软件专业工程师职称，由用人单位直接聘任，享受工程师待遇。同时，2009 年 11 月 9 日，工业与信息化部颁发了《关于开展信息系统工程监理工程师资格认定有关事项的通知》（工信计资【2009】9 号），该通知规定，自 2010 年 1 月 1 日起，开展信息系统工程监理工程师资格认定。其中的认定条件是"参加人力资源和社会保障部、工业和信息化部共同组织的全国计算机技术与软件专业技术资格（水平）考试中的信息系统监理师考试且成绩合格"，由此，正式确定了信息系统监理师在企业中的地位。

《信息系统监理师考试习题集》是为软考中的信息系统监理师级别而编写的考试用书，全书对 2005~2011 年的信息系统监理师考试的所有考题进行了归类，并给出了解答，使考生更有针对性地进行复习和应考，实践性较强。考生可通过做本书的习题，掌握考试大纲规定的知识点、考试重点和难点，熟悉考试方法、试题形式、试题的深度和广度、考试内容的分布，以及解答问题的方法和技巧。

## 作者权威，阵容强大

希赛教育（www.educity.cn）专业从事人才培养、教育产品开发、教育图书出版，在职业教育方面具有极高的权威性。特别是在线教育方面，稳居国内首位，希赛教育的远程教育模式得到了国家教育部门的认可和推广。

希赛教育软考学院（www.csairk.com）是全国计算机技术与软件专业技术资格（水平）考试的顶级培训机构，拥有近 20 名资深软考辅导专家，负责了高级资格的考试大纲制订工作，以及软考辅导教材的编写工作，共组织编写和出版了 60 多本软考教材，内容涵盖了初级、中级和高级的各个专业，包括教程系列、辅导系列、考点分析系列、冲刺系列、串讲系列、试题精解系列、疑难解答系列、全程指导系列、案例分析系列、指定参考用书系列、一本通等 11 个系列的书籍。希赛教育软考学院的专家录制了软考培训视频教程、串讲视频教程、试题讲解视频教程、专题讲解视频教程 4 个系列的软考视频，希赛教育软考学院的软考教材、软考视频、软考辅导为考生助考、提高通过率做出了很大贡献，在软考领域有口皆碑。特别是在高级资格领域，无论是考试教材，还是在线辅导和面授，希赛教育软考学院都独占鳌头。

本书由希赛教育软考学院桂阳和张友生主编，参加编写的人员有谢顺、施游、李雄、何玉云、胡钊源、王勇、胡光超、周玲和左水林。

## 在线测试，心中有数

上学吧（www.shangxuebA．com）在线测试平台为考生准备了在线测试，其中有数十套全真模拟试题和考前密卷，考生可选择任何一套进行测试。测试完毕，系统自动判卷，立即给出分数。

对于考生做错的地方，系统会自动记忆，待考生第二次参加测试时，可选择"试题复习"。这样，系统就会自动把考生原来做错的试题显示出来，供考生重新测试，以加强记忆。

如此，读者可利用上学吧在线测试平台的在线测试系统检查自己的实际水平，加强考前训练，做到心中有数，考试不慌。

## 诸多帮助，诚挚致谢

在本书出版之际，要特别感谢全国软考办的命题专家们，编者在本书中引用了部分考试原题，使本书能够尽量方便读者的阅读。在本书的编写过程中，参考了许多相关的文献和书籍，编者在此对这些参考文献的作者表示感谢。

感谢电子工业出版社孙学瑛老师，她在本书的策划、选题的申报、写作大纲的确定，以及编辑、出版等方面，付出了辛勤的劳动和智慧，给予了我们很多的支持和帮助。

感谢参加希赛教育软考学院辅导和培训的学员，正是他们的想法汇成了本书的源动力，他们的意见使本书更加贴近读者。

由于编者水平有限，且本书涉及的内容很广，书中难免存在错漏和不妥之处，编者诚恳地期望各位专家和读者不吝指正和帮助，对此，我们将十分感激。

## 互动讨论，专家答疑

希赛教育软考学院（www.csairk.com）是中国知名的软考在线教育网站，该网站论坛是国内人气很旺的软考社区，在这里，读者可以和数十万考生进行在线交流，讨论有关学习和考试的问题。希赛教育软考学院拥有强大的师资队伍，为读者提供全程的答疑服务，在线回答读者的提问。

有关本书的意见反馈和咨询，读者可在希赛教育软考学院论坛"软考教材"板块中的"希赛教育软考学院"栏目上与作者进行交流。

希赛教育软考学院
2011 年 6 月

# 目 录

# 第1章 计算机技术基础

**本章考点提示：**

✓ 操作系统：包括 DOS 命令使用、Windows 的文件系统、Windows 和 Linux 的比较、Windows 基本操作、UNIX 系统、目录结构、目录共享、管道、虚拟存储器等。

✓ 计算机组成：包括数字编码、内存编址、RAID、接口设备、物理内存、小型机、Cache、存储容量、USB 等。

✓ 计算机体系结构：包括 RISC、阵列机特性、多处理系统互连、流水线计算机等。

✓ 性能评估：包括系统可靠性、容错、指令周期、响应时间与吞吐量等。

✓ 数据库系统：包括基本的数据库概念、SQL 语句、数据库设计等。

## 1.1 习题

● 在下列存储管理方案中，___(1)___是解决内存碎片问题的有效方法。虚拟存储器主要由___(2)___组成。

（1）A. 单一连续分区　　　　　　　　　　B. 固定分区
　　　C. 可变分区　　　　　　　　　　　　D. 可重定位分区
（2）A. 寄存器和软盘　　　　　　　　　　B. 软盘和硬盘
　　　C. 磁盘区域与主存　　　　　　　　　D. CDROM 和主存

● 在下图所示的树形文件系统中，方框表示目录，圆圈表示文件，"/"表示目录名之间的分隔符，"/"在路径之首时表示根目录。假设".."表示父目录，当前目录是 Y1，那么，指定文件 F2 所需的相对路径是___(3)___；如果当前目录是 X2，"DEL"表示删除命令，那么，删除文件 F4 的正确命令是___(4)___。

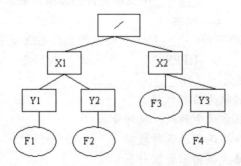

（3）A. /X1/Y2/F2　　　　　　　　　　　B. ../X1/Y2/F2
　　　C. /X1/Y2/F2　　　　　　　　　　　D. ../Y2/F2
（4）A. DEL../Y3/F4　　　　　　　　　　B. DEL X2/Y3/F4
　　　C. DEL Y3/F4　　　　　　　　　　　D. DEL /Y3/F4

● Windows 系统安装时生成的 Documents and Settings、Winnt 和 System32 文件夹是不能随意更改的，因为它们是___(5)___。在 Windows 文件系统中，___(6)___是一个合法的文件名；___(7)___不是合法的可执行文件的扩展名。

（5）A. Windows 的桌面

    B. Windows 正常运行时所必需的应用软件文件夹

    C. Windows 正常运行时所必需的用户文件夹

    D. Windows 正常运行时所必需的系统文件夹

（6）A. dyx03ent.dll          B. Explorer*.arj

    C. Hewlett<PackarD. rar    D. Print|MagiC. exe

（7）A. exe      B. com      C. rar      D. bat

● 下面关于 Windows 2000 操作系统和 Linux 操作系统的比较，正确的是___(8)___。

（8）A. Linux 和 Windows 2000 都是多用户多任务的操作系统，适合提供网络服务

    B. Linux 仅适合提供网络服务，Windows 2000 适合日常办公

    C. Linux 比 Windows 2000 更安全

    D. Windows 2000 提供 GUI，Linux 操作系统界面只有命令行模式

● 在 Windows 系统默认配置情况下，当鼠标指针移动到超链接上时，将显示为___(9)___；选定多个不连续的文件或文件夹，应按住___(10)___键。

（9）A. I 形      B. 小箭头形      C. 小手形      D. 沙漏形

（10）A. Ctrl      B. Shift      C. Alt      D. Tab

● UNIX 操作系统是作为___(11)___问世的。

（11）A. 网络操作系统      B. 分时操作系统

    C. 批处理操作系统      D. 实时操作系统

● 计算机文件系统的多级目录结构是___(12)___。

（12）A. 线性结构    B. 树形结构    C. 散列结构    D. 双链表结构

● UNIX 中，用来把一个进程的输出连接到另一个进程的输入的文件称为___(13)___。

（13）A. 普通文件    B. 虚拟文件    C. 管道文件    D. 设备文件

● 文件存储设备中，___(14)___不支持文件的随机存取。

（14）A. 磁盘      B. 光盘      C. 软盘      D. 磁带

● 对 Windows 2000 来说，___(15)___格式的文件系统安全性最高。

（15）A. FAT    B. HPFS    C. NTFS    D. CDFS

● 操作系统的功能是___(16)___。

（16）A. 把源程序转换为目标代码

    B. 管理计算机系统中的软、硬件资源

    C. 负责存取数据库中的各种数据

    D. 负责文字格式编排和数据计算

● 在 Windows 2000 中，文件和文件夹在磁盘中的存在方式有 3 种属性，不是其属性的是___(17)___。

（17）A. 读/写      B. 只读      C. 隐藏      D. 存档

● 虚拟存储器是把___(18)___有机地结合起来使用的。

（18）A. 内存与外存      B. 内存与高速缓存

    C. 外存与高速缓存      D. 内存与寄存器

● 在 Windows 文件系统中，一个完整的文件名由_____（19）_____组成。

（19）A. 路径、文件名、文件属性

    B. 驱动器号、文件名和文件的属性

    C. 驱动器号、路径、文件名和文件的扩展名

    D. 文件名、文件的属性和文件的扩展名

● 在计算机中，最适合进行数字加减运算的数字编码是_____（20）_____。如果主存容量为 16MB，且按字节编址，表示该主存地址至少应需要__(21)__位。

（20）A. 原码       B. 反码       C. 补码       D. 移码

（21）A. 16       B. 20       C. 24       D. 32

● 下图所示的网卡中①处是_____（22）_____接口。

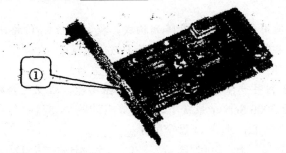

（22）A. USB       B. RJ-45       C. BNC       D. PS/2

● 与外存相比，内存的特点是_____（23）_____。

（23）A. 容量大、速度快、成本低

    B. 容量大、速度慢、成本高

    C. 容量小、速度快、成本高

    D. 容量小、速度慢、成本低

● 在计算机系统中，存取速度最快的是_____（24）_____。

（24）A. CPU 内部寄存器       B. 计算机的高速缓存 Cache

    C. 计算机的主存       D. 大容量磁盘

● 在对 USB 接口特点的描述中，_____（25）_____是 USB 接口的特点。

（25）A. 支持即插即用

    B. 不支持热插拔

    C. 总线提供电源容量为 12V×1000mA

    D. 总线由 6 条信号线组成，其中两条用于传送数据，两条传送控制信号，另外两条传送电源

● _____（26）_____决定了计算机系统可访问的物理内存范围。

（26）A. CPU 的工作频率       B. 数据总线的位数

    C. 地址总线的位数       D. 指令的长度

● 在 CPU 与主存之间设置高速缓冲存储器 Cache 的目的是为了_____（27）_____。

（27）A. 扩大主存的存储容量

    B. 提高 CPU 对主存的访问效率

    C. 既扩大主存容量又提高存取速度

    D. 提高外存储器的速度

● 在微型计算机中，存储容量为 2MB 等价于＿＿＿(28)＿＿＿。

（28）A．2×1024B          B．2×1024×1024B

        C．2×1000B          D．2×1000×1000B

● 下图所示的插头可以连接到 PC 主板上的＿＿＿(29)＿＿＿接口。

（29）A．COM      B．RJ-45      C．USB      D．PS/2

● 使用 RAID 作为网络存储设备有许多好处，以下关于 RAID 的叙述中不正确的是＿＿＿(30)＿＿＿。

（30）A．RAID 使用多块廉价磁盘阵列构成，提高了性能/价格比

        B．RAID 采用交叉存取技术，提高了访问速度

        C．RAID0 使用磁盘镜像技术，提高了可靠性

        D．RAID3 利用一台奇偶校验盘完成容错功能，减少冗余磁盘数量

● 在 Windows 2000 Server 系统下，从计算机的两个硬盘中各拿出 100MB 空间形成 RAID1 卷，并分配盘符 D，那么 D 盘空间是＿＿＿(31)＿＿＿。

（31）A．200MB     B．300MB     C．250MB     D．100MB

● 在计算机中，数据总线宽度会影响＿＿＿(32)＿＿＿。

（32）A．内存容量的大小         B．系统的运算速度

        C．指令系统的指令数量         D．寄存器的宽度

● 在下列体系结构中，最适合于多个任务并行执行的体系结构是＿＿＿(33)＿＿＿。

（33）A．流水线向量机结构

        B．分布存储多处理机结构

        C．共享存储多处理机结构

        D．堆栈处理结构

● 阵列处理机属于＿＿＿(34)＿＿＿计算机。

（34）A．SISD      B．SIMD      C．MISD      D．MIMD

● 采用＿＿＿(35)＿＿＿不能将多个处理机互连构成多处理机系统。

（35）A．STD 总线         B．交叉开关

        C．PCI 总线         D．Centronic 总线

● 以下对小型机的理解，正确的是＿＿＿(36)＿＿＿。

（36）A．小型机相对于大型机而言，管理较简单，一般采用 RISC CPU

        B．小型机相对于大型机而言，成本较低，一般采用 CISC CPU

        C．小型机相对于微机而言，管理较复杂，一般采用 CISC CPU

        D．小型机相对于微机而言，各项性能优良，一般采用 RISC CPU

● 下面的描述中，＿＿＿(37)＿＿＿不是 RISC 设计应遵循的设计原则。

（37）A．指令条数应少一些

        B．寻址方式尽可能少

        C．采用变长指令，功能复杂的指令长度长，而简单指令长度短

        D．设计尽可能多的通用寄存器

● 三个可靠度 R 均为 0.8 的部件串联构成一个系统，如下图所示。

则该系统的可靠度为____（38）____。

（38）A. 0.240　　　　B. 0.512　　　　C. 0.800　　　　D. 0.992

● 微机 A 和微机 B 采用同样的 CPU，微机 A 的主频为 800MHz，而微机 B 为 1200MHz。若微机 A 的平均指令执行速度为 40MIPS，则微机 A 的平均指令周期为____（39）____ns，微机 B 的平均指令执行速度为____（40）____MIPS。

（39）A. 15　　　　B. 25　　　　C. 40　　　　D. 60

（40）A. 20　　　　B. 40　　　　C. 60　　　　D. 80

● 某计算机系统的可靠性结构是如下图所示的双重串并联结构，若所构成系统的每个部件的可靠度为 0.9，即 R=0.9，则系统的可靠度为____（41）____。

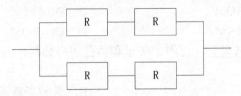

（41）A. 0.9997　　　　B. 0.9276　　　　C. 0.9639　　　　D. 0.6561

● 若某计算机系统是由 500 个元器件构成的串联系统，且每个元器件的失效率均为 $10^{-7}$/h，在不考虑其他因素对可靠性的影响时，该计算机系统的平均故障间隔时间为____（42）____小时。

（42）A. $2 \times 10^4$　　　　B. $5 \times 10^4$　　　　C. $2 \times 10^5$　　　　D. $5 \times 10^5$

● 对于一个具有容错能力的系统，____（43）____是错误的。

（43）A. 通过硬件冗余来设计系统，可以提高容错能力

　　　B. 在出现一般性故障时，具有容错能力的系统可以继续运行

　　　C. 容错能力强的系统具有更高的可靠性

　　　D. 容错是指允许系统运行时出现错误的处理结果

● 系统响应时间和作业吞吐量是衡量计算机系统性能的重要指标。对于一个持续处理业务的系统而言，其____（44）____。

（44）A. 响应时间越短，作业吞吐量越小

　　　B. 响应时间越短，作业吞吐量越大

　　　C. 响应时间越长，作业吞吐量越大

　　　D. 响应时间不会影响作业吞吐量

● 所谓指令周期是指____（45）____。

（45）A. 取指令和取操作数的时间

　　　B. 执行指令和存储操作结果的时间

　　　C. 取操作数和执行指令的时间

　　　D. 取指令和执行指令的时间

● ____（46）____不是标准的 SQL 语句。

（46）A. ALTER TABLE　　　　　　　　　　B. ALTER VIEW

　　　C. CREATE TABLE　　　　　　　　　D. CREATE VIEW

● 数据库 SQL 语言 中，"AGE IN(15,35)" 短语的正确含义是___（47）___。

（47）A. AGE = 15 AND AGE = 35　　　　B. AGE = 15 OR AGE = 35

　　　 C. AGE <= 35 AND AGE >= 15　　　 D. AGE < 35 AND AGE > 15

● 在 E-R 模型中，包含的基本成分是___（48）___。

（48）A. 数据、对象、实体

　　　 B. 控制、联系、对象

　　　 C. 实体、联系、属性

　　　 D. 实体、数据、联系

● 计算机系统中用来连接 CPU、内存储器和 I/O 接口的总线称为系统总线。___（49）___总线属于系统总线技术的一种。

（49）A. IEEE 1394　　　　B. PCI　　　　C. RS-232　　　　D. USB

● 微机系统中 BIOS（基本输入/输出系统）保存在___（50）___中。

（50）A. 主板上的 ROM　　　　B. DRAM

　　　 C. 主板上的 RAM　　　　D. CD-ROM

● 在 CPU 中，___（51）___可用于传送和暂存用户数据，为 ALU 执行算术逻辑运算提供工作区。

（51）A. 程序计数器　　　　　　　　B. 累加寄存器

　　　 C. 程序状态寄存器　　　　　　D. 地址寄存器

● 关于在 I/O 设备与主机间交换数据的叙述，___（52）___是错误的。

（52）A. 中断方式下，CPU 需要执行程序来实现数据传送任务

　　　 B. 中断方式和 DMA 方式下，CPU 与 I/O 设备都可并行工作

　　　 C. 中断方式和 DMA 方式下，快速 I/O 设备更适合采用中断方式传递数据

　　　 D. 若同时接到 DMA 请求和中断请求，CPU 优先响应 DMA 请求

● Cache（高速缓冲存储器）用于存放主存数据的部分副本，主存单元地址与 Cache 单元地址之间的转换工作由___（53）___完成。

（53）A. 硬件　　　　B. 软件　　　　C. 用户　　　　D. 程序员

● 下面关于 Cache 的叙述，___（54）___是错误的。

（54）A. 在体系结构上，Cache 存储器位于主存与 CPU 之间

　　　 B. Cache 存储器存储的内容是动态更新的

　　　 C. 使用 Cache 存储器并不能扩大主存的容量

　　　 D. Cache 的命中率只与其容量相关

● 计算机系统的可靠性通常用___（55）___来衡量。

（55）A. 平均响应时间　　　　　　　B. 平均故障间隔时间

　　　 C. 平均故障时间　　　　　　　D. 数据处理速率

● "Windows XP 是一个多任务操作系统"指的是___（56）___。

（56）A. Windows 可运行多种类型各异的应用程序

　　　 B. Windows 可同时运行多个应用程序

　　　 C. Windows 可供多个用户同时使用

　　　 D. Windows 可同时管理多种资源

● 计算机的用途不同，对其部件的性能指标要求也有所不同。以科学计算为主的计算机，对___（57）___要求较高，而且应该重点考虑___（58）___。

（57）A. 外存储器的读/写速度　　　　　　B. 主机的运算速度

　　　　C. I/O 设备的速度　　　　　　　　　D. 显示分辨率

（58）A. CPU 的主频和字长，以及内存容量

　　　　B. 硬盘读/写速度和字长

　　　　C. CPU 的/主频和显示分辨率

　　　　D. 硬盘读/写速度和显示分辨率

● 以下关于 64 位操作系统的叙述，错误的是___（59）___。

（59）A. 64 位操作系统非常适合应用于 CAD/CAM、数字内容创建、科学计算甚至严格的财务分析领域

　　　　B. 64 位操作系统要求主机具有 64 位处理器和 64 位系统驱动程序

　　　　C. 64 位操作系统可以运行 32 位系统软件，也可以运行 64 位系统软件

　　　　D. 32 位操作系统最高支持 4GB 内存，而 64 位操作系统可以支持最大 512GB 容量内存

● 允许年停机时间为 53 分钟的系统，其可用性指标为___（60）___。

（60）A. 99.9%　　　　B. 99.95%　　　　C. 99.99%　　　　D. 99.999%

● 下列关于应用软件的叙述中，正确的是___（61）___。

（61）A. 应用软件并不针对具体应用领域

　　　　B. 应用软件建立在系统软件的基础之上

　　　　C. 应用软件主要管理计算机中的硬件

　　　　D. 应用软件是计算机硬件运行的基础

● 某计算机系统结构如下图所示，若所构成系统的每个部件的可靠度均为 0.9，即 R=0.9，则该系统的可靠度为___（62）___。

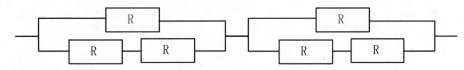

（62）A. 0.9801　　　　B. 0.5905　　　　C. 0.6561　　　　D. 0.9624

● 系统总线通常采用___（63）___的方式传送数据。

（63）A. 串行　　　　B. 并行　　　　C. 分时　　　　D. 分频

● Windows 操作系统中资源管理器进程可由___（64）___启动。

（64）A. winlogon.exe　　　　　　　　　B. wins.exe

　　　　C. explorer.exe　　　　　　　　　D. snmp.exe

● ___（65）___技术利用程序的局部性原理，把程序中正在使用的部分数据或代码存放在特殊的存储器中，以提高系统的性能。

（65）A. 缓存　　　B. 虚拟存储　　　C. RAID　　　D. DMA

● ___（66）___基准程序规范用于评价计算机在事务处理、数据处理、企业管理等方面的性能。

（66）A. Linpack　　B. SPEC　　　C. TPC　　　　D. MFLOPS

● 在计算机存储系统中，存储速度最快的设施是___（67）___。

（67）A. 主存　　B. Cache　　　C. 磁带　　　D. 磁盘

# 1.2 习题参考答案

| （1） | （2） | （3） | （4） | （5） | （6） | （7） | （8） | （9） | （10） |
|---|---|---|---|---|---|---|---|---|---|
| D | C | D | C | D | A | C | A | C | A |
| （11） | （12） | （13） | （14） | （15） | （16） | （17） | （18） | （19） | （20） |
| B | B | C | D | C | B | A | A | C | C |
| （21） | （22） | （23） | （24） | （25） | （26） | （27） | （28） | （29） | （30） |
| C | B | C | A | A | C | B | B | C | C |
| （31） | （32） | （33） | （34） | （35） | （36） | （37） | （38） | （39） | （40） |
| D | B | B | B | D | A | C | B | B | C |
| （41） | （42） | （43） | （44） | （45） | （46） | （47） | （48） | （49） | （50） |
| C | A | D | B | D | B | B | C | B | A |
| （51） | （52） | （53） | （54） | （55） | （56） | （57） | （58） | （59） | （60） |
| B | C | A | D | B | B | B | A | D | C |
| （61） | （62） | （63） | （64） | （65） | （66） | （67） | | | |
| B | D | B | C | A | C | B | | | |

# 第2章 计算机网络基础

**本章考点提示:**

- ✓ 网络体系结构:包括 OSI 参考模型、TCP/IP、子网掩码、网络分类、802.3、VLAN;计算机网络系统平台的划分等。
- ✓ 通信设备:包括传输介质、网络设备、三层交换、路由协议等。
- ✓ 网络应用:包括邮件服务、电子商务、CDMA、3G、域名、带宽、URL 地址等。
- ✓ 网络管理:包括代理服务器、网络管理工具、故障检测等。
- ✓ 布线工程:包括结构化布线体系、综合布线子系统定义、综合布线的规程、综合布线工程的环节;布线测试、光纤传输、机房电源和接地标准、隐蔽工程、双绞线的制作、测试种类等。

## 2.1 习题

- 在 TCP/IP 网络中,为公共服务保留的端口号范围是___(1)___。
- (1) A. 1~255　　　B. 1~1023　　　C. 1~1024　　　D. 1~65535
- 802.3 标准中使用的媒体访问控制方式是___(2)___。
- (2) A. Token Ring　　B. Token Bus　　C. CSMA/CD　　D. ALOHA
- TCP/IP 分为 4 层,分别为应用层、传输层、网际层和网络接口层。不属于应用层协议的是___(3)___,属于网际层协议的是___(4)___。
- (3) A. SNMP　　　　B. UDP　　　　C. TELNET　　　D. FTP
- (4) A. RPC　　　　B. UDP　　　　C. TCP　　　　D. IP
- 一个局域网中某台主机的 IP 地址为 176.68.160.12,使用 22 位作为网络地址,那么该局域网的子网掩码为___(5)___,最多可以连接的主机数为___(6)___。
- (5) A. 255.255.255.0　　　　　　B. 255.255.248.0
　　　C. 255.255.252.0　　　　　　D. 255.255.0.0
- (6) A. 254　　　　B. 512　　　　C. 1022　　　　D. 1024
- 在 VLAN 中,每个虚拟局域网组成一个___(7)___,如果一个 VLAN 跨越多个交换机,则属于同一 VLAN 的工作站要通过___(8)___互相通信。
- (7) A. 区域　　　　　　　　　　B. 组播域
　　　C. 冲突域　　　　　　　　　D. 广播域
- (8) A. 应用服务器　　　　　　　B. 主干(Trunk)线路
　　　C. 环网　　　　　　　　　　D. 本地交换机
- 三层交换技术利用___(9)___进行交换。
- (9) A. IP 地址　　　B. MAC 地址　　　C. 端口号　　　D. 应用协议
- 在 OSI 参考模型中,数据链路层处理的数据单位是___(10)___。
- (10) A. 比特　　　　B. 帧　　　　C. 分组　　　　D. 报文

● 常用 4 层模型来描述 TCP/IP 体系结构。IP 是核心，位于第 2 层；第 3 层是传输层，包括两个主要的协议，其中___(11)___适合向视频应用提供服务，而___(12)___适合向文件传输应用提供服务。

很多现存的网络协议都能够工作在第 1 层（最低层），包括___(13)___。如果第 1 层协议采用 802.3，则将设备的 IP 地址映射为 MAC 物理地址的协议是___(14)___。

虽然不同的操作系统上可有不同的 WWW 浏览器，但是这些浏览器都符合___(15)___协议，该协议属于 4 层模型的第 4 层。

（11）A. TCP      B. UDP      C. FTP      D. TFTP

（12）A. TCP      B. UDP      C. FTP      D. TFTP

（13）A. 以太网、FDDI、ATM，甚至 IP 本身都是允许的

       B. 以太网、FDDI、ATM 都是允许的，但是 IP 本身不允许

       C. 以太网、FDDI、ATM 都是允许的，但是无线网络协议不允许

       D. 以太网、FDDI 都是允许的，但是 ATM 不允许

（14）A. FTP      B. TFTP      C. ARP      D. ICMP

（15）A. SNMP      B. SMTP      C. HTML      D. HTTP

● 路由选择协议是 IP 网络实用化的关键，它决定了数据包从"源"传送到"目的地"的路径。IP 网络中使用最广泛的路由协议之一是___(16)___。能够实现路由选择功能的设备___(17)___。

（16）A. RIP      B. RUP      C. IPX      D. SPX

（17）A. 包括路由器和具有包转发功能的服务器

       B. 包括路由器和网络交换机

       C. 仅包括路由器

       D. 仅包括网关

● 广域网覆盖的地理范围从几十千米到几千千米，它的通信子网主要使用___(18)___技术。随着微型计算机的广泛应用，大量的微型计算机是通过局域网连入广域网的，而局域网与广域网的互连一般是通过___(19)___设备实现的。

（18）A. 报文交换          B. 分组交换

       C. 文件交换          D. 电路交换

（19）A. Ethernet 交换机      B. 路由器

       C. 网桥              D. 电话交换机

● 为了指导计算机网络的互连、互通，ISO 颁布了 OSI 参考模型，其基本结构分为___(20)___。网卡（网络适配器）的主要功能不包括___(21)___。

（20）A. 7 层      B. 6 层      C. 5 层      D. 4 层

（21）A. 将计算机连接到通信介质上      B. 进行电信号匹配

       C. 实现数据传输                  D. 网络互连

● IP 地址___(22)___属于 C 类地址。

（22）A. 10.2.3.4          B. 172.16.23.50

       C. 192.38.214.2        D. 125.38.214.2

● 按照网络分布和覆盖的地理范围，可将计算机网络分为___(23)___。

（23）A. Internet、互联网和局域网

       B. 广域网、城域网和局域网

    C. 广域网、互联网和城域网

    D. Internet、城域网和 Novell 网

● 在 OSI 七层结构模型中，处于数据链路层与传输层之间的是＿＿＿(24)＿＿＿。

（24）A. 物理层　　　　B. 网络层　　　　C. 会话层　　　　D. 表示层

● ＿＿＿(25)＿＿＿不属于电子邮件协议。

（25）A. POP3　　　　B. SMTP　　　　C. IMAP　　　　D. MPLS

● 在关于①Ethernet ②Token Bus ③ATM LAN ④FDDI ⑤Token Ring 的组合中，属于共享介质局域网的是＿＿＿(26)＿＿＿。

（26）A. ①②③④　　B. ①②④⑤　　C. ②③④⑤　　D. ①③④⑤

● 100BASE-FX 中的多模光纤最长的传输距离为＿＿＿(27)＿＿＿。

（27）A. 500m　　　　B. 1km　　　　C. 2km　　　　D. 40km

● 运行 Web 浏览器的计算机与网页所在的计算机要建立＿＿(28)＿＿连接，采用＿＿(29)＿＿协议传输网页文件。

（28）A. UDP　　　　B. TCP　　　　C. IP　　　　D. RIP

（29）A. HTTP　　　　B. HTML　　　　C. ASP　　　　D. RPC

● 对通信线路进行设置与拆除的通信设备是＿＿(30)＿＿。通过局域网连接到 Internet 时，计算机上必须有＿＿＿(31)＿＿＿。

（30）A. 交换机　　　B. 通信控制器　　C. 多路复用器　　D. 路由器

（31）A. Modem　　　B. 网络适配器　　C. 电话　　　　D. USB 接口

● 下列设备可以隔离 ARP 广播帧的是＿＿＿(32)＿＿＿。

（32）A. 路由器　　　B. 网桥　　　　C. 以太网交换机 D. 集线器

● 在计算机网络中，＿＿＿(33)＿＿＿只隔离冲突，但不隔离广播。

（33）A. 网桥　　　　B. 路由器　　　C. 中继器　　　D. 网关

● 调制解调器（Modem）的主要功能是＿＿＿(34)＿＿＿。

（34）A. 模拟信号的放大　　　　　B. 数字信号的整形

    C. 模拟信号与数字信号的转换　　D. 数字信号的编码

● 若一个网络系统中有 150 个信息点，按照 EIA/TIA586 标准进行结构化布线，则布线工程需要准备 RJ45 头的总量是＿＿＿(35)＿＿＿个。

（35）A. 600　　　　　B. 780　　　　　C. 618　　　　　D. 690

● 某人的电子邮箱为 Rjspks@163.com，对于 Rjsks 和 163.com 的正确理解为＿＿＿(36)＿＿＿，在发送电子邮件时，常用关键词使用中，＿＿＿(37)＿＿＿是错误的。若电子邮件出现字符乱码现象，以下方法中＿＿＿(38)＿＿＿一定不能解决该问题。

（36）A. Rjspks 是用户名，163.com 是域名

    B. Rjspks 是用户名，163.com 是计算机名

    C. Rjspks 是服务器名，163.com 是域名

    D. Rjspks 是服务器名，163.com 是计算机名

（37）A. From 是指 Rjspks@163.com　　B. To 是指接受方的邮件地址

    C. Cc 是指回复发件人地址　　　　D. Subject 是指电子邮件的主题

（38）A. 改变编码标准　　　　　　　B. 文件加密

    C. 以附件方式传输　　　　　　　D. 以图片方式传输

● 在以下网络应用中，要求带宽最高的应用是＿＿＿(39)＿＿＿。

（39）A. 可视电话        B. 数字电视

    C. 拨号上网        D. 收发邮件

● 邮件服务器使用 POP3 的主要目的是 ___（40）___ 。

（40）A. 创建邮件   B. 管理邮件    C. 收发邮件    D. 删除邮件

● 下列不属于电子商务的应用模式是 ___（41）___ 。

（41）A. B2B     B. B2C     C. G2C     D. C2C

● Internet 中域名与 IP 地址之间的翻译是由 ___（42）___ 来完成的。

（42）A. 域名服务器       B. 代理服务器

    C. FTP 服务器       D. Web 服务器

● CDMA 系统中使用的多路复用技术是 ___（43）___ 。我国自行研制的移动通信 3G 标准是 ___（44）___ 。

（43）A. 时分多路        B. 波分多路

    C. 码分多址        D. 空分多址

（44）A. TD-SCDMA       B. WCDVA

    C. CDVh2000       D. GPRS

● ___（45）___ 服务器一般都支持 SMTP 和 POP3 协议。

（45）A. Gopher    B. Telnet    C. FTP     D. E-mail

● 对 Windows 2000 Server 计算机的 D 盘根目录的 test 文件夹创建了隐藏共享，共享名为 test$，这台计算机的 IP 地址为 172.16.1.1，其他计算机能够访问该隐藏共享的方法是：选择"开始"→"运行"，并输入 ___（46）___ 。

（46）A. \\172.16.1.1       B. \\172.16.1.1\d\test$

    C. \\172.16.1.1\test$      D. \\172.16.1.1\test

● 符合 URL 格式的 Web 地址是 ___（47）___ 。

（47）A. http//www.jnu.edu.cn     B. http:www.jnu.edu.cn

    C. http://www.jnu.edu.cn     D. http:/www.jnu.edu.cn

● 在 Windows 2000 Server 操作系统中可以通过安装 ___（48）___ 组件创建 FTP 站点。

（48）A. IIS     B. IE     C. POP3     D. DNS

● 假设有一个局领网，管理站每 15 分钟轮询管理设备一次，一次查询访问需要的时间是 200ms，则管理站最多可以支持 ___（49）___ 个网络设备。

（49）A. 400     B. 4000     C. 4500     D. 5000

● 通过代理服务器使内部局域网中各客户机访问 Internet 时，___（50）___ 不属于代理服务器功能。

（50）A. 共享 IP 地址   B. 信息缓存    C. 信息转发     D. 信息加密

● 在 Windows 系统中，___（51）___ 不是网络服务组件。

（51）A. RAS     B. HTTP    C. IIS     D. DNS

● 某校园网用户无法访问外部站点 210.102.58.74，管理人员可以在 Windows 环境下使用 ___（52）___ 判断故障发生在校园网内还是校园网外。

（52）A. ping 210.102.58.74     B. tracert 210.102.58.74

    C. netstat 210.102.58.74     D. arp 210.102.58.74

● 当网络出现连接故障时，一般应首先检查 ___（53）___ 。

（53）A. 系统病毒   B. 路由配置    C. 物理连通性     D. 主机故障

● 网络操作系统提供的网络管理服务工具可以提供主要的功能包括___（54）___。
① 网络性能分析　　② 网络状态监控　　③ 应用软件控制　　④ 存储管理
（54）A. ①和②　　　B. ②和③　　　　C. ①、②和④　　　D. ①、③和④

● 综合布线系统由 6 个子系统组成，其中将用户的终端设备连接到布线系统的子系统称为___（55）___；用于连接各层配线室，并连接主配线室的子系统为___（56）___。设计建筑群子系统时应考虑的是___（57）___。

（55）A. 工作区子系统　　　　　　　　B. 水平子系统
　　　C. 垂直子系统　　　　　　　　　D. 管理子系统

（56）A. 工作区子系统　　　　　　　　B. 水平子系统
　　　C. 垂直子系统　　　　　　　　　D. 管理子系统

（57）A. 不间断电源　　　　　　　　　B. 配线架
　　　C. 信息插座　　　　　　　　　　D. 地下管道敷设

● 通常双绞线系统的测试指标中，___（58）___是由于集肤效应、绝缘损耗、阻抗不匹配、连接电阻等因素，造成信号沿链路传输的损失。

（58）A. 衰减值　　　B. 近端串扰　　　C. 传输延迟　　　D. 回波损耗

● 与多模光纤相比较，单模光纤具有___（59）___等特点。

（59）A. 较高的传输率、较长的传输距离、较高的成本
　　　B. 较低的传输率、较短的传输距离、较高的成本
　　　C. 较高的传输率、较短的传输距离、较低的成本
　　　D. 较低的传输率、较长的传输距离、较低的成本

● 计算机网络结构化综合布线系统是美国贝尔实验室推出的基于星形拓扑结构的模块化系统。结构化布线系统包括 6 个子系统，配线架属于___（60）___。如果要求水平布线子系统支持 100BASE-T 的标准，应选用___（61）___作为其传输介质。结构化布线系统有许多优点，但不包括___（62）___。

（60）A. 水平布线子系统　　　　　　　B. 垂直布线子系统
　　　C. 设备间子系统　　　　　　　　D. 管理子系统

（61）A. 单模光纤　　　　　　　　　　B. 多模光纤
　　　C. 3 类双绞线　　　　　　　　　D. 5 类双绞线

（62）A. 同时支持电话语音系统与计算机网络系统
　　　B. 故障线路能够自动恢复
　　　C. 移动、增加和改变配置容易
　　　D. 用户设备、用户端口或布线系统本身的单点故障能够隔离

● 传输介质中___（63）___的抗干扰性最好。

（63）A. 双绞线　　　B. 光缆　　　　C. 同轴电缆　　　D. 无线介质

● 局域网中使用的传输介质有双绞线、同轴电缆和光纤等。10BASE-T 采用 3 类 UTP，规定从收发器到有源集线器的距离不超过___（64）___m。100BASE-TX 把数据传输速率提高了 10 倍，同时网络的覆盖范围___（65）___。

（64）A. 60　　　　　B. 100　　　　　C. 185　　　　　D. 300

（65）A. 保持不变　　B. 缩小了　　　C. 扩大了　　　D. 没有限制

● 根据《电子计算机机房设计规范》（GB50174-93），电子计算机机房应采用 4 种接地方式。将电气设备的金属外壳通过接地装置与大地直接连接起来是___（66）___。根据《建筑

物防雷设计规范》（GB50057-1994），每根引下线的冲击接地电阻不宜大于 ___(67)___ Ω。

（66）A. 交流工作接地    B. 安全工作接地

    C. 直流工作接地    D. 防雷接地

（67）A. 1    B. 4    C. 5    D. 10

 ● 某企业要求计算机机房内开机时温度、湿度应满足 A 级标准。按照该标准，夏天开机时对机房内的温度要求是 ___(68)___ ，相对湿度要求是 ___(69)___ 。

（68）A. 18±2℃  B. 20±2℃  C. 23±2℃  D. 25±2℃

（69）A. 40%～70% B. 45%～65% C. 50%～70% D. 50%～75%

 ● 一般在较大型的综合布线中，将计算机主机、数字程控交换机、楼宇自动化控制设备分别设置于机房；把与综合布线密切相关的硬件或设备放在 ___(70)___ 。光纤电缆需要拐弯时，其曲率半径不能小于 ___(71)___ 。

（70）A. 机房  B. 管理间  C. 设备间  D. 配线间

（71）A. 30cm  B. 40cm  C. 50cm  D. 60cm

 ● 检验外购电子设备是否合格，一般要经过 ___(72)___ 后进行判断。

（72）A. 加电后一定时间的运行    B. 联调后无负荷运行

    C. 联调后模拟负荷运行    D. 直接投入应用环境

 ● 在以下机房环境的描述中，错误的是 ___(73)___ 。

（73）A. 机房必须使用防静电地板

    B. 机房的装修必须采用防火材料

    C. 避免阳光直射到设备上，以控制机房内的温度

    D. 为缩短信号线的长度从而避免信号衰减，设备之间的空间要适当

 ● 在机房环境的设计中，按照有关国家标准，地板载重量必须大于 ___(74)___ kg/㎡，表面电阻应大于 ___(75)___ MΩ。

（74）A. 300    B. 400    C. 500    D. 600

（75）A. 0.5    B. 1.0    C. 1.5    D. 2.0

 ● 在综合布线中，工作区设计时要考虑到信息插座应在距离地面 ___(76)___ cm 以上，基本链路长度应限在 ___(77)___ m 内。

（76）A. 15    B. 20    C. 25    D. 30

（77）A. 100    B. 95    C. 90    D. 85

 ● 光纤分为单模光纤与多模光纤，这两种光纤的区别是 ___(78)___ 。

（78）A. 单模光纤的纤芯大，多模光纤的纤芯小

    B. 单模光纤比多模光纤采用的波长长

    C. 单模光纤的传输频带窄，而多模光纤的传输频带宽

    D. 单模光纤的光源采用发光二极管（Light Emitting Diode），而多模光纤的光源采用激光二极管（Laser Diode）

 ● ADSL 是一种宽带接入技术，这种技术使用的传输介质是 ___(79)___ 。

（79）A. 电话线    B. CATV 电缆

    C. 基带同轴电缆    D. 无线通信网

 ● 下面关于网络系统设计原则的论述，正确的是 ___(80)___ 。

（80）A. 应尽量采用先进的网络设备，获得最高的网络性能

    B. 网络总体设计过程中，只需要考虑近期目标即可，不需要考虑扩展性

C. 网络系统应采用开放的标准和技术

D. 网络需求分析独立于应用系统的需求分析

● 下面的选项中，属于本地回路地址的是____（81）____。

（81）A. 120.168.10.1　　　　　B. 10.128.10.1

　　　C. 127.0.0.1　　　　　　D. 172.16.0.1

● Internet 上的 DNS 服务器中保存有____（82）____。

（82）A. 主机名　　　　　　　B. 域名到 IP 地址的映射表

　　　C. 所有主机的 MAC 地址　　D. 路由表

● 划分 VLAN 的方法有多种，这些方法中不包括____（83）____。

（83）A. 基于端口划分　　　　　B. 基于路由设备划分

　　　C. 基于 MAC 地址划分　　　D. 基于 IP 组播划分

● ____（84）____是指一个信号从传输介质一端传到另一端所需要的时间。

（84）A. 衰减量　　B. 近端串扰　　C. 传输延迟　　D. 回波损耗

● 某学校网络中心与图书馆相距 700 米，而且两者之间采用千兆网连接，那么两个楼之间的通信介质应选择____（85）____。

（85）A. 单模光纤　　B. 多模光纤　　C. 同轴电缆　　D. 双绞线

● 某网络用户能进行 QQ 聊天，但在浏览器地址栏中输入 www.educity.cn 却不能正常访问该页面，此时管理员应检查____（86）____

（86）A. 网络物理连接是否正常　　　B. DNS 服务器是否正常工作

　　　C. 默认网关设置是否正确　　　D. IP 地址设置是否正确

● 以下对机房环境的描述中，错误的是____（87）____。

（87）A. 机房可以使用防静电地板

　　　B. 机房的装修必须采用防火材料

　　　C. 避免阳光直射到设备上，控制机房内的温度

　　　D. 设备之间的空间要尽量减小，以便于缩短信号线的长度，从而避免信号衰减

● 机房工程实施过程中，监理人员有时将不合格的建设工程误认为是合格的，____（88）____往往是其主要原因。

（88）A. 有大量的隐蔽工程　　　　　B. 施工中未及时进行质量检查

　　　C. 工程质量的评价方法具有特殊性　D. 工程质量具有较大的波动性

● 对磁介质进行报废处理，____（89）____是应采用的最安全措施。

（89）A. 直接丢弃　　　　　　　　B. 砸碎丢弃

　　　C. 集中保管　　　　　　　　D. 专用强磁工具清除

● 从既节省投资又保障性能的角度考虑，____（90）____可以采用入门级服务器。

（90）A. 打印服务器　　　　　　　B. 视频会议服务器

　　　C. 办公自动化系统（OA）服务器　D. 网络游戏服务器

● 下图中的设备是____（91）____。

（91）A. ST-ST 光纤耦合器

     B. SC-SC 光纤耦合器

     C. ST-SC 光纤适配器

     D. SC 型光纤连接器

●     （92）    不属于针对 UTP（非屏蔽双绞线）的测试内容。

（92）A. 接线图    B. 近端干扰    C. 并发吞吐    D. 信号衰减

● 通过测试，得到单个网络组件的最大吞吐量，并计算其与网络系统最大可支持吞吐量之间的差额，以达到定位系统最小负载及组件余量的测试方法被称为    （93）    。

（93）A. 容量规划测试          B. 瓶颈测试

     C. 吞吐量测试          D. 衰减测试

● 为了减小雷电损失，机房工程可以采取的措施有    （94）    。

（94）A. 部署在线式 UPS

     B. 根据雷击在不同区域的电磁脉冲强度划分区域界面，不同的区域界面进行等电位连接

     C. 用导电的金属材料制成屏蔽机房

     D. 尽量在地下室建设机房

● 以下关于布设数字信号线缆的做法，错误的是    （95）    。

（95）A. 线缆转弯时，弯曲半径应大于导线直径的 10 倍

     B. 线缆可以随意弯折

     C. 线缆尽量直线、平整

     D. 尽量减小由线缆自身形成的感应环路面积

● 以下属于对称传输数字用户线的是    （96）    。

（96）A. ADSL     B. HDSL     C. VDSL     D. RADSL

●     （97）    不属于网络交换机划分 VLAN 遵循的协议；一般 VLAN 划分的方式有两种：静态和动态，以下关于这两种划分的叙述中，正确的是    （98）    。

（97）A. SNMP     B. UDP     C. STP     D. VTP

（98）A. 静态 VLAN 容易实现和监视，而且设置简单

     B. 动态 VLAN 是基于端口划分的

     C. 静端口一直保持从属于某个虚拟网，除非网管人员重新设置

     D. 动态 VLAN 属性不会由接入终端 MAC 的变化而变化

● Internet 应用中的 WWW 服务所默认的端口号是    （99）    。

（99）A. 21     B. 25     C. 80     D. 24

● 支持较高传输速率的无线网络协议是    （100）    。

（100）A. 802.11a     B. 802.11b     C. 802.11g     D. 802.11n

● 代理服务器是一种服务器软件，它的功能不包括    （101）    。

（101）A. 对用户进行分级管理

     B. 增加 Cache，提高访问速度

     C. 节省 IP 地址开销

     D. 能实现入侵检测

● 对 4 对线的 UTP 链路来说，测试近端串扰损耗需要的次数至少是    （102）    。

（102）A. 4 次     B. 8 次     C. 12 次     D. 6 次

● 数字万用表是功能强大的测量仪器，但它不能测量 ___（103）___ 。

（103）A. 电流　　　　　B. 串扰　　　　　C. 电压　　　　D. 电容

● 根据《电子信息系统机房设计规范》（GB50174-2008），设备发热量大或热负荷大的主机房，宜采用 ___（104）___ 的降温方式。

（104）A. 下送风、上回风　　　　　　　B. 上送风、下回风

　　　　C. 下送风、下回风　　　　　　　D. 上送风、上回风

● 机房隐蔽工程中，空调上下水管材质最合适使用 ___（105）___ ；当隐蔽的电缆槽道与屋内无保温层的热力管道交叉时，其最小净距一般是 ___（106）___ 。

（105）A. 铜管　　　B. 不锈钢管　　　C. PVC管　　　D. 水泥管

（106）A. 0.3m　　　B. 0.4m　　　　C. 0.5m　　　D. 1m

● 计算机综合布线过程中，铺设金属管应尽量减少弯头，按照规定，每根金属管的弯头应不超过 ___（107）___ ，如果在金属管中需要串接3条电缆，电缆测量总长度为1600m，则至少需要订货的电缆长度为 ___（108）___ 。

（107）A. 1个　　　B. 2个　　　　C. 3个　　　D. 4个

（108）A. 1600m　　B. 1778m　　　C. 1800m　　D. 1760m

● 数据链路层、网络层、传输层分别对应的网络连接设备是 ___（109）___ 。

（109）A. 路由器、网桥、网关　　　　　B. 路由器、网关、网桥

　　　　C. 网桥、路由器、网关　　　　　D. 网关、路由器、网桥

● 一台Windows 2000操作系统的节点主机要与SNA网中的一台大型机通信，那么用来互连的设备应该选择 ___（110）___ 。

（110）A. 网桥　　　　B. 路由器　　　C. 中继器　　　D. 网关

● ___（111）___ 对在网络中传送的数据进行分组和路由，负责将数据从一个结点传送到另一个结点，该协议与OSI/RM模型中的 ___（112）___ 层对应，同层协议还包括 ___（113）___ 。

（111）A. SMTP　　　B. TCP　　　　C. IP　　　　D. IEEE802.3

（112）A. 会话　　　B. 传输　　　　C. 数据链路　　D. 网络

（113）A. SNTP　　　B. UDP　　　　C. ARP　　　　D. FTP

● 能够支持突发通信流量的广域网协议是 ___（114）___ 。

（114）A. 专线　　　B. X.25　　　　C. 帧中继　　　D. IEEE802.11

● 下列关于客户端/服务器网络操作系统的说法中，错误的是 ___（115）___ 。

（115）A. 一个局域网上至少有一台服务器，专为网络提供共享资源和服务

　　　　B. 现行的本类操作系统包括UNIX、Linux等服务器版

　　　　C. 相对于支持远程终端-主机模式的操作系统更便于使用

　　　　D. 可使任意一台计算机的资源都被网络上其他计算机共享

● 利用有线电视总线式同轴电缆，将用户接入网络的技术是 ___（116）___ 。

（116）A. PSTN接入　　　　　　　　　B. ADSL接入

　　　　C. HFC接入　　　　　　　　　D. ISDN接入

● 在交换机测试过程中，需要建立VLAN进行测试的是 ___（117）___ 。

①VLAN配置测试　　②访问控制列表测试　　③冗余切换测试

（117）A. ①②③　　　B. ②③　　　　C. ①③　　　　D. ①②

● 网络延时测试是指测试网络系统在负载条件下转发数据包所需要的时间。对于直

通设备，延时是指___（118）___的时间间隔。

（118）A. 从输入帧的最后 1 位到达输入端口的时刻到输出帧的第 1 位出现在输出端口上的时刻

B. 从输入帧的第 1 位到达输入端口的时刻到输出帧的第 1 位出现在输出端口上的时刻

C. 从输入帧的第 1 位到达输入端口的时刻到输出帧的最后 1 位出现在输出端口上的时刻

D. 从输入帧的最后 1 位到达输入端口的时刻到输出帧的最后 1 位出现在输出端口上的时刻

● 背对背布置的机柜或机架背面之间的距离不应小于___（119）___m。

（119）A. 1      B. 2.6      C. 1.5      D. 1.2

● 隐蔽工程施工中，正确的做法是___（120）___。

（120）A. 暗管的弯转角度应小于 90°

B. 待管内穿线工程完成后，清理管内杂物和积水，并开始进行地面工程

C. 管道明敷时必须弹线

D. 线管进入箱体时，宜采用上进线方式

● 暗埋管路连接应采用___（121）___。

（121）A. 丝扣连接      B. 压扣式管连接      C. 水泥浇筑      D. 焊接

● 下列关于综合布线系统设计的说法中，错误的是___（122）___。

（122）A. 所选用的配线电缆、连接硬件、跳线、连接线等类型必须相一致

B. 采用屏蔽系统时，全系统必须都按屏蔽设计

C. 配线子系统的配线电缆或光缆长度不应超过 90m

D. 电话用户采用振铃电流时，可与计算机网络在一根对绞电缆中一起使用

● 如果 380V 电力电缆（承载功率<2kV. A），与综合布线电缆都在接地的线槽中，且平行长度<10m，则两条电缆间最小敷设间距为___（123）___mm。

（123）A. 10      B. 70      C. 80      D. 30

● 下面关于交换机的说法中，正确的是___（124）___。

（124）A. 以太网交换机可以连接运行不同网络层次协议的网络

B. 从工作原理上讲，以太网交换机是一种多端口网桥

C. 集线器是交换机的一种类型

D. 通过交换机连接的一组工作站形成一个冲突域

● 以下关于 MPLS 技术特点的说法中，不正确的是___（125）___。

（125）A. MPLS 充分采用原有的 IP 路由，在此基础上改进，保证了网络灵活性

B. MPLS 采用帧中继进行传输

C. MPLS 网络的数据传输与路由计算分开，是一种面向连接的传输技术

D. MPLS 的标签合并机制支持不同数据流的合并传输

● 下列对 http://www.csairk.com/welcome.html 理解不正确的是___（126）___。

（126）A. http 是 URL

B. http://www. csairk.com /welcome.html 是对 welcome 进行寻址

C. www. csairk.com 是服务主机名

D. welcome.html 是网页文件名

● 用户使用匿名 FTP 连接远程主机，而无须成为其注册用户。下列___（127）___是匿名 FTP 的用户标识符。

（127） A. real          B. guest          C. anonymous          D. ftp

● ___（128）___一般不属于核心交换机选型的首要策略。

（128）A. 高性能和高速率          B. 良好的可管理性
       C. 强大的网络控制能力          D. 价格便宜、使用方便、即插即用

● 下列对网络层次化设计理解不正确的是___（129）___。

（129）A. 层次化设计易于扩展
       B. 可以使故障排除更容易
       C. 使网络容易升级到最新的技术，无须改变整个环境
       D. 使配置复杂性提高，不易被攻击

● 电子邮件系统（E-mail）一般适合采用的交换方式___（130）___。

（130）A. 时分交换          B. 分组交换          C. ATM          D. 报文交换

● 大型局域网通常划分为核心层、汇聚层和接入层。以下关于各个网络层次的描述中，不正确的是___（131）___。

（131）A. 核心层承担访问控制列表检查
       B. 汇聚层定义了网络的访问策略
       C. 接入层提供局域网接入功能
       D. 接入层可以使用集线器代替交换机

● 以下关于数据存储的理解中，说法正确的是___（132）___。

（132）A. DAS 存储方式主要适用于小型网络，当存储容量增加时难以扩展
       B. NAS 存储方式通过光纤通道技术连接存储设备和应用服务器
       C. SAN 具有良好的扩展能力，实现了真正的即插即用
       D. 与 NAS 相比，SAN 具有更高的连接速度和处理能力，但网络部署比较困难

● 某综合办公大楼的楼高 20 层，其综合布线系统一般采用的拓扑结构是___（133）___。

（133）A. 环形          B. 总线形          C. 分级星形          D. 星环形

● SNMP 与 OSI/RM 模型中的___（134）___层对应。

（134）A. 会话层          B. 应用层          C. 表示层          D. 网络层

● 关于水平布线系统，下列说法中错误的是___（135）___。

（135）A. 水平布线系统起着支线的作用，一端连接垂直布线系统或设备间，另一端连接用户工作区
       B. 水平布线系统包括安全在接线间和用户工作区插座之间的水平方向连接的电缆及配件
       C. 在一个多层的建筑物中，水平布线系统是整个结构化布线系统的骨干部分
       D. 水平布线系统将垂直布线的干线线路延伸到用户工作区的通信插座

● 移动流媒体技术是近几年的热点技术，以下关于移动流媒体特点的说法不正确的是___（136）___。

（136）A. 移动流媒体文件在客户端保存
       B. 移动流媒体文件对客户端存储空间要求不高
       C. 移动流媒体可以实现手机、PC、电视的三屏互动
       D. 移动流媒体可以实时播放，大大缩短启动延时

## 2.2 习题参考答案

| (1) | (2) | (3) | (4) | (5) | (6) | (7) | (8) | (9) | (10) |
|---|---|---|---|---|---|---|---|---|---|
| B | C | B | D | C | C | D | B | A | B |
| (11) | (12) | (13) | (14) | (15) | (16) | (17) | (18) | (19) | (20) |
| B | A | A | C | D | A | A | B | B | A |
| (21) | (22) | (23) | (24) | (25) | (26) | (27) | (28) | (29) | (30) |
| D | C | B | A | D | B | C | B | A | A |
| (31) | (32) | (33) | (34) | (35) | (36) | (37) | (38) | (39) | (40) |
| B | A | A | C | D | A | C | B | B | C |
| (41) | (42) | (43) | (44) | (45) | (46) | (47) | (48) | (49) | (50) |
| C | A | C | A | D | C | C | A | C | D |
| (51) | (52) | (53) | (54) | (55) | (56) | (57) | (58) | (59) | (60) |
| B | B | C | C | A | C | D | A | A | D |
| (61) | (62) | (63) | (64) | (65) | (66) | (67) | (68) | (69) | (70) |
| D | B | B | B | A | B | D | C | B | C |
| (71) | (72) | (73) | (74) | (75) | (76) | (77) | (78) | (79) | (80) |
| A | A | D | C | A | D | C | B | A | C |
| (81) | (82) | (83) | (84) | (85) | (86) | (87) | (88) | (89) | (90) |
| C | B | B | C | A | B | D | B | D | A |
| (91) | (92) | (93) | (94) | (95) | (96) | (97) | (98) | (99) | (100) |
| B | C | B | B | B | B | B | C | C | D |
| (101) | (102) | (103) | (104) | (105) | (106) | (107) | (108) | (109) | (110) |
| D | D | B | A | C | D | C | B | C | D |
| (111) | (112) | (113) | (114) | (118) | (116) | (117) | (118) | (119) | (120) |
| C | D | C | C | D | C | D | B | A | C |
| (121) | (122) | (123) | (124) | (125) | (126) | (127) | (128) | (129) | (130) |
| D | D | A | B | B | A | C | D | D | D |
| (131) | (132) | (133) | (134) | (135) | (136) | | | | |
| A | A | C | B | C | A | | | | |

# 第 3 章　信息系统开发基础

**本章考点提示：**

- ✓ 开发方法：软件开发规范、开发模型的选择、生命周期模型、渐增式开发方法、可行性研究。
- ✓ 需求分析：需求分析的目的和任务、数据流图、结构化分析方法、需求分析的成果、软件规格说明书。
- ✓ 软件设计：结构化设计、模块内聚与耦合。
- ✓ 软件测试：软件测试的目的、负载压力测试、测试 V 模型。
- ✓ 软件维护：可维护性。
- ✓ 软件项目管理：软件可移植性、技术评审、配置管理、质量保证、CMM、版本控制工具、软件复杂性、软件文档。
- ✓ 面向对象方法：面向对象的基本概念、数据隐藏、UML、构件。
- ✓ 信息系统：包括信息系统开发的基本概念和方法。

## 3.1　习题

- ● 在开发一个系统时，如果用户对系统的目标不是很清楚，难以定义需求，这时最好使用＿＿＿(1)＿＿＿。
- （1）A. 原型法　　　　B. 瀑布模型　　　　C. V-模型　　　　D. 螺旋模型
- ● 渐增式开发方法有利于＿＿＿(2)＿＿＿。
- （2）A. 获取软件需求　　　　　　　　　B. 快速开发软件
  C. 大型团队开发　　　　　　　　　D. 商业软件开发
- ● 常见的软件开发模型有瀑布模型、演化模型、螺旋模型、喷泉模型等。其中，＿＿＿(3)＿＿＿模型适用于需求明确或很少变更的项目，＿＿＿(4)＿＿＿模型主要用来描述面向对象的软件开发过程。
- （3）A. 瀑布模型　　B. 演化模型　　　　C. 螺旋模型　　　　D. 喷泉模型
- （4）A. 瀑布模型　　B. 演化模型　　　　C. 螺旋模型　　　　D. 喷泉模型
- ● ＿＿＿(5)＿＿＿不是软件开发生命周期的 6 个阶段之一。生命周期中时间最长的是＿＿＿(6)＿＿＿阶段。
- （5）A. 软件计划　　B. 软件测试　　　　C. 需求分析　　　　D. 系统验收
- （6）A. 软件设计　　B. 程序编写　　　　C. 需求分析　　　　D. 软件维护
- ● 在软件开发方法中，生命周期法的主要缺点是：难以准确定义用户需求，软件开发工作是劳动密集型的，并且＿＿＿(7)＿＿＿。
- （7）A. 阶段不明确　　　　　　　　　　B. 无法对项目进行管理和控制
  C. 开发周期长，难适应环境变化　　D. 系统各部分不独立
- ● 瀑布模型的主要不足之处在于＿＿＿(8)＿＿＿。
- （8）A. 过于简单　　　　　　　　　　　B. 过于灵活

C. 不能适应需求的动态变更　　　D. 各个阶段需要进行评审

● ＿＿＿（9）＿＿＿是软件生存期中的一系列相关软件工程活动的集合，它由软件规格说明、软件设计与开发、软件确认、软件改进等活动组成。＿＿＿（10）＿＿＿是以追求更高的效益和效率为目标的持续性活动。

（9）A. 软件过程　　B. 软件工具　　C. 质量保证　　D. 软件工程

（10）A. 质量策划　　B. 质量控制　　C. 质量保证　　D. 质量改进

● 原型化方法是用户和设计者之间执行的一种交互构成，适用于＿＿＿（11）＿＿＿系统的开发。

（11）A. 需求不确定性高的　　B. 需求确定的　　C. 分时　　D. 实时

● 下列要素中，不属于 DFD 的是＿＿＿（12）＿＿＿。当使用 DFD 对一个工资系统进行建模时，＿＿＿（13）＿＿＿可以被认定为外部实体。

（12）A. 加工　　B. 数据流　　C. 数据存储　　D. 联系

（13）A. 接收工资单的银行　　　　B. 工资系统源代码程序

　　　 C. 工资单　　　　　　　　　D. 工资数据库的维护

● 数据流图的作用是＿＿＿（14）＿＿＿。

（14）A. 描述了数据对象之间的关系　　B. 描述了对数据的处理流程

　　　 C. 说明了将要出现的逻辑判定　　D. 指明了系统对外部事件的反应

● ＿＿＿（15）＿＿＿不是结构化分析设计的原则。

（15）A. 模块独立　　B. 自顶向下　　C. 自底向上　　D. 逐步求精

● 结构化开发方法中，数据流图是＿＿＿（16）＿＿＿阶段产生的成果。

（16）A. 需求分析　　B. 总体设计　　C. 详细设计　　D. 程序编码

● 在数据流图中，带箭头的直线表示＿＿＿（17）＿＿＿，两条平行线表示＿＿＿（18）＿＿＿。

（17）A. 加工　　B. 外部实体　　C. 数据流　　D. 存储

（18）A. 加工　　B. 外部实体　　C. 数据流　　D. 存储

● 结构化分析方法（SA）的一个重要指导思想是＿＿＿（19）＿＿＿。

（19）A. 自顶向下，逐步抽象　　　　B. 自底向上，逐步抽象

　　　 C. 自顶向下，逐步分解　　　　D. 自底向上，逐步分解

● 软件需求规格说明书在软件开发中具有重要作用，但其作用不应该包括＿＿＿（20）＿＿＿。

（20）A. 软件设计的依据　　　　　 B. 用户和开发人员对软件要做什么的共同理解

　　　 C. 软件验收的依据　　　　　 D. 软件可行性分析依据

● 软件工程需求分析阶段的任务是确定＿＿＿（21）＿＿＿。

（21）A. 软件开发方法　　　　　　 B. 软件开发工具

　　　 C. 软件开发费用　　　　　　 D. 软件系统的功能

● DFD 中的每个"加工"至少需要＿＿＿（22）＿＿＿。

（22）A. 一个输入流　　　　　　　 B. 一个输出流

　　　 C. 一个输入流或一个输出流　 D. 一个输入流和一个输出流

● 模块的耦合度描述了＿＿＿（23）＿＿＿。

（23）A. 模块内各种元素结合的程度　 B. 模块内多个功能之间的接口

　　　 C. 模块之间公共数据的数量　　 D. 模块之间相互关联的程度

● 内聚是一种指标，表示一个模块＿＿＿（24）＿＿＿。

（24）A. 代码优化的程度　　　　　　 B. 代码功能的集中程度

　　C. 完成任务的及时程度　　　　　　D. 为了与其他模块连接所要完成的工作量

● 软件的复杂性与许多因素有关，___（25）___不属于软件的复杂性参数。

（25）A. 源程序的代码行数　　　　　　B. 程序的结构

　　　C. 算法的难易程度　　　　　　　D. 程序中注释的多少

● 关于源程序功能性注释不正确的说法是___（26）___。

（26）A. 功能性注释在源程序中，用于说明程序或语句的功能及数据的状态等

　　　B. 注释用来说明程序段，需要在每一行都要加注释

　　　C. 可以使用空行或缩进，以便于容易区分注释和程序

　　　D. 修改程序也应修改注释

● 模块的耦合性可以按照耦合程度的高低进行排序，以下___（27）___符合耦合程度从低到高的次序。

（27）A. 标记耦合，公共耦合，控制耦合，内容耦合

　　　B. 数据耦合，控制耦合，标记耦合，公共耦合

　　　C. 无直接耦合，标记耦合，内容耦合，控制耦合

　　　D. 无直接耦合，数据耦合，控制耦合，内容耦合

● 关于软件测试对软件质量的意义，有以下观点：①度量与评估软件的质量；②保证软件的质量；③改进软件开发过程；④发现软件错误。其中正确的是___（28）___。

（28）A. ①、②、③　　　　　　　　　B. ①、②、④

　　　C. ①、③、④　　　　　　　　　D. ①、②、③、④

● 应该在___（29）___阶段制订系统测试计划。

（29）A. 需求分析　　　B. 概要设计　　　C. 详细设计　　　D. 系统测试

● 软件测试的目的在于___（30）___。

（30）A. 修改所有错误　　　　　　　　B. 发现错误

　　　C. 评估程序员水平　　　　　　　D. 证明程序正确

● 软件黑盒测试的测试用例设计主要考虑___（31）___。

（31）A. 软件功能　　　B. 输入数据　　　C. 输出数据　　　D. 内部逻辑

● 确认测试是以软件___（32）___为依据进行的测试。

（32）A. 源程序　　　B. 需求说明　　　C. 概要设计　　　D. 详细设计

● 下面关于软件测试的说法，___（33）___是错误的。软件测试方法可分为黑盒测试法和白盒测试法两种。黑盒测试法是通过分析程序的___（34）___来设计测试用例的方法。集成测试也叫做___（35）___。

（33）A. 软件测试就是程序测试

　　　B. 软件测试贯穿于软件定义和开发的整个期间

　　　C. 需求规格说明、设计规格说明都是软件测试的对象

　　　D. 程序是软件测试的对象

（34）A. 应用范围　　　B. 内部逻辑　　　C. 功能　　　　D. 输入数据

（35）A. 部件测试　　　B. 组装测试　　　C. 确认测试　　　D. 集合测试

● 白盒测试通常采用的方法是___（36）___，___（37）___不属于白盒测试用例设计方法。黑盒测试也称为功能测试，它不能发现___（38）___。

（36）A. 静态测试　　　　　　　　　　B. 动态测试

　　　C. 静态、动态测试　　　　　　　D. 静态、动态测试和复审

（37）A. 基本路径测试      B. 因果图测试

       C. 循环覆盖测试      D. 逻辑覆盖测试

（38）A. 可靠性错误      B. 输入是否正确接收

       C. 界面是否有误      D. 是否存在冗余代码

● 为了提高软件测试的效率，应该___（39）___。与设计测试用例无关的文档是___（40）___。

（39）A. 随机地选取测试数据

       B. 取一切可能的输入数据作为测试数据

       C. 在完成编码以后制订软件的测试计划

       D. 选择发现错误可能性较大的测试用例

（40）A. 项目开发计划      B. 需求规格说明书

       C. 设计说明书      D. 源程序

● 为了提高测试的效率，应该___（41）___。

（41）A. 随机地选取测试数据

       B. 取一切可能的输入数据作为测试数据

       C. 在完成编码以后制订软件的测试计划

       D. 选择发现错误可能性大的数据作为测试数据

● 使用白盒测试方法时，确定测试数据应根据___（42）___和指定的覆盖标准。

（42）A. 程序的内部逻辑      B. 程序的复杂结构

       C. 使用说明书的内容      D. 程序的功能

● 代码走查（Code Walkthrough）和代码审查（Code Inspection）是两种不同的代码评审方法，这两种方法的主要区别是___（43）___。

（43）A. 在代码审查中由编写代码的程序员来组织讨论，而在代码走查中由高级管理人员来领导评审小组的活动

       B. 在代码审查中只检查代码中是否有错误，而在代码走查中还要检查程序与设计文档的一致性

       C. 在代码走查中只检查程序的正确性，而在代码审查中还要评审程序员的编程能力和工作业绩

       D. 代码审查是一种正式的评审活动，而代码走查的讨论过程是非正式的

● 关于维护软件所需的成本，以下叙述正确的是___（44）___。

（44）A. 纠正外部和内部设计错误比纠正源代码错误需要更大的成本

       B. 与需求定义相比，源代码的文字量大得多，所以源代码的维护成本更高

       C. 用户文档需要经常更新，其维护成本超过了纠正设计错误的成本

       D. 需求定义的错误会在设计时被发现并纠正，因此需求定义纠错的成本小于源代码纠错的成本

● 为了识别和纠正运行中的程序错误而进行的维护称为___（45）___维护。

（45）A. 适应性      B. 完善性      C. 预防性      D. 校正性

● 系统的硬件环境、软件环境和数据环境发生变化时需要对系统进行维护，这种维护属于___（46）___。

（46）A. 完善性维护      B. 适应性维护

       C. 校正性维护      D. 支持性维护

● 在面向对象的软件工程中，一个组件（Component）包含了___（47）___。

（47）A. 所有的属性和操作 　　　　　　　B. 各个类的实例

　　　　C. 每个演员（Device or User）的作用　　D. 一些协作的类的集合

● 应用面向对象的软件开发方法进行分析和设计时，首先要定义好各种___（48）___。

（48）A. 类　　　　　B. 对象　　　　　C. 消息　　　　　D. 操作

● ___（49）___是面向对象程序设计语言不同于其他语言的主要特点，是否建立了丰富的___（50）___是衡量一个面向对象程序设计语言成熟与否的一个重要标志。

（49）A. 继承性　　　B. 消息传递　　　C. 多态性　　　D. 静态联编

（50）A. 函数库　　　B. 类库　　　　　C. 类型库　　　D. 方法库

● 面向对象（Object-Oriented）方法是一种非常实用的软件开发方法。一个对象通常由___（51）___三部分组成。

（51）A. 对象名、类、消息　　　　　　B. 名称、属性、函数

　　　　C. 对象名、属性、方法　　　　　D. 名称、消息、操作

● 面向对象的开发方法中，___（52）___是面向对象技术领域内占主导地位的标准建模语言，用这种语言描述系统与外部系统及用户之间交互的图是___（53）___。

（52）A. RUP　　　　B. C++　　　　　C. UML　　　　D. Java

（53）A. 类图　　　　B. 用例图　　　　C. 对象图　　　D. 协作图

● 面向对象中的所谓数据隐藏指的是___（54）___。

（54）A. 输入数据必须输入口令　　　　　B. 数据经过加密处理

　　　　C. 对象内部数据结构上建有防火墙　　D. 对象内部数据结构的不可访问性

● 面向对象的类之间有关联、泛化、实现及依赖等关系。在统一建模语言中，符号"－－－－－▷"表示的是___（55）___关系。

（55）A. 关联　　　　B. 依赖　　　　　C. 实现　　　　D. 泛化

● ___（56）___不属于面向对象的软件开发方法。在面向对象方法中，对象可看成是属性（数据）以及这些属性上专用操作的封装体。封装是一种___（57）___技术，封装的目的是使对象的___（58）___分离。

（56）A. coad 方法　　　　　　　　　　B. booch 方法

　　　　C. jackson 方法　　　　　　　　　D. omt 方法

（57）A. 组装　　　　　　　　　　　　　B. 产品化

　　　　C. 固化　　　　　　　　　　　　　D. 信息隐蔽

（58）A. 定义和实现　　　　　　　　　　B. 设计和测试

　　　　C. 设计和实现　　　　　　　　　　D. 分析和定义

● 面向对象的主要特征包括对象唯一性、封装性、继承性和___（59）___。

（59）A. 多态性　　　B. 完整性　　　　C. 可移植性　　　D. 兼容性

● 对象实现了数据和操作的结合，使数据和操作___（60）___于对象的统一体中。

（60）A. 结合　　　　B. 隐藏　　　　　C. 封装　　　　D. 抽象

● 面向对象方法有许多特征，如软件系统是由对象组成的；___（61）___；对象彼此之间仅能通过传递消息互相联系；层次结构的继承。

（61）A. 开发过程基于功能分析和功能分解

　　　　B. 强调需求分析重要性

　　　　C. 把对象划分成类，每个对象类都定义一组数据和方法

D. 对既存类进行调整

● UML 语言不支持的建模方式有___（62）___。

（62）A. 静态建模　　B. 动态建模　　　C. 模块化建模　　　D. 功能建模

● 以下关于信息库（Repository）的叙述中，最恰当的是___（63）___；___（64）___不是信息库所包含的内容。

（63）A. 存储一个或多个信息系统或项目的所有文档、知识和产品的地方

　　　B. 存储支持信息系统开发的软件构件的地方

　　　C. 存储软件维护过程中需要的各种信息的地方

　　　D. 存储用于进行逆向工程的源码分析工具及其分析结果的地方

（64）A. 网络目录　　B. CASE 工具　　C. 外部网接口　　　D. 打印的文档

● 在系统转换的过程中，旧系统和新系统并行工作一段时间，再由新系统代替旧系统的策略称为___（65）___；在新系统全部正式运行前，一部分一部分地代替旧系统的策略称为___（66）___。

（65）A. 直接转换　　B. 位置转换　　C. 分段转换　　　D. 并行转换

（66）A. 直接转换　　B. 位置转换　　C. 分段转换　　　D. 并行转换

● 信息系统工程是指信息化工程建设中___（67）___的新建、升级、改造工程。
①信息数据系统　②信息资源系统　③信息应用系统　④信息网络系统

（67）A. ①、②、③　　　　　　　　　　B. ②、③、④

　　　C. ①、②、③、④　　　　　　　　D. ①、③、④

● 基于计算机的信息系统主要包括计算机硬件系统、计算机软件系统、数据及其存储介质、通信系统、信息采集设备、___（68）___和工作人员等七大部分。

（68）A. 信息处理系统　　B. 信息管理者　　C. 安全系统　　D. 规章制度

● 信息系统是为了支持组织决策和管理而由一组相互关联的部件组成的、具有完整功能的集合体，主要包括___（69）___等三项活动。

（69）A. 输入数据、处理、输出信息　　　B. 输入信息、存储传递、输出信息

　　　C. 输入信息、处理、输出数据　　　D. 输入数据、存储传递、输出信息

● 同其他事物一样，信息系统也要经过产生、发展、成熟、消亡、更新等过程。随着___（70）___发生变化，信息系统需要不断维护和修改，并可能被淘汰。

（70）A. 生存环境　　B. 软硬件技术　　C. 开发人员　　D. 主管人员

● 在信息系统设计中应高度重视系统的___（71）___设计，防止对信息的篡改、越权获取和蓄意破坏，以及防止自然灾害。

（71）A. 容错　　　　B. 结构化　　　C. 可靠性　　　D. 安全性

● 通常在软件开发过程的___（72）___阶段，无须用户参与。

（72）A. 需求分析　　B. 维护　　　　C. 编码　　　D. 测试

● 为了改善系统硬件环境和运行环境而产生的系统更新换代需求所导致的软件维护属于___（73）___维护。

（73）A. 适应性　　　B. 正确性　　　C. 完善性　　　D. 预防性

● 在信息系统开发过程中，系统规范描述了___（74）___。

（74）A. 每一个系统功能的实现方案　　　B. 系统的功能和行为

　　　C. 系统中使用的算法和数据结构　　D. 系统仿真需要的时间

● 结构化分析方法（SA）的主要思想是___（75）___。

（75）A. 自顶向下、逐步分解　　　　B. 自顶向下、逐步抽象
　　　 C. 自底向上、逐步抽象　　　　D. 自底向上、逐步分解
● 软件开发中，常用　（76）　作为软件调试技术。
（76）A. 边界值分析　　　　　　　　B. 演绎法
　　　 C. 循环覆盖　　　　　　　　　D. 集成测试
● 信息系统建设验收阶段所需遵循的基本原则中，错误的表述是　（77）　。
（77）A. 验收测试和配置审核是验收评审前必须完成的两项主要检查工作，由验收委员会主持
　　　 B. 测试组在认真审核需求规格说明、确认测试和系统测试的计划与分析结论的基础上制订验收测试计划
　　　 C. 原有测试和审核结果一律不可用，必须重做该项测试或审核，同时可根据业主单位的要求临时增加一些测试和审核内容
　　　 D. 配置审核组完成物理配置审核，检查程序与文档的一致性、文档与文档的一致性、交付的产品与合同要求的一致性及符合有关标准的情况
● 事务处理系统（TPS）一般有3种处理方法，它们是　（78）　。
（78）A. 订单处理、客户处理和供应商处理
　　　 B. 批处理、联机处理和联机输入延迟处理
　　　 C. 数据采集、数据编辑和数据修改
　　　 D. 数据操作、数据存储和文档制作
● 在开发信息系统时，用于系统开发人员与项目管理人员沟通的主要文档是　（79）　。
（79）A. 系统开发合同　　　　　　　B. 系统设计说明书
　　　 C. 系统开发计划　　　　　　　D. 系统测试报告
● 在信息系统工程项目规划中，通常采用层次分解和类比的方法确定系统目标，在　（80）　的情况下不适合采用类比的方法。
（80）A. 信息系统成熟产品较多　　　B. 工程涉及的专业技术领域较多
　　　 C. 了解该类项目的专家较多　　D. 信息系统升级改造工程
● 在软件生命周期中，需求分析是软件设计的基础。需求分析阶段研究的对象是软件项目的　（81）　。
（81）A. 规模　　　B. 质量要素　　　C. 用户要求　　　D. 设计约束
● 一个软件开发过程描述了"谁做"、"做什么"、"怎么做"和"什么时候做"，RUP用　（82）　来表述"谁做"。
（82）A. 角色　　　B. 活动　　　C. 制品　　　　D. 工作流
● 在UML中，图是系统体系结构在某个侧面的表示，所有图在一起组成系统的完整视图。在UML的9种图中，　（83）　是静态图，　（84）　是动态图。
（83）A. 序列图　　B. 配置图　　C. 协作图　　　D. 数据流图
（84）A. 对象图　　B. 数据流图　C. 组件图　　　D. 状态图
● UML的包是一种对模型元素进行成组组织的通用机制，以便于理解复杂的系统。包与包之间的联系主要是依赖和　（85）　。
（85）A. 泛化　　　B. 继承　　　C. 跟踪　　　　D. 嵌套
● 针对面向对象类中定义的每个方法的测试，基本上相当于传统软件测试中的　（86）　。

（86）A. 集成测试　　　　B. 系统测试　　　C. 单元测试　　　D. 验收测试

● 为了满足用户提出的增加新功能、修改现有功能及一般性的改进要求和建议，需要对软件进行　　（87）　　。

（87）A. 完善性维护　　　　　　　　　　　B. 适应性维护

　　　　C. 预防性维护　　　　　　　　　　D. 改正性维护

● 某软件在应用初期运行在 Windows NT 环境中。现该软件需要在 UNIX 环境中运行，而且必须完成相同的功能。为适应这个要求，软件本身需要进行修改，而所需修改的工作量取决于该软件的　　（88）　　。

（88）A. 可扩充性　　　　B. 可靠性　　　C. 复用性　　　D. 可移植性

● 与客户机/服务器（Client/Server）架构相比，浏览器/服务器（Browser/Server）架构的最大优点是　　（89）　　。

（89）A. 具有强大的数据操作和事务处理能力，模型思想简单，易于人们理解和接受

　　　　B. 部署和维护方便、易于扩展

　　　　C. 适用于分布式系统，支持多层应用架构

　　　　D. 将应用一分为二，允许网络分布操作

● 以下关于软件测试的说法正确的包括　　（90）　　。

①代码走查是静态测试方法，白盒测试是动态测试方法

②黑盒测试的对象是程序逻辑结构，白盒测试的对象是程序接口

③无论黑盒测试，还是白盒测试，都无法用穷举法设计全部用例

④对发现错误较多的程序段，应进行更深入的测试。因为发现错误数多的程序段，其质量较差，同时在修改错误过程中又容易引入新的错误

⑤测试覆盖标准按发现错误的强弱能力排序，依次是路径覆盖、条件组合覆盖、判定覆盖、条件覆盖、语句覆盖

（90）A. ①③④　　　B. ①②③　　　C. ③④⑤　　　D. ②③④

● 进行软件测试的目的是　　（91）　　。

（91）A. 尽可能多地找出软件中的缺陷　　B. 缩短软件的开发时间

　　　　C. 减小软件的维护成本　　　　　　D. 证明程序没有缺陷

● 对那些为广大用户开发的软件而进行的 β 测试是指在　　（92）　　的情况下所进行的测试。

（92）A. 开发环境下，开发人员可不在场

　　　　B. 开发环境下，开发人员应在场

　　　　C. 用户的实际使用环境下，开发人员可不在场

　　　　D. 用户的实际使用环境下，开发人员应在场

● 　　（93）　　一般不作为需求分析阶段所使用的工具或方法。

（93）A. 头脑风暴法　　　　　　　　　B. U/C 矩阵

　　　　C. 数据流程图　　　　　　　　　D. 需求跟踪表

● 原型法是面向用户需求而开发的一个或多个工作模型，以下关于原型法的叙述不正确的是　　（94）　　。

（94）A. 可以减少文档的数量

　　　　B. 可以逐步明确系统的特征

　　　　C. 开发人员可以从实践中快速获得需求

D. 可以改善开发人员与用户的交流

● 软件需求分析方法中不属于模型驱动法的是___（95）___。

（95）A. SA（结构化分析）　　　　　B. IE（信息工程建模）

C. OOA（面向对象分析）　　　　D. RAA（快速架构分析）

● 下列关于软件质量保证活动要素的叙述中，不正确的是___（96）___。

（96）A. 质量保证人员不能是兼职的

B. 软件开发必须严格按照软件开发规范进行

C. 验证和确认软件质量所用的方法有评审、审查、审计、分析、演示、测试等

D. 应在软件开发过程中及时记录与质量保证有关的活动

● 在软件需求调研过程中，用户要求承建单位搭建的业务系统采用 SOA 架构实现，且须遵循用户内部的《数据维护与管理规范》、《信息分类编码规范》等制度进行数据库设计，这类需求属于___（97）___。

（97）A. 目标需求　　　　　　　　　B. 业务需求

C. 功能需求　　　　　　　　　D. 非功能性需求

● UML 提供了几种不同的图用于组成不同的视图，下列不属于静态图的是___（98）___。

（98）A. 用例图　　B. 类图　　C. 序列图　　D. 配置图

● 黑盒测试是将被测试程序看成一个黑盒子，不考虑程序内部结构的情况，而只考虑程序的输入与输出之间的关系，下列属于典型黑盒测试方法的是___（99）___。

（99）A. 等价类划分法　　　　　　　B. 静态结构分析法

C. 代码检查法　　　　　　　　D. 代码覆盖率分析法

● 根据程序流程图所示，满足条件覆盖的用例是___（100）___。

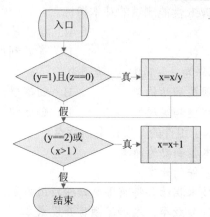

①CASE1: x=1,y=3,z=0

②CASE2: x=3,y=2,z=1

③CASE3: x=1,y=2,z=0

④CASE4: x=1,y=1,z=0

（100）A. ①②　　　　B. ②③　　　　C. ③④　　　　D. ①④

● 在软件产品交付后产品仍然需要不断进行修改，其中用来检测和纠正软件产品中的潜在故障，使其不成为有效故障的行为是___（101）___。

（101）A. 完善性维护　　　　　　　　B. 适应性维护

C. 改正性维护　　　　　　　　D. 预防性维护

● 构件设计的原则是＿＿＿（102）＿＿＿。

（102）A. 低内聚高耦合　　　　　　　　B. 高内聚低耦合

　　　　C. 低内聚低耦合　　　　　　　　D. 高内聚高耦合

● ＿＿＿（103）＿＿＿可组成 BI（商业智能）系统。

（103）A. 数据仓库、OLTP 和神经网络　　B. 数据仓库、OLAP 和数据挖掘

　　　　C. 数据库、OLTP 和数据挖掘　　　D. 数据库、MIS 和 DSS

● ＿＿＿（104）＿＿＿是系统建模的替代方法，是可选的系统设计方法，经常用于系统开发项目中，特别是用户难以陈述或者可视化业务需求时。

（104）A. 设计用例　　　　　　　　　　B. 数据建模

　　　　C. 结构化功能需求　　　　　　　D. 建立原型

● 面向对象开发技术中，对象定义为系统中用来描述客观事物的一个实体，对象之间通过＿＿＿（105）＿＿＿执行有关操作。

（105）A. 信息共享　　　B. 调用　　　C. 继承　　　D. 消息

● 数据字典应在＿＿＿（106）＿＿＿阶段建立。

（106）A. 前期规划　　　B. 需求分析　　　C. 概要设计　　　D. 详细设计

● 数据流程图（DFD）是一种能全面地描述信息系统逻辑模型的主要工具，在数据流程图中方框表示＿＿＿（107）＿＿＿，＿＿＿（108）＿＿＿不属于数据流程图的基本成分。

（107）A. 数据流　　　　　　　　　　　B. 数据的源点或终点

　　　　C. 数据存储　　　　　　　　　　D. 加工

（108）A. 外部实体　　　　　　　　　　B. 处理过程

　　　　C. 数据结构　　　　　　　　　　D. 数据流

● ＿＿＿（109）＿＿＿不是 Web 性能测试的基本指标。

（109）A. 响应时间　　　　　　　　　　B. 吞吐量

　　　　C. 登录系统用户数　　　　　　　D. 资源利用率

● 常用的设计模式可分为＿＿＿（110）＿＿＿等三类。

（110）A. 对象型、实现型和结构型　　　B. 创建型、结构型和行为型

　　　　C. 抽象型、过程型和实现型　　　D. 创建型、接口型和行为型

● ＿＿＿（111）＿＿＿不是基于组件的开发模型的特点。

（111）A. 使软件的版本控制更为简单

　　　　B. 支持可重用组件的开发

　　　　C. 与面向对象技术相结合将获得更好的应用效果

　　　　D. 提高了项目开发效率，增加了项目开发成本

● 为扩充功能或改善性能而进行的修改，属于＿＿＿（112）＿＿＿。

（112）A. 纠错性维护　　　　　　　　　B. 适应性维护

　　　　C. 预防性维护　　　　　　　　　D. 完善性维护

● 信息系统工程建设过程比较复杂，涉及基础设施、网络、软件开发、系统集成等各个方面。下列叙述中，不正确的是＿＿＿（113）＿＿＿。

（113）A. 由于信息系统工程属于典型的多学科合作项目，因此承建单位除了要有 IT 方面的技术外，还要有行业应用的丰富经验

　　　　B. 信息系统工程可以采用软件复用技术，因此能够标准化快速开发完成

　　　　C. 信息系统工程行业特征比较明显，行业差异比较大

D. 信息系统工程在逐渐明晰的过程中产生很多变更，意味着工作范围可能发生变更

● 以下对信息系统建设原则的理解不正确的是___（114）___。

（114）A. 在项目实施过程中，应由承建方高层抓项目管理

　　　B. 应切实加强用户的参与

　　　C. 系统建设是一把手工程，应得到建设方高层的大力支持

　　　D. 在信息系统项目实施过程中应制订计划，计划可按照需要和工作程序及时调整

● 面向对象分析与设计中，___（115）___是类的一个实例。

（115）A. 对象　　　B. 接口　　　C. 构件　　　D. 设计模式

● 以下关于软件需求分析的说法中，不正确的是___（116）___。

（116）A. 需求分析需要进行软件功能和性能的技术实现方法描述

　　　B. 需求分析文档可用于指导后续的开发过程

　　　C. 软件需求包括业务需求、用户需求、功能需求和非功能需求等

　　　D. 软件需求一般应由用户方组织进行确认

● 数据仓库的内容是随时间变化的，这种变化趋势不包过___（117）___。

（117）A. 不断增加新的数据内容

　　　B. 捕捉到的新数据会覆盖旧的快照

　　　C. 不断删除过期的数据内容

　　　D. 综合数据将随时间变化而不断地进行重新综合

● 软件的___（118）___反映了组织机构或客户对系统、产品高层次的目标要求。

（118）A. 业务需求　　　　　　　　B. 技术先进性

　　　C. 功能需求　　　　　　　　D. 性能需求

● 统一建模语言 UML 中用来反映代码的物理结构的是___（119）___。

（119）A. 用例图　　　B. 协作图　　　C. 组件图　　　D. 状态图

● 在面向对象软件开发方法中，一个对象一般由___（120）___组成。

（120）A. 名称、消息、函数　　　　B. 名称、属性、实例

　　　C. 对象名、属性、消息　　　D. 对象名、属性、方法

● 因为 Java 平台___（121）___，所以具有较强的可移植性。

（121）A. 具有强大的数据操作和事务处理能力

　　　B. 采用 Java 虚拟机技术

　　　C. 可用的组件较多，功能丰富

　　　D. 适用于分布式系统，支持多层架构应用

● 在面向对象编程及分布式对象技术中，___（122）___是类和接口的集合。

（122）A. 对象　　　B. 组件　　　C. 实例　　　D. 属性

● 审查测试设计是监理方质量控制的重要手段，根据常用的 W 模型测试策略，在需求分析与系统设计过程中，监理方应审查的相应测试设计为___（123）___。

（123）A. 验收测试设计与性能测试设计

　　　B. 用户测试设计与集成测试设计

　　　C. 单元测试设计与集成测试设计

　　　D. 确认测试设计与系统测试设计

# 3.2 习题参考答案

| （1） | （2） | （3） | （4） | （5） | （6） | （7） | （8） | （9） | （10） |
|------|------|------|------|------|------|------|------|------|------|
| A | A | A | D | D | D | C | C | A | D |
| （11） | （12） | （13） | （14） | （15） | （16） | （17） | （18） | （19） | （20） |
| A | D | A | B | C | A | C | D | C | D |
| （21） | （22） | （23） | （24） | （25） | （26） | （27） | （28） | （29） | （30） |
| D | D | D | B | D | B | D | C | A | B |
| （31） | （32） | （33） | （34） | （35） | （36） | （37） | （38） | （39） | （40） |
| A | B | A | C | B | C | B | D | D | A |
| （41） | （42） | （43） | （44） | （45） | （46） | （47） | （48） | （49） | （50） |
| D | A | D | A | D | B | D | B | A | B |
| （51） | （52） | （53） | （54） | （55） | （56） | （57） | （58） | （59） | （60） |
| C | C | B | D | C | C | D | A | A | C |
| （61） | （62） | （63） | （64） | （65） | （66） | （67） | （68） | （69） | （70） |
| C | C | A | C | D | C | B | D | A | B |
| （71） | （72） | （73） | （74） | （75） | （76） | （77） | （78） | （79） | （80） |
| D | C | A | B | A | B | C | B | C | B |
| （81） | （82） | （83） | （84） | （85） | （86） | （87） | （88） | （89） | （90） |
| C | A | B | D | A | C | A | D | B | A |
| （91） | （92） | （93） | （94） | （95） | （96） | （97） | （98） | （99） | （100） |
| A | C | C | A | D | A | D | C | A | C |
| （101） | （102） | （103） | （104） | （105） | （106） | （107） | （108） | （109） | （110） |
| D | B | B | D | D | B | B | C | C | B |
| （111） | （112） | （113） | （114） | （115） | （116） | （117） | （118） | （119） | （120） |
| D | D | B | A | A | A | B | A | C | D |
| （121） | （122） | （123） | | | | | | | |
| B | B | D | | | | | | | |

# 第4章 法律法规与标准化

**本章考点提示：**

✓ 著作权法。
✓ 计算机软件保护条例。
✓ 标准化法。
✓ 招标投标法。
✓ 计算机信息系统集成单位资质管理办法。
✓ 计算机信息系统集成项目经理资质管理办法。
✓ 信息系统工程监理单位资质管理办法。
✓ 信息系统工程监理师资格管理办法。
✓ 信息系统工程监理暂行规定。

## 4.1 习题

● 我国著作权法中，___(1)___系指同一概念。

（1）A. 出版权与版权　　　　　　　　B. 著作权与版权
　　　C. 作者权与专有权　　　　　　　D. 发行权与版权

● 根据《GB8566-88 计算机软件开发规范》，软件生命周期中的第一阶段是___(2)___。

（2）A. 需求分析　　　　　　　　　　B. 可行性研究和计划
　　　C. 概要设计　　　　　　　　　　D. 使用和维护

● 某软件设计师自行将他人使用 C 程序语言开发的控制程序转换为机器语言形式的控制程序，并固化在芯片中，该软件设计师的行为___(3)___。

（3）A. 不构成侵权，因为新的控制程序与原控制程序使用的程序设计语言不同
　　　B. 不构成侵权，因为对原控制程序进行了转换与固化，其使用和表现形式不同
　　　C. 不构成侵权，将一种程序语言编写的源程序转换为另一种程序语言形式，属于一种"翻译"行为
　　　D. 构成侵权，因为他不享有原软件作品的著作权

● 信息系统项目建设中知识产权管理与非 IT 项目大不相同，涉及的方面更多，在项目监理过程中需要考虑___(4)___。

①涉及建设单位的知识产权　　　　②外购软件的知识产权
③涉及系统集成商的知识产权　　　④涉及监理方的知识产权保护

（4）A. ①和③　　　　　　　　　　　B. ①、③、④
　　　C. ①、②、③　　　　　　　　　D. ①、②、③、④

● ___(5)___不需要登记或标注版权标记就能得到保护。

（5）A. 专利权　　　　B. 商标权　　　　C. 著作权　　　　D. 财产权

● 在信息系统项目知识产权保护的监理工作中，下面有关知识产权监理措施中描述错误的是___(6)___。

（6）A. 保护建设单位的知识产权权益　　　　B. 外购软件的知识产权保护

C. 项目文档的知识产权保护控制　　　　D. 承建单位软件开发思想概念的保护

● 某开发人员不顾企业有关保守商业秘密的要求，将其参与该企业开发设计的应用软件的核心程序设计技巧和算法通过论文向社会发表，那么该开发人员的行为___(7)___。

（7）A. 属于开发人员权利不涉及企业权利　　B. 侵犯了企业商业秘密权

C. 违反了企业的规章制度但不侵权　　　D. 未侵犯权利人软件著作权

● 《计算机软件保护条例》规定：对于在委托开发软件活动中，委托者与受委托者没有签订书面协议，或者在协议中未对软件著作权归属做出明确的约定，其软件著作权归___(8)___。

（8）A. 委托者所有　　　　　　　　　　　　B. 受委托者所有

C. 国家所有　　　　　　　　　　　　　D. 软件开发者所有

● 自然人的计算机软件著作权的保护期为___(9)___。

（9）A. 25 年　　　　　　　　　　　　　　B. 50 年

C. 作者终生及死后 50 年　　　　　　　D. 不受限制

● 实施知识产权保护的监理措施主要包括___(10)___。

① 政策措施　　② 技术措施　　　③ 经济措施　　④ 组织措施

（10）A. ①②③④　　　　B. ①②　　　　C. ②③④　　　　D. ③④

● 李某大学毕业后在 M 公司销售部门工作，后由于该公司软件开发部门人手较紧，李某被暂调到该公司软件开发部开发新产品，两个月后，李某完成了该新软件的开发。该软件产品著作权应归___(11)___所有。

（11）A. 李某　　　　　　　　　　　　　　B. M 公司

C. 李某和 M 公司　　　　　　　　　　D. 软件开发部

● 依据我国著作权法的规定，___(12)___属于著作人身权。

（12）A. 发行权　　　　　　　　　　　　　B. 复制权

C. 署名权　　　　　　　　　　　　　D. 信息网络传播权

● 由我国信息产业部批准发布，在信息产业部门范围内统一使用的标准，称为___(13)___。

（13）A. 地方标准　　　B. 部门标准　　　C. 行业标准　　　D. 企业标准

● 下列标准代号中，___(14)___是国家标准的代号。

（14）A. IEEE　　　　　B. ISO　　　　C. GB　　　　D. GJB

● 已经发布实施的标准（包括已确认或修改补充的标准），经过实施一定时期后，对其内容再次审查，以确保其有效性、先进性和适用性，其周期一般不超过___(15)___年。

（15）A. 1　　　　　　B. 3　　　　　C. 5　　　　D. 7

● ISO9000 质量管理体系认证书的有效期为___(16)___。

（16）A. 3 年　　　　　B. 2 年　　　　C. 1 年　　　　D. 5 年

● ___(17)___确定了标准体制和标准化管理体制，规定了制定标准的对象与原则以及实施标准的要求，明确了违法行为的法律责任和处罚办法。

（17）A. 标准化　　　　B. 标准　　　　C. 标准化法　　　D. 标准与标准化

● 下列标准代号中，___(18)___为推荐性行业标准的代号。

（18）A. SJ/T　　　　　　B. Q/T11　　　　　　C. GB/T　　　　　D. DB11/T

● 对于 ISO9000 族标准，我国国标目前采用的方式是＿＿＿（19）＿＿＿。

（19）A. 等同采用　　　B. 等效采用　　　C. 参照执行　　　D. 参考执行

● ISO9000-2000 族标准的理论基础是＿＿＿（20）＿＿＿。

（20）A. 预防为主　　　　　　　　　　　　B. 质量第一

　　　C. 八项质量管理原则　　　　　　　　D. 全面质量管理

● 若投标单位＿＿＿（21）＿＿＿，招标单位可视其为严重违约行为，没收其投标保证金。

（21）A. 通过资格预审后不投标　　　　　　B. 不参加开标会议

　　　C. 不参加现场考察　　　　　　　　　D. 开标后要求撤回投标书

● GB/T 19000-2000 族核心标准的完整构成包括＿＿＿（22）＿＿＿。

① GB/T19000-2000 质量管理体系——基础和术语

② GB/T19001-2000 质量管理体系——要求

③ GB/T19004-2000 质量管理体系——业绩改进指南

④ ISO19011-2000 质量和环境审核指南

⑤ ISO19000-2000 质量管理体系审核指南

（22）A. ①②③　　　　　　　　　　　　B. ①②③④

　　　C. ①②③④⑤　　　　　　　　　　D. ①②③⑤

● 软件质量的定义是＿＿＿（23）＿＿＿。

（23）A. 软件的功能性、可靠性、易用性、效率、可维护性、可移植性

　　　B. 满足规定用户需求的能力

　　　C. 最大限度达到用户满意

　　　D. 软件特性的总和，以及满足规定和潜在用户需求的能力

● 信息系统项目招标过程中，自中标通知书发出后，招标人与中标人应在＿＿＿（24）＿＿＿天内签订合同。

（24）A. 15 天　　　　　B. 30 天　　　　　C. 45 天　　　　　D. 60 天

● 按照招标投标法律和法规的规定，开标后允许＿＿＿（25）＿＿＿。

（25）A. 投标人更改投标书的内容和报价

　　　B. 投标人再增加优惠条件

　　　C. 投标人对投标书中的错误予以澄清

　　　D. 招标人更改招标文件中说明的评标、定标办法

● 招标的资格预审须知中规定，采用限制投标人入围数量为6家的方式。当排名第六的投标人放弃入围资格时，应当＿＿＿（26）＿＿＿。

（26）A. 仅允许排名前五名入围的投标人参加投标

　　　B. 改变预审合格标准，只设合格分，不限制合格者数量

　　　C. 由排名第七的预投标人递补，维持6家入围投标人

　　　D. 重新进行资格预审

● 招标确定中标人后，实施合同内注明的合同价款应为＿＿＿（27）＿＿＿。

（27）A. 评标委员会算出的评标价　　　　　B. 招标人编制的预算价

　　　C. 中标人的投标价　　　　　　　　　D. 所有投标人的价格平均值

● 对招标文件的响应存在非实质性的细微偏差的投标书，＿＿＿（28）＿＿＿。

（28）A. 不予淘汰，在订立合同前予以澄清、补正即可

B. 不予淘汰，在评标结束前予以澄清、补正即可

C. 不予淘汰，允许投标人重新报价

D. 评标阶段予以淘汰

● 下面对于招标过程按顺序描述，正确的是　　(29)　　。

(29) A. 招标、投标、评标、开标、决标、授予合同

B. 招标、投标、开标、评标、决标、授予合同

C. 招标、投标、评标、决标、开标、授予合同

D. 招标、投标、开标、决标、评标、授予合同

● 评标委员会由招标人的代表和有关技术、经济等方面的专家组成，成员人数为
　　(30)　　人以上单数，其中技术、经济等方面的专家不得少于成员总数的　　(31)　　。

(30) A. 5　　　　　　B. 7　　　　　　C. 3　　　　　　D. 9

(31) A. 1/2　　　　　B. 1/3　　　　　C. 2/3　　　　　D. 3/4

● 当出现招标文件中的某项规定与招标人对投标人质疑问题的书面解答不一致时，
应以　　(32)　　为准。

(32) A. 招标文件中的规定

B. 现场考察时招标单位的口头解释

C. 招标单位在会议上的口头解答

D. 对投标人质疑的书面解答文件

● 招标人上级行政主管部门派出监督招标投标活动的人员可以　　(33)　　。

(33) A. 作为评标专家

B. 参加开标会

C. 决定中标人

D. 参加定标投票

● 　　(34)　　属于投标文件对招标文件的响应有细微偏差。

(34) A. 提供的投标担保有瑕疵

B. 货物包装方式不符合招标文件的要求

C. 个别地方存在漏项

D. 明显不符合技术规格要求

● 对一个邀请招标的工程，参加投标的单位不得少于　　(35)　　家。

(35) A. 2　　　　　　B. 3　　　　　　C. 4　　　　　　D. 5

● 我国信息产业与信息化建设主管部门和领导机构，在积极推进信息化建设的过程
中，对所产生的问题予以密切关注，并逐步采取了有效的措施，概括起来，主要是实施计
算机信息系统　　(36)　　管理制度；推行计算机系统集成　　(37)　　制度及信息系统工程
监理制度。

(36) A. 集成资质　　B. 集成资格　　　　C. 监理质量　　　D. 监理资质

(37) A. 监理工程师资格管理

B. 项目经理

C. 价格听证

D. 监理单位资格管理

● 《项目经理管理办法》将系统集成项目经理分为　　(38)　　。

(38) A. 项目经理、高级项目经理两个级别

  B. 项目经理、高级项目经理和资深项目经理三个级别

  C. 一级项目经理、二级项目经理两个级别

  D. 一级项目经理、二级项目经理和三级项目经理三个级别

● 信息工程建设相关法律、行政法规、部门规章的效力从高到低依次为　　(39)　　。

(39) A. 法律、行政法规、部门规章

  B. 法律、部门规章、行政法规

  C. 行政法规、法律、部门规章

  D. 部门规章、行政法规、法律

● 信息系统工程监理工程师可以协助建设单位选择承建单位。在审查某网络工程项目的候选承建单位及人员资质时，　　(40)　　不属于审查的范围；计算机信息系统集成资质等级从高到低依次为　　(41)　　，在信息工程项目建设合同中，项目经理是　　(42)　　授权的、项目实施的承建方的总负责人。

(40) A. 资质文件是否真实、齐全

  B. 候选承建单位的资质等级是否与本工程的规模相适应

  C. 候选承建单位的主要技术领域是否与本工程需要的技术相符合

  D. 候选承建单位是否通过了 CMM 认证

(41) A. 一、二、三、四级       B. 一、二、三级

  C. 甲、乙、丙、丁级       D. 甲、乙、丙级

(42) A. 建设单位法定代表人      B. 承建单位法定代表人

  C. 总监理工程师         D. 建设单位代表

● 经国务院发展计划部门审批的大型工程项目，关于其可行性研究报告的表述正确的是　　(43)　　。

(43) A. 可行性研究报告是项目最终决策文件

  B. 可行性研究报告是项目初步决策文件

  C. 可行性研究报告应直接报送国务院发展计划部门审批

  D. 可行性研究报告需经具有相应资质的工程咨询单位评估后报送国务院发展计划部门

● 以下关于信息系统工程监理单位资质管理的描述，正确的是　　(44)　　。

(44) A. 具备独立企业法人资格，且从事超过 3 个投资数额在 500 万元以上的信息系统工程项目监理的单位，即获得丙级信息系统工程监理资质

  B. 通过省、自治区、直辖市信息产业主管部门资质评审的监理公司，即可获得乙级资质

  C. 获得监理资质的单位，由信息产业部统一颁发《信息系统工程监理资质证书》

  D. 丙级和乙级监理单位在获得资质一年后可向评审机构提出升级申请

● 下列有关信息工程监理资质的描述正确的是　　(45)　　。

(45) A. 资质证书有效期为 3 年。届满 3 年应及时申请更换新证，其资质等级保持不变

  B. 丙级和乙级监理单位在获得资质两年后可向评审机构提出升级申请

  C. 信息系统工程监理实行年检制度，监理单位的监理资质由信息产业部负责年检

  D. 监理企业的技术负责人应具有本专业高级职称，且从事信息系统工程监理年限不少于 5 年

● 我国的信息工程监理是指具有相应资质的工程监理企业，接受建设单位的委托对承建单位的___（46）___。

（46）A. 建设行为进行监控的专业化服务活动

B. 工程质量进行严格的检验与验收

C. 建设活动进行全过程、全方位的系统控制

D. 实施过程进行监督与管理

● 计算机系统可维护性是指___（47）___。

（47）A. 对系统进行故障检测与修复的定期时间间隔的长度

B. 系统失效后能被修复的概率

C. 在单位时间内完成修复的概率

D. 系统失效后在规定的时间内可修复到规定功能的能力

● ISO/IEC 9126 软件质量模型中第一层定义了6个质量特性，并为各质量特性定义了相应的质量子特性。子特性___（48）___属于可靠性质量特性。

（48）A. 准确性 　　B. 易理解性 　　C. 成熟性 　　D. 易学性

● 李某在《希赛教育》杂志上看到张某发表的一组程序，颇为欣赏，就复印了一百份作为程序设计辅导材料发给了学生。李某又将这组程序逐段加以评析，写成评论文章后投到《希赛信息化》杂志上发表。李某的行为___（49）___。

（49）A. 侵犯了张某的著作权，因为其未经许可，擅自复印张某的程序

B. 侵犯了张某的著作权，因为在评论文章中全文引用了发表的程序

C. 不侵犯张某的著作权，其行为属于合理使用

D. 侵犯了张某的著作权，因为其擅自复印，又在其发表的文章中全文引用了张某的程序

● 系统的可维护性可以用系统的可维护性评价指标来衡量。系统的可维护性评价指标不包括___（50）___。

（50）A. 可理解性 　　B. 可修改性 　　C. 准确性 　　D. 可测试性

● 著作权保护的是___（51）___。《计算机软件保护条例》规定非职务软件的著作权归___（52）___。

（51）A. 作品的思想内容 　　　　　　　　B. 作品的表达形式

C. 作品的手稿 　　　　　　　　　　D. 作品的名称

（52）A. 软件开发者所有 　　　　　　　　B. 国家所有

C. 雇主所有 　　　　　　　　　　　D. 软件开发者所属公司所有

● 为了确保电子政务工程质量，控制工程建设成本，对于大宗小型机和核心交换机等设备的采购，一般宜___（53）___。

（53）A. 考核合格供货厂家后直接向厂家订货

B. 货比三家，直接在市场上采购

C. 通过样品试验、鉴定后，请中介机构代为采购

D. 采用招标的方式采购

● "评标价"是指___（54）___。

（54）A. 标底价格

B. 中标的合同价格

C. 投标书中标明的报价

    D. 以价格为单位对各投标书优劣进行比较的量化值

● 开标时，出现所列___（55）___情况之一视为废标。

① 投标书逾期到达　　② 投标书未密封　　③ 报价不合理

④ 无单位和法定代表人或其他代理人印鉴　　⑤ 招标文件要求保函而无保函

（55）A. ①②③④⑤　　　　　　　　　　　B. ①②③④

       C. ①②③　　　　　　　　　　　　　　D. ①②④⑤

● 软件需求规格说明书在软件开发中的作用不包括___（56）___。

（56）A. 软件设计的依据　　　　　　B. 软件可行性分析的依据

       C. 软件验收的依据　　　　　　D. 用户和开发人员对软件要做什么的共同理解

● 软件著作权的客体是指___（57）___。

（57）A. 公民、法人或其他组织　　B. 计算机程序及算法

       C. 计算机程序及有关文档　　D. 软件著作权权利人

● 2009年11月工业和信息化部计算机信息系统集成资质认证工作办公室发布《关于开展信息系统工程监理工程师资格认定有关事项的通知》（工信计资[2009]8号），要求信息系统工程监理工程师申请人所参加过的信息系统工程监理项目累计投资总值在___（58）___万元以上。

（58）A. 200　　　　B. 1000　　　　C. 400　　　　D. 500

● 监理在进行外购软件的知识产权审核时，应重点审查___（59）___内容。

①软件的使用权合法文件和证明　　　　②软件的用户数和许可证数

③软件的版别　　　　　　　　　　　　④软件的生产日期

（59）A. ①②　　　　B. ①②③　　　　C. ①②④　　　　D. ①②③④

● 按照《国家电子政务工程建设项目档案管理暂行办法》的要求，电子政务项目实施机构应在项目竣工验收后___（60）___内，向建设单位或本机构档案管理部门移交档案。

（60）A. 1个月　　　　B. 2个月　　　　C. 3个月　　　　D. 6个月

● 按照《国家电子政务工程建设项目管理暂行办法》的要求，项目建设单位应在工程立项的编制___（61）___阶段专门组织项目需求分析，形成需求分析报告送项目审批部门。

（61）A. 项目实施方案　　　　　　B. 项目建议书

       C. 可行性研究报告　　　　　　D. 初步设计方案和投资概算

● 根据工业和信息化部计算机信息系统集成资质认证工作办公室发布的规定，自2011年1月1日起，申请信息系统工程监理部临时资质的单位，取得监理工程师资格人数应不少于___（62）___人。

（62）A. 10　　　　B. 15　　　　C. 20　　　　D. 30

● 某监理工程师甲在总结工作经验的基础上，提出了一套关于监理质量评审的新方法。这套方法的知识产权属于___（63）___。

（63）A. 甲所在公司　　　　　　　B. 监理工程师甲

       C. 监理行业共有　　　　　　D. 甲与其所在的公司共有

● ISO/IEC 9126定义的软件质量特性，包括功能性、可靠性、___（64）___、效率、可维护性和可移植性。成熟性子特性属于软件的___（65）___质量特性。

（64）A. 稳定性　　　B. 适合性　　　C. 易用性　　　D. 准确性

（65）A. 功能性　　　B. 可靠性　　　C. 可维护性　　　D. 可移植性

● 计算机软件的著作权未在合同中进行明确，则委托方享有软件的___（66）___。

①使用权　　　②复制权　　　③展览权　　　④发行权

（66）A．①②③④　　　　　　B．①②④　　　　　C．①②　　D．①

● 软件可维护性的特性中相互促进的是＿＿＿（67）＿＿＿。

（67）A．可理解性和可测试性　　　　B．可理解性和可移植性

　　　C．效率和可修改性　　　　　　D．效率和结构

● 通常影响软件易维护性的因素有易理解性、易修改性和＿＿＿（68）＿＿＿。

（68）A．易使用性　　B．易恢复性　　C．易替换性　　　D．易测试性

● 下列叙述中，与提高软件可移植性相关的是＿＿＿（69）＿＿＿。

（69）A．选择时间效率高的算法

　　　B．尽可能减少注释

　　　C．选择空间效率高的算法

　　　D．尽量用高级语言编写系统中对效率要求不高的部分

● ＿＿＿（70）＿＿＿是指系统和（或）其组成部分能在其他系统中重复使用的程度。

（70）A．可扩充性　　B．可移植性　　C．可重用性　　　D．可维护性

● 计算机系统＿＿＿（71）＿＿＿的提高，不利于提高系统的可移植性。

（71）A．效率　　　　B．可维护性　　C．可靠性　　　　D．可用性

# 4.2　习题参考答案

| （1） | （2） | （3） | （4） | （5） | （6） | （7） | （8） | （9） | （10） |
|---|---|---|---|---|---|---|---|---|---|
| B | B | D | D | C | D | B | B | C | B |
| （11） | （12） | （13） | （14） | （15） | （16） | （17） | （18） | （19） | （20） |
| B | C | C | C | C | A | C | A | A | C |
| （21） | （22） | （23） | （24） | （25） | （26） | （27） | （28） | （29） | （30） |
| D | B | D | B | C | C | C | B | B | A |
| （31） | （32） | （33） | （34） | （35） | （36） | （37） | （38） | （39） | （40） |
| C | D | B | C | B | A | B | B | A | D |
| （41） | （42） | （43） | （44） | （45） | （46） | （47） | （48） | （49） | （50） |
| A | B | D | C | B | A | D | C | C | C |
| （51） | （52） | （53） | （54） | （55） | （56） | （57） | （58） | （59） | （60） |
| B | A | D | D | D | D | C | B | B | C |
| （61） | （62） | （63） | （64） | （65） | （66） | （67） | （68） | （69） | （70） |
| B | B | B | C | B | B | A | D | D | C |
| （71） | | | | | | | | | |
| A | | | | | | | | | |

# 第 5 章 专业英语

**本章考点提示：**

正确阅读并理解相关领域的英文资料。

## 5.1 习题

● DOM is a platform-and language-___（1）___ API that allows programs and scripts to dynamically access and update the content, structure and style of WWW documents (currently, definitions for HTML and XML documents are part of the specification). The document can be further processed and the results of that processing can be incorporated back into the presented ___（2）___. DOM is a ___（3）___-based API to documents, which requires the whole document to be represented in ___（4）___ while processing it. A simpler alternative to DOM is the event-based SAX, which can be used to process very large ___（5）___ documents that do not fit into the memory available for processing.

（1）A. specific      B. neutral      C. contained      D. related
（2）A. text      B. image      C. page      D. graphic
（3）A. table      B. tree      C. control      D. event
（4）A. document      B. processor      C. disc      D. memory
（5）A. XML      B. HTML      C. script      D. Web

● Melissa and LoveLetter made use of the trust that exists between friends or colleagues. Imagine receiving an ___（6）___ from a friend who asks you to open it. This is what happens with Melissa and several other similar email ___（7）___. Upon running, such worms usually proceed to send themselves out to email addresses from the victim'address book, previous emails, web pages ___（8）___.

As administrators seek to block dangerous email attachments through the recognition of well-known ___（9）___, virus writers use other extensions to circumvent such protection. Executable(.exe)files are renamed to .bat and .cmd plus a whole list of other extensions and will still run and successfully infect target users.

Frequently, hackers try to penetrate networks by sending an attachment that looks like a flash movie, which, while displaying some cute animation, simultaneously runs commands in the background to steal your passwouds and give the ___（10）___ access to your network.

（6）A. attachment      B. packet      C. datagram      D. message
（7）A. virtual      B. virus      C. worms      D. bacteria
（8）A. memory      B. caches      C. ports      D. registers
（9）A. names      B. cookies      C. software      D. extensions

（10）A．cracker      B．user      C．customer      D．client

● MIDI enables people to use ___（11）___ computers and electronic musical instruments. There are actually three components to MIDI, the communications "___（12）___", the Hardware Interface and a distribution ___（13）___ called "Standard MIDI Files". In the context of the WWW, the most interesting component is the ___（14）___ Format. In principle, MIDI files contain sequences of MIDI Protocol messages. However, when MIDI Protocol ___（15）___ are stored in MIDI files, the events are also time-stamped for playback in the proper sequence. Music delivered by MIDI files is the most common use of MIDI today.

（11）A．personal     B．electronic     C．multimedia     D．network
（12）A．device      B．protocol      C．network      D．controller
（13）A．format      B．text      C．wave      D．center
（14）A．Video      B．Faxmail      C．Graphic      D．Audio
（15）A．messages     B．packets     C．frame     D．information

● Certificates are ___（16）___ documents attesting to the ___（17）___ of a public key to an individual or other entity. They allow verification of the claim that a given public key does in fact belong to a given individual. Certificates help prevent someone from using a phony key to ___（18）___ someone else. In their simplest form, Certificates contain a public key and a name. As commonly used, a certificate also contains an ___（19）___ date, the name of the CA that issued the certificate, a serial number, and perhaps other information. Most importantly, it contains the digital ___（20）___ of the certificate issuer. The most widely accepted format for certificates is X.509, thus, Certificates can be read or written by any application complying with X.509.

（16）A．text              B．data
     C．digital           D．structured
（17）A．connecting     B．binding
     C．composing     D．conducting
（18）A．impersonate     B．personate
     C．damage          D．control
（19）A．communication     B．computation
     C．expectation     D．expiration
（20）A．signature      B．mark
     C．stamp          D．hypertext

● Originally introduced by Netscape Communications, ___（21）___ are a general mechanism which HTTP Server side applications, such as CGI ___（22）___, can use to both store and retrieve information on the HTTP ___（23）___ side of the connection. Basically, Cookies can be used to compensate for the ___（24）___ nature of HTTP. The addition of a simple, persistent, client-side state significantly extends the capabilities of WWW-based ___（25）___.

（21）A．Browsers     B．Cookies     C．Connections     D．Scripts
（22）A．graphics     B．processes     C．scripts     D．texts
（23）A．Client      B．Editor     C．Creator     D．Server

（24）A. fixed     B. flexible     C. stable     D. stateless

（25）A. programs     B. applications     C. frameworks     D. constrains

● WebSQL is a SQL-like ___（26）___ language for extracting information from the weB. Its capabilities for performing navigation of web ___（27）___ make it a useful tool for automating several web-related tasks that require the systematic processing of either ail the links in a ___（28）___ , all the pages that can be reached from a given URL through ___（29）___ that match a pattern, or a combination of both. WebSQL also provides transparent access to index servers that can be queried via the Common ___（30）___ Interface.

（26）A. query               B. transaction

       C. communication      D. programming

（27）A. browsers     B. servers     C. hypertexts     D. clients

（28）A. hypertext     B. page     C. protocol     D. operation

（29）A. paths     B. chips     C. tools     D. directories

（30）A. Router     B. Device     C. Computer     D. Gateway

● NAC's(Network Access Control) role is to restrict network access to only compliant endpoints and ___（31）___ users. However, NAC is not a complete LAN ___（32）___ solution; additional proactive and ___（33）___ security measures must be implementeD. Nevis is the first and only comprehensive LAN security solution that combines deep security processing of every packet at 10Gbps, ensuring a high level of security plus application availability and performance. Nevis integrates NAC as the first line of LAN security ___（34）___ . In addition to NAC, enterprises need to implement role-based network access control as well as critical proactive security measures —— real-time, multilevel ___（35）___ inspection and microsecond threat containment.

（31）A. automated     B. distinguished     C. authenticated     D. destructed

（32）A. crisis     B. security     C. favorable     D. excellent

（33）A. constructive     B. reductive     C. reactive     D. productive

（34）A. defense     B. intrusion     C. inbreak     D. protection

（35）A. port     B. connection     C. threat     D. insuranc

● Virtualization is an approach to IT that pools and shares ___（36）___ so that utilization is optimized and supplies automatically meet demanD. Traditional IT environments are often silos, where both technology and human ___（37）___ are aligned around an application or business function. With a virtualized ___（38）___ , people, processes, and technology are focused on meeting service levels, ___（39）___ is allocated dynamically, resources are optimized, and the entire infrastructure is simplified and flexible. We offer a broad spectrum of virtualization ___（40）___ that allows customers to choose the most appropriate path and optimization focus for their IT infrastructure resources.

（36）A. advantages     B. resources     C. benefits     D. precedents

（37）A. profits     B. costs     C. resources     D. powers

（38）A. system     B. infrastructure     C. hardware     D. link

（39）A. content     B. position     C. power     D. capacity

（40）A. solutions     B. networks     C. interfaces     D. connections

● Which of the following elements can be called the key element of a computer?　（41）

（41）A. printer　　　　　B. CPU　　　　　C. mouse　　　　　D. keyboard

● The　（42）　has several major components, including the system kernel, a memory management system, the file system manager, device drivers, and the system libraries.

（42）A. application　　　　　　　　B. information system
　　　 C. operating system　　　　　　D. iterative

● Which of the following is not part of the quality assurance process?　（43）

（43）A. Operational definitions　　　　B. Quality policy
　　　 C. Quality audits　　　　　　　　D. Quality improvement

● Which of the following is not part of a modern quality management concept?　（44）

（44）A. Performance standard is zero defects
　　　 B. Quality must be inspected in
　　　 C. 85% of failures occur because of the process，not the worker
　　　 D. Quality is a 4 cycle process – plan/do/check/act

● Each box is an activity; the number it contains is the duration of the activity in days. The duration of the critical path is　（45）　.

```
            ┌───┐            ┌───┐
            │ 2 │──────────▶│ 5 │
            └───┘            └───┘
          ▲                        ▲
  ┌───┐   ┌───┐        ┌───┐     ┌───┐
  │ 3 │──▶│ 6 │───────▶│ 3 │────▶│ 2 │
  └───┘   └───┘        └───┘     └───┘
          │                ▲       ▲
          ▼            ┌───┐      │
  ┌───┐   ┌───┐        │ 7 │      │
  │ 4 │──▶│ 4 │───────▶└───┘    ┌───┐
  └───┘   └───┘                 │ 1 │
                                └───┘
```

（45）A. 16 days　　　B. 14 days　　　C. 19 days　　　D. 20 days

● Consumption of the total life-cycle effort in software maintenance is　（46）　that in software development.

（46）A. less than　　　　　　　　B. larger than
　　　 C. equal or less than　　　　D. equal or larger than

● The process of software development doesn't include　（47）　.

（47）A. verification function　　　　B. writing code
　　　 C. management function　　　　D. validation function

● A well-designed system should be　（48）　.

①easily understood
②reliable
③straightforward to implement
④straightforward to maintain

（48）A. ①②　　　　B. ①③④　　　　C. ②③④　　　　D. ①②③④

● Maintenance activities include　（49）　.

① making enhancements to software products
② developing a new software product

③ correcting problems

④ adapting products to new environments

（49）A. ①②　　　　　B. ①③④　　　　　C. ②③④　　　　　D. ①②③④

● A quality assurance team should be ＿＿（50）＿＿.

① associated with any particular development group

② depended upon any particular development group

③ responsible for reporting directly to management

④ in-depended upon any particular development group

（50）A. ①②　　　　　B. ②③　　　　　C. ③④　　　　　D. ①②③④

● A ＿＿（51）＿＿ is used to communicate with another computer over telephone lines.

（51）A. keyboard　　　B. modem　　　C. mouse　　　D. printer

● The basic unit of measure in a computer system is the ＿＿（52）＿＿. It is the smallest unit in computing. There are some other measures in a computer, such as Kilobyte, Megabyte, Gigabyte and so on.

（52）A. Kilobyte　　　B. Bit　　　C. Gigabyte　　　D. Megabyte

● Stack is quite simple. Many computer systems have stacks built into their circuitry. They also have machine-level instructions to operate the hardware stack. Stack is ＿＿（53）＿＿ in computer systems.

（53）A. useless　　　　　　　　B. not important

　　　C. simple but important　　　·　　　D. too simple to be useful

● Since RAM is only active when the computer is on, your computer uses disk to store information even when the computer is off. Which of the following is true? ＿＿（54）＿＿.

（54）A. When your computer is on, only RAM is used to store information

　　　B. When your computer is on, only disk drives are used to store information

　　　C. When your computer is off, only RAM is used to store information

　　　D. When your computer is off, only disk drives are used to store information

● ＿＿（55）＿＿ Development is a structured design methodology that proceeds in a sequence from one phase to the next.

（55）A. Waterfall　　　B. Phased　　　C. Prototyping　　　D. Parallel

● As an operating system repeatedly allocates and frees storage space, many physically separated unused areas appear. This phenomenon is called ＿＿（56）＿＿.

（56）A. fragmentation　　　　　　　B. compaction

　　　C. swapping　　　　　　　　　D. paging

● To document your code can increase program ＿＿（57）＿＿ and make program easier to ＿＿（58）＿＿.

（57）A. reliability　　　B. security　　　C. readability　　　D. usability

（58）A. execute　　　B. interpret　　　C. compile　　　D. maintain

● We can use the word processor to ＿＿（59）＿＿ your documents.

（59）A. edit　　　B. compute　　　C. translate　　　D. unload

● A ＿＿（60）＿＿ infected computer may lose its data.

（60）A. file　　　B. data base　　　C. virus　　　D. program

- In software engineering and systems engineering, ___(61)___ is a description of a system's behavior as it responds to a request that originates from outside of that system.

（61）A. black box                 B. business rule

        C. use case                 D. traceability matrix

- The standard (IEEE 802) format for printing ___(62)___ in human-friendly form is six groups of two hexadecimal digits, separated by hyphens (-) or colons (:), in transmission order, e.g.01-23-45-67-89-ab, 1:23:45:67:89:aB. This form is also commonly used for EUI-64.

（62）A. hard disk logical block address     B. IP address

        C. mail address                 D. MAC address

- ___(63)___ operate by distributing a workload evenly over multiple back end nodes. Typically the cluster will be configured with multiple redundant load-balancing front ends.

（63）A. High-availability clusters       B. Load-balancing clusters

        C. Grid computing               D. Cloud Computing

- A PM wanted to show management, visually, how quality controls were affecting processes. The best tool to accomplish this is ___(64)___.

（64）A. Diagrams                  B. Histograms

        C. Flowcharts                  D. Control charts

- Configuration management is the process of managing change in hardware, software, firmware, documentation, measurements, etc. As change requires an initial state and next state, the marking of significant states within a series of several changes becomes important. The identification of significant states within the revision history of a configuration item is the central purpose of ___(65)___ identification.

（65）A. baseline      B. value      C. cost        D. Control

- The connection between two networks to form an internet is handled by a machine known as a ___(66)___.

（66）A. bridge       B. client       C. router        D. switch

- One tool that is useful during both analysis and design is the ___(67)___, which is a pictorial representation of the items of information(entities) within the system and the relationships between these pieces of information.

（67）A. data dictionary            B. dataflow diagram

        C. use case diagram           D. entity-relationship diagram

- ___(68)___ is one of the techniques used for estimating activity durations.

（68）A. Analogous Estimating         B. Precedence Diagramming Method (PDM)

        C. Dependency Determination      D. Schedule network Templates

- Project Time Management includes the processes required to manage timely completion of the project, these processes interact with each other. ___(69)___ is following the process - Estimate Activity Durations.

（69）A. Develop Schedule           B. Estimate Activity Resources

        C. Define Activities            D. Sequence Activities

- ___(70)___ is not the tool name for quality controlling used in the figure below.

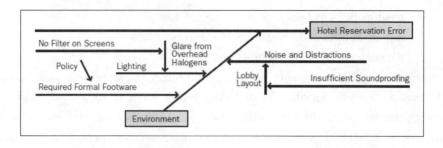

（70）A. Cause and Effect Diagrams     B. Ishikawa Diagrams

   C. Fishbone Diagrams       D. Scatter Diagram

●   Which of the following would require real-time processing?  （71）

（71）A. Playing a computer game

   B. Executing a program that predicts the state of economy

   C. Printing labels

   D. Listening the music

●   （72）   s a client/server protocol for transferring files across the Internet.

（72）A. POP3     B. IMAP     C. FTP     D. HTTP

●   Tool for defining activities is  （73） .

（73）A. Dependency Determination    B. Precedence Diagramming method

   C. Rolling Wave Planning      D. Schedule network Templates

●   Changes often happen in  （74） .

（74）A. Initiating Process      B. Executing Process

   C. Planning Process       D. Closing Process

●   Which of the following is not part of the change-management process of IT supervisor?  （75） .

（75）A. change analyses      B. change evaluation

   C. change acquisition      D. change executing

●   10BaseT is an Ethernet LAN term meaning a maximum transfer rate of 10Mbps that uses baseband signaling and twisted pair cabling. A 10BaseT Ethernet LAN has a  （76）  topology.

（76）A. star     B. ring     C. bus     D. none of the above

●   A work breakdown structure (WBS) is a tool used to define and group a project's discrete work elements in a way that helps organize and define the total work scope of the project. A WBS is most useful for  （77） .

（77）A. identifying individual tasks for a project

   B. scheduling the start of tasks

   C. scheduling the end of tasks

   D. determining potential delays

●   Sub-contractors should obey the contractor in information system project. When censoring sub-contractors, the supervisor mostly concerns about  （78） .

（78）A. Amount of subcontract

B. qualifications and abilities of sub-contractors

C. responsibilities and obligations of sub-contractors

D. the contents of the subcontract

● You are a project manager for a small project. Your project was budgeted for ￥500,000 over a six-week perioD. As of today, you've spent ￥260,000 of your budget to complete work that you originally expected to cost ￥280,000. According to your schedule, you should have spent ￥300,000 by this point. Based on these circumstances, your project could be BEST described as ___（79）___.

（79）A. Ahead of schedule　　　　　　B. Behind schedule

C. On schedule　　　　　　　　　D. Having not enough information provided

● Which statement about the preliminary design stage of a software development project is true? ___（80）___.

（80）A. The preliminary design is an internal document used only by programmers

B. The preliminary design is the result of mapping product requirements info software and hardware functions

C. The preliminary design of the product comes from the requirement specification

D. The developers produce the preliminary design by defining the software structure in enough detail to permit coding

## 5.2　习题参考答案

| （1） | （2） | （3） | （4） | （5） | （6） | （7） | （8） | （9） | （10） |
|------|------|------|------|------|------|------|------|------|-------|
| B | C | B | D | A | A | C | B | D | A |
| （11） | （12） | （13） | （14） | （15） | （16） | （17） | （18） | （19） | （20） |
| C | B | A | D | A | C | B | A | D | A |
| （21） | （22） | （23） | （24） | （25） | （26） | （27） | （28） | （29） | （30） |
| B | C | A | D | B | A | C | B | A | D |
| （31） | （32） | （33） | （34） | （35） | （36） | （37） | （38） | （39） | （40） |
| C | B | C | A | C | B | C | B | D | A |
| （41） | （42） | （43） | （44） | （45） | （46） | （47） | （48） | （49） | （50） |
| B | C | B | B | C | B | C | D | B | C |
| （51） | （52） | （53） | （54） | （55） | （56） | （57） | （58） | （59） | （60） |
| B | B | C | D | A | A | C | D | A | C |
| （61） | （62） | （63） | （64） | （65） | （66） | （67） | （68） | （69） | （70） |
| C | D | B | D | A | C | D | A | A | D |
| （71） | （72） | （73） | （74） | （75） | （76） | （77） | （78） | （79） | （80） |
| A | C | C | B | D | A | A | B | B | C |

# 第 6 章 监理概论

**本章考点提示：**

- ✓ 信息系统工程项目管理知识：项目管理在信息系统工程实施中的地位和作用；信息系统工程项目管理要素的基本内容；项目相关三方（业主方、承建方、监理方）在项目管理中的作用和主要任务。
- ✓ 信息系统工程监理概念：信息系统工程的概念；信息系统工程建设发展过程中存在的基本问题和产生原因；计算机信息系统集成资质管理制度及项目经理制度的由来；信息系统工程监理的概念；信息系统工程监理的特点、范围、内容和程序；信息系统工程监理单位资质管理与监理人员资格管理；监理人员的权利和义务；信息系统工程监理依据。
- ✓ 监理单位的组织建设：监理单位的体系建设（业务体系、质保体系、组织体系）；监理单位风险类别及防范方法。
- ✓ 监理工作的组织和规划：监理工作 3 种关键文件（监理大纲、监理规划、监理实施细则）编写的意义、依据和基本程序；监理项目部的组织结构和监理人员的岗位职责；监理大纲的主要内容；监理规划的主要内容；监理实施细则的主要内容。

## 6.1 习题

- 信息系统工程建设涉及业主、承建方和监理方，其中，甲为业主方项目管理负责人，乙为承建方项目经理，丙为监理方总监理工程师。在工作中，下列①～③是关于甲、乙、丙关系的描述，正确的是___（1）___。
  - ① 甲、乙、丙所代表的三方都需要采用项目管理的方法完成其在项目实施中所肩负的责任。
  - ② 在项目监理过程中，丙要听取业主单位的意见，对于甲的意见在监理工作中要认真执行。
  - ③ 在项目实施过程中，承建单位的软件配置管理工作一直是薄弱环节，乙作为项目经理非常重视，乙、丙通过沟通，决定由监理方与承建方签订合同，由监理方帮助承建单位梳理软件配置管理流程，培训相关人员。
  - （1）A. ①   B. ①、②   C. ①、③   D. ①、②、③
- 由于项目管理不够规范，引发了项目质量和进度方面的问题，监理方应该做的工作不包括___（2）___。
  - （2）A. 表明自己的观点和处理问题的态度  B. 形成监理专题报告
  -    C. 必要时召开专题报告会议    D. 对项目管理责任方进行处罚
- 信息系统项目的实施涉及主建方、承建单位、监理单位三方，而在三方都需要采用项目管理的方法以完成其在项目实施中所肩负的责任。下图中正确表达了这种"三方一法"关系的是___（3）___。

（3）

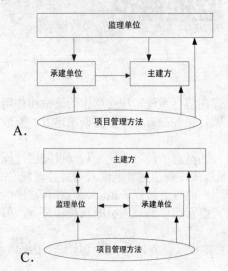
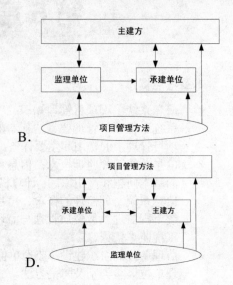

- 下列的描述中，____(4)____ 不是项目特点。

（4）A. 项目具有生命周期，它经历项目的开始阶段、项目的实施阶段和项目的结束阶段

　　B. 项目具有特定的目标，项目实施的目的是为了达到项目的目标

　　C. 项目组的成员面临着比企业中其他成员更多的冲突

　　D. 项目的实施具有周而复始的循环性，类似于企业的运作

- 以下关于信息系统项目管理的说法正确的是____(5)____。

（5）A. 立项阶段的主要工作内容是投标招标

　　B. 组织结构的 3 种类型为职能型、领域型、矩阵型

　　C. 项目经理需要很深的技术功底

　　D. 项目可以边验收边测试

- 信息系统的特点决定了信息系统的监理要采取不同于其他系统的监理方式，下面有关信息监理的描述，正确的是____(6)____。

（6）A. 在信息系统实施过程中，业主需求变更的情况比较常见，为了使信息系统更好地满足业主的需求，因此在信息系统监理过程中对于业主方提出的需求变更申请要予以支持

　　B. 由于信息系统可检查性强，因此，在信息系统监理中要加强旁站、巡视等监理手段的使用

　　C. 信息技术更新速度较快，为了提高信息系统监理的技术水平，要鼓励信息系统集成企业从事信息系统监理工作

　　D. 由于信息系统质量缺陷比较隐蔽，因此信息系统监理过程中要进行经常测试工作

- 工程监理费是付给信息系统工程项目监理单位的监理服务费用。工程监理的取费应综合考虑信息工程项目的监理特点、项目建设周期、地域分布、监理对象、监理单位的能力、监理难度等因素。一般采取的主要取费方式有____(7)____。

①按照信息系统工程建设费（或合同价格）的百分比取费

②由建设单位确定

③由建设单位和监理单位商定

④按照参与信息系统工程的监理人员服务费计取

（7）A. ①、③             B. ①、②、③、④

C. ①、②、③         D. ①、③、④

● 在信息系统工程监理过程中，关于项目复工管理，描述正确的是___（8）___。

（8）A. 如项目暂停是由于建设单位原因，在暂停原因消失、具备复工条件时，监理工程师应及时上报总监理师，由总监理工程师及时签发"监理通知单"，指令承建单位复工

B. 如项目暂停是由于建设单位原因，在暂停原因消失、具备复工条件时，监理工程师应及时签发"监理通知单"，指令承建单位复工

C. 如项目暂停是由于承建单位原因，在暂停原因消失、具备复工条件时，监理工程师应及时签发"监理通知单"，指令承建单位复工

D. 如项目暂停是由于监理单位原因，承建单位在具备复工条件时，就可以继续实施

● 信息系统工程监理活动的___（9）___是控制工程建设的投资、进度、工程质量、变更处理，进行工程建设合同管理、信息管理和安全管理，协调有关单位间的工作关系，被概括为"四控、三管、一协调"。

（9）A. 中心任务      B. 基本方法      C. 主要目的      D. 主要内容

● 信息系统工程建设监理单位要能胜任一定范围内的工程监理服务业务，应当具有一定数量的监理工程师、完善的监理工作制度、相应的组织机构和___（10）___等，对于一个项目监理机构而言，应当配备满足监理工作需要的___（11）___。

（10）A. 所有监理设施                 B. 主要监理设施

C. 所有检测设备和工具        D. 常规检测设备和工具

（11）A. 所有监理设施                 B. 主要监理设施

C. 所有检测设备和工具        D. 常规检测设备和工具

● 监理项目实行总监理工程师负责制，对信息工程监理合同的实施负全面责任，如果监理工程师出现工作过失，违反了合同约定。由___（12）___向建设单位承担违约责任；重大工程质量事故发生后，总监理工程师首先要做的事情是___（13）___，在处理工程质量事故时应解决的关键问题是___（14）___。

（12）A. 工程监理企业             B. 总监理工程师

C. 监理工程师                D. 工程监理企业和监理工程师共同

（13）A. 签发《工程暂停令》        B. 要求承建单位保护现场

C. 要求承建单位24小时内报   D. 更换监理工程师

（14）A. 界定责任               B. 确定事故性质

C. 落实措施               D. 查明问题原因

● 在监理工作过程中，项目监理机构一般不具有___（15）___。

（15）A. 工程建设重大问题的决策权     B. 工程建设重大问题的建议权

C. 工程建设有关问题的决策权     D. 工程建设有关问题的建议权

● 具有纵向职能系统和横向子项目系统的监理组织形式为___（16）___监理组织形式。

（16）A. 矩阵制      B. 直线制         C. 直线职能制        D. 职能制

● 对于信息系统工程分包单位的审查，监理方审查的重点内容是 __(17)__ 。

（17）A. 分包合同工程款额度　　　　　B. 分包单位的资质和能力

　　　C. 分包单位职责和义务　　　　　D. 分包合同内容

● 监理机构为执行监理任务所需的工程资料，应由 __(18)__ 。

（18）A. 监理单位自费收集　　　　　　B. 向委托人付费索取

　　　C. 向设计单位付费索取　　　　　D. 委托人免费提供

● 关于①工程概况，②监理工作统计，③工程测试报告，④建设单位工作情况的组合，工程监理总结报告应该包括的重点是 __(19)__ 。

（19）A. ①②③④　　　　B. ②③④　　　　C. ②④　　　　D. ①②

● 开展信息系统工程监理工作，应当遵守 __(21)__ 的原则。

（20）A. 公正、独立、自主、科学　　　B. 守法、热情、公平、严格

　　　C. 守法、严格、公平、公正　　　D. 守法、公平、公正、独立

● 下列内容中 __(21)__ 不适合作为监理规划的内容。

（21）A. 工程项目概况

　　　B. 监理工具和设施

　　　C. 监理项目部的组织结构与人员配备

　　　D. 质量控制要点及目标

● 在信息系统工程监理工作中，监理大纲、监理规划及监理实施细则是监理工作的3种关键文件，下面关于3种文件的描述，正确的是 __(22)__ 。

（22）A. 监理规划在监理委托合同签定后由监理公司的技术总监主持编制，并交业主单位审核

　　　B. 编制监理大纲的目的是表示本监理方案能够协助建设单位圆满实现预定的投资目标和建设意图

　　　C. 虽然监理大纲、监理规划和监理实施细则都是在监理工作启动之后不同监理阶段所产生的关键文件，但是它们之间了也有一定的关联性和一致性

　　　D. 监理实施细则应该在专业监理工程师的配合下，由总监理工程师主持编制，并报主方批准备案

● 在监理委托合同签订之后，由监理单位指定的指导监理工作开展的纲领性文件是 __(23)__ 。

（23）A. 监理大纲　　　　　　　　　　B. 监理规划

　　　C. 监理实施细则　　　　　　　　D. 以上都是

● 监理实施细则是指导监理单位各项监理活动的技术、经济、组织和管理的综合性文件，信息系统工程监理实施细则是在 __(24)__ 的基础上，由项目总监理工程师主持，专业监理工程师参加，根据监理委托合同规定范围和建设单位的具体要求，以 __(25)__ 为对象而编制的。

（24）A. 监理规划　　　B. 监理大纲　　　C. 建设合同　　　D. 监理合同

（25）A. 被监理的承建单位　　　　　　B. 监理机构

　　　C. 被监理的信息系统工程项目　　D. 建设单位

● 对照①~⑤的描述，信息化建设工程监理规划的作用有 __(26)__ 。

① 监理规划是信息系统工程监理管理部门对监理单位进行监督管理的主要内容

② 监理规划是建设单位检查监理单位是否能够认真、全面履行信息系统工程监理委

托合同的重要依据

③ 监理规划是监理项目部职能的具体体现

④ 监理规划是指导监理项目部全面开展工作的纲领性文件

⑤ 监理规划是监理单位内部考核的主要依据和重要的存档资料

（26）A. ①、②　　　　　　　　　　　　B. ①、②、③

　　　C. ①、②、③、④　　　　　　　　D. ①、②、③、④、⑤

● 项目监理实施过程中使用的监理工具和设施通常在___（27）___中加以说明。

（27）A. 监理规划　　　　　　　　　　B. 监理工作计划

　　　C. 监理实施细则　　　　　　　　D. 监理专题报告

● 监理规划编制的依据为___（28）___。

（28）A. 业主的要求　　　　　　　　　　B. 监理合同

　　　C. 工程承包合同　　　　　　　　D. 工程阶段信息

● 监理单位在业主开始委托监理的过程中，为承揽监理业务而编写的监理方案性文件是___（29）___。

（29）A. 监理大纲　　　　　　　　　　B. 监理实施细则

　　　C. 监理规划　　　　　　　　　　D. 上述都不是

● 对专业性较强的工程项目，项目监理机构应编制工程建设监理实施细则，并必须经___（30）___批准后执行。

（30）A. 监理单位负责人　　　　　　　B. 监理单位技术负责人

　　　C. 总监理工程师　　　　　　　　D. 监理工程师

● 在文件___（31）___中就应该描述在项目中使用的监理工具和设施。

（31）A. 监理规划　　　　　　　　　　B. 监理工作计划

　　　C. 监理实施细则　　　　　　　　D. 监理专题报告

● 监理规划应在___（32）___后开始编制，不属于建设工程监理规划作用的是___（33）___。

（32）A. 监理工作范围、内容确定　　　B. 监理工作程序确定

　　　C. 签订监理合同　　　　　　　　D. 明确项目监理机构的工作目标

（33）A. 监理规划是监理主管机关对监理单位监督管理的依据

　　　B. 监理规划指导项目监理机构全面开展监理工作

　　　C. 监理规划指导具体监理业务的开展

　　　D. 监理规划是业主确认监理单位履行合同的主要依据

● 在监理执行过程中，监理单位___（34）___调换监理机构的总监理工程师人选。

（34）A. 同建设单位商议后可以

　　　B. 和建设单位、承建单位达成一致意见后可以

　　　C. 取得建设单位书面意见后可以

　　　D. 不能

● 在信息系统工程监理过程中，总监理工程师不能由于___（35）___而下达停工令。

（35）A. 实施、开发中出现质量异常情况，经提出后承建单位仍不采取改进措施；或者采取的改进措施不力，还未使质量状况发生好转趋势

　　　B. 隐蔽作业（指综合布线及系统集成中埋入墙内或地板下的部分）未经现场监理人员查验自行封闭、掩盖

　　　C. 承建单位的施工人员没有按照工程进度计划执行

　　D. 使用没有技术合格证的工程材料、没有授权证书的软件，或者擅自替换、变更工程材料及使用盗版软件

● 在项目监理工作中，总监理工程师应履行的职责是___（36）___。

（36）A. 签署工程计量原始凭证　　B. 编制各专业的监理实施细则

　　　　C. 负责合同争议调解　　　　D. 负责各专业监理资料的收集、汇总及整理

● 凡由承建单位负责采购的原材料、半成品、构配件或设备，在采购订货前应向监理工程师申报，经___（37）___审查认可后，方可进行订货采购。

（37）A. 专家　　　　　　　　　　B. 总监理工程师

　　　　C. 监理工程师　　　　　　　D. 建设单位现场代表

● 在实行监理的工作中，总监理工程师具有___（38）___。

（38）A. 组织项目施工验收权　　　B. 工程款支付凭证签认权

　　　　C. 工程建设规模的确认权　　D. 分包单位选定权

● 总监理工程师的代表经授权后，可以承担的职责包括___（39）___。

① 审查和处理工程变更　② 审查分包单位资质　③ 调换不称职的监理人员

④ 参与工程质量事故调查　⑤ 调解建设单位和承建单位的合同争议

（39）A. ①④⑤　　　B. ②④⑤　　　C. ①②④　　　D. ①③④

● 在软件工程环境中进行风险识别时，常见的、已知的及可预测的风险类包括产品规模、商业影响等，与开发工具的可用性及质量相关的风险属于___（40）___风险。

（40）A. 客户特性　　B. 过程定义　　C. 开发环境　　D. 构建技术

● 工程监理总结报告应该重点包括___（41）___方面的内容。

① 工程概况　② 监理工作统计　③ 工程测试报告　④ 承建单位工作情况

（41）A. ①②③④　　　B. ②③④　　　C. ②④　　　D. ①②

● 总监理工程师应履行的职责是___（42）___。

（42）A. 签署工程计量原始凭证　　B. 编制各专业的监理实施细则

　　　　C. 负责合同争议调解　　　　D. 负责各专业监理资料的收集、汇总及整理

● 监理规划是开展监理工作的重要文件，它对建设单位的作用是___（43）___。

（43）A. 指导开展项目管理工作　　B. 监督监理单位全面履行监理合同

　　　　C. 监督管理监理单位的活动　D. 提供工程竣工的档案依据

● 不影响监理效率的因素是___（44）___。

（44）A. 建设工程强度　　　　　　B. 对工程的熟悉程度

　　　　C. 监理人员素质　　　　　　D. 监理管理水平

● 监理单位的义务包括___（45）___。

① 选择承担工程项目建设的承建单位　② 与承建单位签订施工合同

③ 公正地维护有关各方的合法权益　　④ 不得泄露与本工程有关的保密资料

⑤ 不得参与可能与业主利益相冲突的承建单位组织的活动

（45）A. ①③⑤　　　B. ①④⑤　　　C. ②③④　　　D. ③④⑤

● 建设工程监理规划的审核应侧重于___（46）___是否与合同要求和业主建设意图一致。

（46）A. 监理范围、工作内容及监理目标　　　　B. 项目监理机构结构

　　　　C. 投资、进度、质量目标控制方法和措施　D. 监理工作制度

● 在软件项目管理中可以使用各种图形工具来辅助决策，下面对 Gantt 图的描述中，不正确的是___（47）___。

（47）A. Gantt 图表现各个活动的持续时间

　　　B. Gantt 图表现了各个活动的起始时间

　　　C. Gantt 图反映了各个活动之间的时间依赖关系

　　　D. Gantt 图表现了完成各个活动的进度

● 信息系统项目风险管理过程包括风险识别、风险评价、＿＿＿（48）＿＿＿、风险控制四方面。

（48）A. 风险回避　　　　　　　　　B. 风险自留

　　　C. 风险转移　　　　　　　　　D. 风险应对

● 信息系统项目风险管理的目标不包括＿＿＿（49）＿＿＿。

（49）A. 实际质量满足预期的质量要求

　　　B. 实际投资不超过计划投资

　　　C. 实际工期不超过计划工期

　　　D. 避免出现需求变更的情况

● 下列关于项目质量管理的叙述，错误的是＿＿＿（50）＿＿＿。

（50）A. 项目质量管理必须针对项目的管理过程和项目产品

　　　B. 项目质量管理过程包括质量计划编制，建立质量体系，执行质量保证

　　　C. 质量保证是一项管理职能，包括所有为保证项目能够满足相关的质量标准而建立的有计划的、系统的活动

　　　D. 变更请求也是质量保证的输入之一

● 监理人员监督承建单位对工程材料取样送检过程的监理工作方式属于＿＿＿（51）＿＿＿。

（51）A. 旁站　　　　B. 巡视　　　　C. 平行检验　　　　D. 见证

● 监理合同是指委托人与监理单位就委托的工程项目管理内容签订的明确双方权利和义务的协议。＿＿＿（52）＿＿＿不属于监理单位的义务或职责，＿＿＿（53）＿＿＿不属于监理单位的权利。

（52）A. 合同履行过程中如需更换总监理工程师，必须首先经过委托方同意

　　　B. 不得与被监理项目的承建单位存在隶属关系或利益关系

　　　C. 当业主方与承建单位发生争议时，监理应根据自己职能进行调解，最大程度地维护业主方的利益

　　　D. 在合同终止后，未征得有关方同意，不得泄露与本工程合同业务相关的保密资料

（53）A. 对实施项目的质量、工期和费用的监督控制权

　　　B. 完成监理任务后获得酬金的权利

　　　C. 对承建单位的选定权

　　　D. 终止合同的权利

● 监理大纲是在建设单位选择合适的监理单位时，监理单位为了获得监理任务，在项目监理招标阶段编制的项目监理单位方案性文件，由监理单位的＿＿＿（54）＿＿＿负责主持编制，而监理规划是在监理单位的＿＿＿（55）＿＿＿主持下编制。

（54）A. 公司总监　　　　　　　　　B. 总监理工程师

　　　C. 专家组　　　　　　　　　　D. 专业监理工程师

（55）A. 公司总监　　　　　　　　　B. 总监理工程师

　　　C. 专家组　　　　　　　　　　D. 专业监理工程师

● _____（56）_____ 是总监理工程师可以委托总监理工程师代表行使的职责。

（56）A. 签发工程开工令 　　　　　　　B. 审核签认竣工结算

　　　C. 主持编写并签发监理月报 　　　D. 调解建设单位与承建单位的合同争议

● 信息系统工程监理实行总监理工程师负责制，总监理工程师具有_____（57）_____。

（57）A. 承包单位选定权 　　　　　　　B. 工程设计变更审批权

　　　C. 分包单位否决权 　　　　　　　D. 工程建设规模确认权

● 在实施全过程监理的建设工程上，_____（58）_____ 是建设项目的管理主体。

（58）A. 建设单位 　　B. 设计单位 　　C. 施工单位 　　　D. 监理单位

● 工程项目实施阶段出现_____（59）_____ 情况时，总监理工程师有权下达停工令。

① 擅自变更设计及开发方案而自行实施、开发

② 未经技术资质审查的人员进入现场实施、开发

③ 隐蔽作业（指综合布线及系统集成中埋入墙内或地板下的部分）未经现场监理人
员查验自行封闭、掩盖

④ 将 W 点确定为软件开发关键工序，约定时间监理工程师未到现场检查而进行该
W 点的实施

（59）A. ①②③④ 　　B. ①②③ 　　　C. ①③④ 　　　D. ②④

● 建设项目可行性研究的依据有_____（60）_____。

①项目建议书　　②投资方案选择结论　　③项目初步设计　　④委托单位的要求

（60）A. ①②③④ 　　B. ②③④ 　　　C. ①② 　　　D. ①④

● 监理机构在实施信息化工程监理时，应对_____（61）_____ 进行控制。

（61）A. 施工质量、施工工期和施工成本

　　　B. 工程项目的功能、使用要求和质量

　　　C. 工程项目投资方向和投资结构

　　　D. 工程质量、工程工期和工程建设资金使用

● 项目监理机构应当根据_____（62）_____ 开展监理活动。

（62）A. 项目法人的要求 　　　　　　　B. 监理合同

　　　C. 监理大纲 　　　　　　　　　　D. 招标文件

● 在项目建设过程中，负责项目日常监理工作和一般性监理文件签发的是_____（63）_____。

（63）A. 总监理工程师 　　　　　　　　B. 总监理工程师代表

　　　C. 专业监理工程师 　　　　　　　D. 监理员

● 某公司总监理工程师在处理建设单位与承建单位之间的合同纠纷时，考虑到其
受建设单位委托，而有意规避掉部分应由建设单位承担的责任，这种行为违背了监理
方_____（64）_____ 的行为准则。

（64）A. 诚信 　　　B. 守法 　　　C. 科学 　　　D. 公正

● 信息系统监理工程师及监理单位在项目的监理过程中必须遵循相应的法律法规，
下列做法中，仅属于违反职业道德的是_____（65）_____。

（65）A. 利用工作之便，将项目承建单位内部技术文件发送给项目无关人员

　　　B. 参与被监理项目的产品采购

　　　C. 从事超出个人专业范围的监理工作

　　　D. 因未通过企业年审，篡改《信息系统工程监理资质证书》有效期

● 在中央财政拨款的某大型电子政务工程建设过程中，应对项目建设进度、质量、资金管理及运行管理等负总责的是___（66）___。

（66）A. 项目批复单位的主管领导 　　　　B. 承建单位项目经理

　　　　C. 总监理工程师 　　　　　　　　D. 项目建设单位主管领导

● 下列建设单位权力可以由监理机构代为执行的是___（67）___。

（67）A. 接受或拒绝承包单位报价 　　　　B. 确定分包单位

　　　　C. 追加合同款项 　　　　　　　　D. 对工程进行质量否决

● 项目范围管理包括确保项目成功所需的全部工作过程，下列范围管理流程正确的是___（68）___。

①定义范围　　　②核实范围　　　　　③收集需求

④控制范围　　　⑤创建工作分解结构

（68）A. ③①②⑤④ 　　　　　　　　　B. ③①⑤②④

　　　　C. ①③②④⑤ 　　　　　　　　　D. ①③②⑤④

● 下列工作属于监理工作内容的是___（69）___。

（69）A. 核算工程量 　　　　　　　　　　B. 裁定合同纠纷

　　　　C. 编制项目决算 　　　　　　　　D. 代理招标

● 监理单位在委托监理合同签订后应首先尽快将___（70）___书面通知建设单位。

①监理项目部的组织形式 　　　　　　　　②监理细则

③总监理工程师的任命书 　　　　　　　　④监理项目部的人员构成

（70）A. ①②③④ 　　B. ①③④ 　　C. ①②④ 　　D. ①②③

● 在监理技术文档编制过程中，首先应提交的是___（71）___。

（71）A. 投标文件 　　B. 监理大纲 　　C. 监理规划 　　D. 监理细则

● 若组织采用___（72）___结构实施监理业务，则总监理工程师在现场监理中职权最大。

（72）A. 职能型 　　B. 弱矩阵型 　　C. 强矩阵型 　　D. 项目型

● 监理大纲是监理单位为了获得监理任务而编制的方案性文件，其应由___（73）___批准。

（73）A. 建设单位代表 　　　　　　　　　B. 总监理工程师

　　　　C. 监理单位技术负责人 　　　　　D. 招标机构代表

● 某监理工程师采用不适用的设备开展网络测试工作，这种行为违背了监理方___（74）___的行为准则。

（74）A. 可靠性 　　B. 先进性 　　C. 科学性 　　D. 合法性

● 下列关于监理工程师行为的叙述中，不属于违反职业道德的是___（75）___。

（75）A. 同时在两个以上监理单位从事监理活动

　　　　B. 以个人名义承揽监理业务

　　　　C. 未按时提交监理项目的文档资料

　　　　D. 接受承建单位赠送的礼物

● 属于监理机构工作职责的是___（76）___。

（76）A. 确定工程标底 　　　　　　　　　B. 裁定工程索赔方案

　　　　C. 提出工程变更申请 　　　　　　D. 确定工程分包单位

● 工程项目人力资源管理的一般过程，主要包括___（77）___。

①制订组织计划 　　②人员获取 　　③团队发展 　　④员工职业生涯设计

（77）A. ①②③④ 　　B. ②③④ 　　C. ①③④ 　　D. ①②③

● 关于监理人员的权利和义务的叙述中，不正确的是___（78）___。

（78）A. 监理人员应根据监理合同独立执行工程监理业务

B. 监理人员应保守承建单位的技术秘密和商业秘密

C. 监理人员必须满足建设单位的要求和指令

D. 监理人员不得同时从事与被监理项目相关的技术和业务活动

● 属于项目分析设计阶段监理工作的内容是___（79）___。

（79）A. 审查承建单位的资质      B. 审核项目需求规格说明书

C. 检查软件测试的工作进度      D. 编写项目监理总结报告

● 监理单位与承建单位按照下列___（80）___的方式开展工作。

（80）A. 监理单位和承建单位均按监理合同和工程建设合同开展监理或接受监理

B. 监理单位按工程建设合同开展监理工作，承建单位按监理合同接受监理

C. 监理单位按监理合同开展监理工作，承建单位按工程建设合同接受监理

D. 监理单位按监理合同开展监理工作，承建单位按监理合同和工程建设合同接受监理

● 监理大纲应在___（81）___阶段编制。

（81）A. 监理合同签订      B. 监理招投标

C. 监理实施      D. 监理总结

● 监理单位把___（82）___提供给承建单位，能起到工作联系单或通知书的作用。

（82）A. 监理总结    B. 监理细则    C. 监理规划    D. 监理大纲

● 为了更好地适应多节点监理项目的管理，宜采用___（83）___结构实施监理业务。

（83）A. 直线型      B. 职能型      C. 直线职能型      D. 矩阵型

● 信息系统工程项目是由建设单位、承建单位和监理单位共同完成的，因此，质量控制任务也应该由建设单位、承建单位和监理单位共同完成。下边关于质量管理体系中三方关系的说法，不妥的是___（84）___。

（84）A. 承建单位是工程建设的实施方，因此承建单位的质量控制体系能否有效运行是整个项目质量保障的关键

B. 建设单位作为工程建设的投资方和用户方，应该建立较完整的工程项目管理体系，这是项目成功的关键因素之一

C. 监理单位是工程项目的监督管理协调方，既要按照自己的质量控制体系从事监理活动，还要对承建单位的质量控制体系及建设单位的工程管理体系进行监督和指导，使之能够在工程建设过程中得到有效的实施

D. 质量管理过程中，建设单位的参与人员是建设单位为本项目配备的质量管理人员，承建单位的参与人员是承建单位的项目经理和质量管理人员，监理单位的参与人员主要是质量监理工程师、总监理工程师和专家

● 在工程设计阶段，不属于监理审核内容的是___（85）___。

（85）A. 需求范围    B. 系统架构    C. 测试用例    D. 业务流程

● 一般来说，设计阶段需要由___（86）___对各设计实施方案进行审核。

（86）A. 专家      B. 监理工程师

C. 总监理工程师      D. 总监代表

● 在职能式组织结构中，现场监理工程师发现项目技术问题后，首先应该向___（87）___报告。

（87）A. 所在职能部门领导　　　　　B. 所在项目业主单位领导
　　　　C. 所在公司领导　　　　　　　D. 所在项目组领导

● 项目质量管理由质量计划编制、质量保证和　（88）　三方面构成。　（89）　是为使项目能够满足相关的质量标准而建立的有计划的、系统的活动。

（88）A. 质量体系　　　B. 质量规范　　　C. 质量控制　　　D. 质量记录

（89）A. 质量计划　　　B. 质量保证　　　C. 质量记录　　　D. 质量认证

● 关于项目风险管理的叙述，　（90）　是错误的。

（90）A. 为了做好项目风险管理，必须采取措施避免出现需求变更的情况
　　　　B. 项目风险管理过程包括风险识别、风险分析、风险应对和风险控制
　　　　C. 可采用流程图（鱼刺图）和访谈等工具进行风险识别
　　　　D. 应对风险的 3 项基本措施是规避、接受和减轻

● 在"四控，三管，一协调"的监理内容中，　（91）　活动属于"三管"的内容。

（91）A. 监理单位对隐蔽工程进行旁站和检查
　　　　B. 监理单位进行工程投资决算
　　　　C. 监理单位进行合同索赔的处理
　　　　D. 监理单位主持召开项目的三方工程例会和专题会议

● 用于指导监理项目部全面开展工作的纲领性文件是　（92）　。

（92）A. 监理大纲　　　　　　　　　　B. 监理规划
　　　　C. 监理细则　　　　　　　　　　D. 监理合同

● 下列有关监理服务质量管理方面的叙述，正确的是　（93）　。

（93）A. 采用单位管理为主的监理服务质量的管理方式，有利于调动总监理工程师质量控制的积极性
　　　　B. 监理服务质量控制可采取文件审核、旁站、询问、征求意见等方式进行
　　　　C. 监理服务质量的控制方式按照评价方式可分为预防性控制、监督性控制、补偿性控制
　　　　D. 采用监理项目部自我管理为主的监理服务质量的管理方式，可以保证单位各个监理项目部按照统一的要求进行监理，易于控制

● 监理工程师未能正确地履行合同中规定的职责，在工作中发生失职行为造成损失，属于监理工作的　（94）　。

（94）A. 行为责任风险　　　　　　　　B. 工作技能风险
　　　　C. 技术资源风险　　　　　　　　D. 管理风险

● 监理实施细则是以　（95）　为对象而编制的，用以指导各项监理活动的技术、经济、组织和管理的综合性文件。一般情况下，　（96）　不适合作为监理实施细则的内容。

（95）A. 监理单位　　　B. 监理项目　　　C. 监理规划　　　D. 监理结构

（96）A. 工程专业特点　　　　　　　　B. 监理工作流程
　　　　C. 监理组织结构　　　　　　　　D. 监理控制要点

● 　（97）　不是总监理工程师代表可以行使的职责。

（97）A. 负责项目日常监理工作　　　　B. 调换不称职的监理人员
　　　　C. 主持编写并签发监理周报　　　D. 参与工程质量事故的调查

● 对于监理风险较大的监理项目，监理单位可以采用的分担风险的方式是　（98）　。

（98）A. 将监理业务转让给其他监理单位

B. 向保险公司投保

C. 与业主组成监理联合体

D. 与其他监理单位组成监理联合体

● 正在开发的软件项目可能存在一个未被发现的错误，这个错误出现的概率是 0.5%，给公司造成的损失将是 1000000 元，那么这个错误的风险曝光度（risk exposure）是 ___（99）___ 元。

（99）A. 5000000      B. 50000      C. 5000      D. 500

## 6.2 习题参考答案

| （1） | （2） | （3） | （4） | （5） | （6） | （7） | （8） | （9） | （10） |
|---|---|---|---|---|---|---|---|---|---|
| A | D | C | D | B | D | D | A | D | B |
| （11） | （12） | （13） | （14） | （15） | （16） | （17） | （18） | （19） | （20） |
| D | A | A | D | A | A | B | D | D | D |
| （21） | （22） | （23） | （24） | （25） | （26） | （27） | （28） | （29） | （30） |
| D | B | B | A | C | C | A | B | A | C |
| （31） | （32） | （33） | （34） | （35） | （36） | （37） | （38） | （39） | （40） |
| A | C | C | C | C | C | C | B | C | C |
| （41） | （42） | （43） | （44） | （45） | （46） | （47） | （48） | （49） | （50） |
| D | C | B | A | D | A | C | D | D | B |
| （51） | （52） | （53） | （54） | （55） | （56） | （57） | （58） | （59） | （60） |
| D | C | C | A | B | C | C | A | B | D |
| （61） | （62） | （63） | （64） | （65） | （66） | （67） | （68） | （69） | （70） |
| D | B | B | D | B | D | D | B | A | B |
| （71） | （72） | （73） | （74） | （75） | （76） | （77） | （78） | （79） | （80） |
| C | D | C | C | C | C | C | C | B | C |
| （81） | （82） | （83） | （84） | （85） | （86） | （87） | （88） | （89） | （90） |
| B | B | D | D | C | B | D | C | B | A |
| （91） | （92） | （93） | （94） | （95） | （96） | （97） | （98） | （99） | |
| C | B | B | A | B | C | B | D | C | |

# 第7章 进度控制

**本章考点提示:**

✓ 进度控制的概念和一般步骤。
✓ 信息系统工程进度控制的目标与范围。
✓ 影响进度的主要因素。
✓ 进度控制各阶段的工作任务。
✓ 进度控制3种技术手段(图表法、网络图计划法、"香蕉"曲线法)的优缺点、作用以及在进度控制中的作用。
✓ 进度控制的基本程序和主要措施。
✓ 进度控制计划管理各阶段监理的主要内容。

## 7.1 习题

● 在下图的进度控制的作业程序①②③④环节中,依次进行进度控制的监理角色分别为___(1)___。

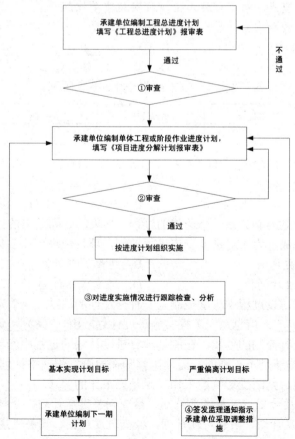

（1）A. ①监理工程师，②总监理工程师，③监理工程师，④总监理工程师

　　B. ①监理工程师，②监理工程师，③监理工程师，④总监理工程师

　　C. ①总监理工程师，②总监理工程师，③监理工程师，④总监理工程师

　　D. ①总监理工程师，②监理工程师，③监理工程师，①总监理工程师

● 信息系统承建单位必须按批准的施工进度计划组织施工，接受监理单位对进度的检查和监督。如果工程实际进度与计划进度不符时，___（2）___。

（2）A. 承建单位不能修改进度计划

　　B. 承建单位应该修改进度计划并报建设单位同意后执行

　　C. 承建单位应该按监理单位的要求，及时采取措施，实现进度计划安排

　　D. 总监理工程师应该分析偏离程度，如果出现严重偏离，总监理工程师应该及时做出延长工期的决定

● 关于进度计划，以下___（3）___的描述是不正确的。

（3）A. 编制和实施进度计划是承建单位的责任

　　B. 编制和实施进度计划是监理单位的责任

　　C. 监理机构可以对实施进度计划提出变更请求

　　D. 监理机构对实施进度计划进行审查和批准

● 进度控制应该遵循的原则有___（4）___。

①工程进度控制的依据是建设工程施工合同所约定的工期目标

②发挥经济杠杆的作用，用经济手段对工程进度加以影响和制约

③以质量预控为重点，对工程施工全过程实施质量控制

④在确保工程质量和安全的原则下，控制工程进度

（4）A. ①、②、④　　　　　　　　B. ①、③、④

　　C. ①、②、③　　　　　　　　D. ①、②、③、④

● 某软件工程项目各开发阶段工作量的比例如下表所示。

| 需求分析 | 概要设计 | 详细设计 | 编　码 | 测　试 |
|---|---|---|---|---|
| 0.29 | 0.13 | 0.17 | 0.10 | 0.31 |

假设当前已处于编码阶段，3000 行程序已完成了 1200 行，则该工程项目开发进度已完成的比例是___（5）___。

（5）A. 29%　　　　　B. 45%　　　　　C. 59%　　　　　D. 63%

● 项目进度计划的制订是一个迭代的过程，如果起始和结束的日期不合实际，则项目可能无法按计划完成。为了对进度变更进行控制，项目经理可以制订___（6）___。

（6）A. 进度变更计划　　　　　　　B. 进度管理计划

　　C. 进度风险计划　　　　　　　D. 进度成本计划

● 在信息工程建设过程中进度控制是一种循环性的活动，一个完整的进度控制过程大致可以分为___（7）___；信息系统工程实施进度计划应由___（8）___负责编制；作为对整个项目的建设进度进行控制的基线，在制订项目进度计划的过程中应当遵循一些基本原则，而___（9）___的描述是不正确的；监理工程师在检查工程网络计划执行过程中，如果发现某工作进度拖后。判断受影响的工作一定是该工作的___（10）___。

（7）A. 编制进度计划、实施进度计划、检查调整进度计划、分析总结进度计划

　　B. 编制进度计划、实施进度计划、检查进度计划、调整进度计划

    C. 编制进度计划、实施进度计划、变更进度计划、检查进度计划

    D. 编制进度计划、实施进度计划、检查进度计划、总结进度计划

（8）A. 建设单位　　　　　　　　　　B. 总监理工程师

    C. 现场监理工程师　　　　　　　D. 承建单位

（9）A. 对所有大事及其期限做出说明

    B. 全部进度必须体现时间的紧迫性

    C. 确切的工作程序能够通过工作网络图得以详细说明

    D. 项目进度计划的详细程度与项目投资额度成正比

（10）A. 平行工作　　B. 后续工作　　　C. 先行工作　　　D. 紧前工作

● 在下列内容中，不属于实施阶段进度控制任务的是____（11）____。

（11）A. 审查实施单位的施工组织设计　　B. 审查实施单位的实施进度计划

    C. 督促实施单位提交质量保证计划　　D. 预防并处理好工期拖期处理

● 监理工程师在实施阶段进行进度控制的依据是____（12）____实施进度计划。

（12）A. 承建单位编制并批准的

    B. 建设单位编制并批准的

    C. 监理单位制订并由承建单位认可的

    D. 承建单位提交并经建设单位批准的

● 工程进度控制是监理工程师的主要任务之一，其最终目的是确保项目____（13）____。

（13）A. 实施过程中应用动态控制原理

    B. 按预定的时间完成或提前完成

    C. 进度控制计划免受风险因素的干扰

    D. 各承建单位的进度关系得到协调

● 在信息工程建设实施阶段，监理工程师进度控制的工作内容包括____（14）____。

（14）A. 审查承建单位调整后的实施进度计划

    B. 编制实施总进度计划和子项工程实施进度计划

    C. 协助承建单位确定工程延期时间和实施进度计划

    D. 按时提供实施条件并适时下达开工令

● 工程建设计阶段进度控制的任务包括____（15）____。

（15）A. 协助建设单位编制项目总进度计划

    B. 协助承建单位编制项目总进度计划

    C. 协助承建单位编制单项工程施工进度计划

    D. 协助建设单位确定合理的设计时限要求

● 进度控制是信息化工程项目监理的关键要素之一，以下有关进度控制的说法，不正确的是____（16）____。

（16）A. 对影响进度的各种因素都要由监理师进行控制

    B. 抓好关键线路的进度控制

    C. 在工程建设的早期就应当编制进度监理计划

    D. 在审核项目进度计划时要充分考虑各阶段工作之间的合理搭接

● 下列施工网络图中，若节点0和6分别表示起点和终点,则关键路径为____（17）____。

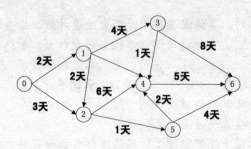

（17）A. 0→1→3→6 　　　　　　B. 0→1→4→6
　　　　C. 0→1→2→4→6 　　　　D. 0→2→5→6

● 某分项工程双代号网络计划如下图所示，其关键线路有＿＿＿（18）＿＿＿条。

（18）A. 2 　　　　　　B. 3 　　　　　　C. 4 　　　　　　D. 5

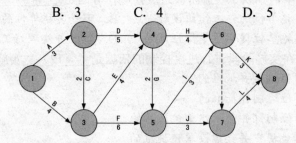

● 在网络计划工期优化过程中，当出现两条独立的关键线路时，如果考虑对质量的影响，优先选择的压缩对象应是这两条关键线路上＿＿＿（19）＿＿＿的工作组合。

（19）A. 资源消耗量之和最小 　　　　B. 直接费用率之和最小
　　　　C. 持续时间之和最长 　　　　D. 间接费用率之和最小

● 某工程计划图如下图所示，弧上的标记为作业编码及其需要的完成时间（天），作业 E 最迟应在第＿＿＿（20）＿＿＿天开始。

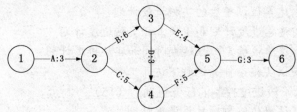

（20）A. 7 　　　　　　B. 9 　　　　　　C. 12 　　　　　　D. 13

● 已知网络计划中工作 M 有两项紧后工作，这两项紧后工作的最早开始时间分别为第 15 天和第 18 天，工作 M 的最早开始时间和最迟开始时间分别为第 6 天和第 9 天，如果工作 M 的持续时间为 9 天，则工作 M＿＿＿（21）＿＿＿。

（21）A. 总时差为 3 天 　　　　　　B. 自由时差为 1 天
　　　　C. 总时差为 2 天 　　　　　　D. 自由时差为 2 天

● 在某工程网络计划中，已知工作 N 的总时差和自由时差分别为 4 天和 2 天，监理工程师检查实际进度时发现该工作的持续时间延长了 5 天，说明此时工作 N 的实际进度＿＿＿（22）＿＿＿。监理工程师按监理合同要求对设计工作进度进行监控时，其主要工作内容有＿＿＿（23）＿＿＿。

（22）A. 既不影响总工期，也不影响其后续工作的正常进行
　　　　B. 不影响总工期，但将其紧后工作的开始时间推迟 5 天

    C. 将其后续工作的开始时间推迟 5 天，并使总工期延长 3 天

    D. 将其后续工作的开始时间推迟 3 天，并使总工期延长 1 天

（23）A. 编制阶段性设计进度计划

    B. 定期检查设计工作实际进展情况

    C. 协调设计各专业之间的配合关系

    D. 建立健全设计技术经济定额

● 工程网络计划的计划工期应＿＿＿（24）＿＿＿。

（24）A. 等于要求工期           B. 等于计算工期

    C. 不超过要求工期         D. 不超过计算工期

● 在某工程网络计划执行过程中，如果某项非关键工作实际进度拖延的时间超过其总时差，则＿＿＿（25）＿＿＿。

（25）A. 网络计划的计算工期不会改变    B. 该项工作的总时差不变

    C. 该项工作的自由时差不变       D. 网络计划中关键线路改变

● 某视频监控项目需要布 51 个监控点，承建方计划分三组（组内人员入场时间、分工各有不同）同时实施，项目经理提交了按时间顺序实施的进度计划交由监理审核：挖基坑、立桩需要 17 天（a），设备采购到货需要 15 天（b），设备安装需要 8.5 天（每组安装 1 套设备需要 0.5 天）（c），模块测试需要 8.5 天（每组测试 1 套设备需要 0.5 天）（d），系统联调需要 2 天（e），验收需要 2 天（f）。监理审核后认为，采用＿＿＿（26）＿＿＿并行施工策略，实际工期最短，是＿＿＿（27）＿＿＿天。

（26）A. a 和 b                  B. a 和 b 和 c

    C. a 和 b 和 c 和 d          D. a 和 b、c 和 d

（27）A. 38        B. 28        C. 30        D. 29.5

● 在双代号网络计划中，工作的最早开始时间应为其各项紧前工作的＿＿＿（28）＿＿＿。

（28）A. 最早完成时间的最大值      B. 最早完成时间的最小值

    C. 最迟完成时间的最大值      D. 最迟完成时间的最小值

● 当采用 S 曲线比较法时，如果实际进度点位于计划 S 曲线的右侧，则该点与计划 S 曲线的垂直距离表示实际进度比计划进度＿＿＿（29）＿＿＿。

（29）A. 超前的时间           B. 拖后的时间

    C. 超额完成的任务量        D. 拖欠的任务量

● 在软件项目管理中可以使用各种图形工具来辅助决策，下面对 Gannt 图的描述不正确的是＿＿＿（30）＿＿＿。

（30）A. Gannt 图表现各个活动的顺序和它们之间的因果关系

    B. Gannt 图表现哪些活动可以并行进行

    C. Gannt 图表现了各个活动的起始时间

    D. Gannt 图表现了各个活动完成的进度

● 在进度计划实施中，若某工作的进度偏差小于或等于该工作的＿＿＿（31）＿＿＿，此偏差将不会影响总工期。

（31）A. 自由时差            B. 紧前工作最迟完成时间

    C. 总时差               D. 紧后工作最早开始时间

● 当非关键工作 M 正在实施时，检查进度计划发现工作 M 存在的进度偏差不影响总工期，但影响后续承包商工作的进度，调整进度计划的首选方法是缩短＿＿＿（32）＿＿＿。

（32）A. 后续工作的持续时间　　　　　B. 工作 M 的持续时间
　　　　C. 工作 M 平行工作的持续时间　D. 关键工作的持续时间

● 监理工程师检查网络计划时，发现某工作尚需作业 5 天，到该工作计划最迟完成时刻尚余 7 天，原有总时差为 6 天，则该工作尚有总时差为　（33）　天。

（33）A. 1　　　　　B. -1　　　　　C. -2　　　　　D. 2

● 工程进度控制是监理工程师的主要任务之一，其最终目的是确保项目　（34）　。

（34）A. 在实施过程中应用动态控制原理
　　　　B. 按预定的时间投入使用或提前交付使用
　　　　C. 进度控制计划免受风险因素的干扰
　　　　D. 各承建单位的进度关系得到协调

● 在信息系统项目监理过程中，　（35）　不是监理工程师评估延期的原则。

（35）A. 项目延期事件属实
　　　　B. 项目延期申请依据的合同条款准确
　　　　C. 项目延期事件发生在被批准的进度计划的任意路径上
　　　　D. 最终评估出的延期天数，应与建设单位协商一致，由总监理工程师签发"项目延期审批表"

● 已知某工程网络计划中工作 M 的自由时差为 3 天，总时差为 5 天。监理工程师在检查进度时发现该工作的实际进度拖延，且影响工程总工期 1 天。在其他工作均正常的前提下，工作 M 的实际进度比计划进度拖延了　（36）　天。

（36）A. 3　　　　　B. 4　　　　　C. 5　　　　　D. 6

● 监理工程师监控进度的关键步骤是　（37）　。

（37）A. 审查进度计划的关键路径
　　　　B. 督促承建单位应根据工程建设合同的约定，编制项目总进度计划
　　　　C. 适当延长工期
　　　　D. 跟踪检查进度计划的执行情况

● 网络计划中的虚工作　（38）　。双代号网络计划中的节点表示　（39）　。

（38）A. 既消耗时间，又消耗资源　　B. 只消耗时间，不消耗资源
　　　　C. 既不消耗时间，也不消耗资源　D. 不消耗时间，只消耗资源

（39）A. 工作　　　　　　　　　　　B. 工作的开始
　　　　C. 工作的结束　　　　　　　　D. 工作的开始或结束

● 在信息工程进度监测过程中，监理工程师要想更准确地确定进度偏差，其中的关键环节是　（40）　。

（40）A. 缩短进度报表的间隔时间
　　　　B. 缩短现场会议的间隔时间
　　　　C. 将进度报表与现场会议的内容更加细化
　　　　D. 对所获得的实际进度数据进行加工处理

● 当采用 S 型曲线比较法时，如果实际进度点位于计划 S 型曲线左侧时，则该点与计划 S 曲线的垂直距离表示　（41）　；该点与计划 S 曲线的水平距离表示　（42）　。

（41）A. 进度超前的时间　　　　　　B. 进度拖后的时间
　　　　C. 超额完成的任务量　　　　　D. 拖欠的任务量

（42）A. 进度超前的时间　　　　　　B. 进度拖后的时间

    C. 超额完成的任务量        D. 拖欠的任务量

● 下面关于监理在处理工期延期方面的叙述，不正确的是____（43）____。

（43）A. 监理在做出延期确认之前，应与建设单位、承建单位进行协商

    B. 及时受理承建单位的工程延期申请，并确认其合理性和可行性

    C. 阶段性工程延期造成工程总工期延迟时，应要求承建单位修改总工期，经审核后报建设单位备案

    D. 要求承建单位承担赶工的全部额外开支和赔偿工程拖期造成的损失

● 在信息系统工程实施阶段，监理进度控制的工作内容不包括____（44）____。

（44）A. 审核承建单位的实施进度计划    B. 协助建设单位编制项目的工作计划

    C. 审核承建单位的进度报告        D. 完善工程项目控制计划

● 按网络计划图进行工期优化的目的是为了缩短____（45）____。

（45）A. 计划工期    B. 计算工期    C. 要求工期    D. 合同工期

● 在工程设计阶段，监理工作实施进度控制的主要任务是____（46）____。

① 根据工程总工期要求，协助建设单位确定合理的设计时限要求

② 审查承建单位的施工进度计划，确认其可行性并满足项目总体进度计划要求

③ 协调、监督各承建（设计）方进行整体性设计工作，使集成项目能按计划要求进行

④ 提请建设单位按合同要求向承建单位及时、准确、完整地提供设计所需要的基础资料和数据

（46）A. ①②        B. ②③④        C. ①③④        D. ①②③④

● 分项工程实施进度计划应由____（47）____负责编制。

（47）A. 建设单位                B. 总监理工程师

    C. 专业监理工程师          D. 承建单位

● 下列关于关键工作的叙述，错误的是____（48）____。

（48）A. 关键工作的自由时差为零

    B. 相邻两项关键工作之间的时间间隔为零

    C. 关键工作的持续时间最长

    D. 关键工作的最早开始时间与最迟开始时间相等

● 监理控制工程进度的措施不包括____（49）____措施。

（49）A. 组织    B. 技术    C. 信息管理    D. 知识产权管理

● 制订进度计划过程中，常用于评价项目进度风险的方法是____（50）____。

（50）A. PERT 分析         B. 关键路径分析

    C. 网络图分析         D. 甘特图分析

● 某工程的双代号网络计划如下图所示，则其关键路径时间为____（51）____天，作业 F 的自由时差为____（52）____天，节点 5 的最迟完成时间为____（53）____天。

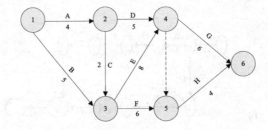

（51）A. 20          B. 19          C. 16          D. 15
（52）A. 1           B. 2           C. 4           D. 5
（53）A. 8           B. 16          C. 11          D. 10

● 项目总体进度计划应由___（54）___后实施。

（54）A. 总包单位审核，监理单位批准    B. 监理单位审核，建设单位批准
      C. 分包单位审核，总包单位批准    D. 建设单位审核，监理单位批准

● 某工程有10项工作，其相互的依赖关系如下表所示，则双代号网络计划绘制正确的是___（55）___，其关键路径时间为___（56）___天。

| 工作代号 | 所用时间（天） | 紧前作业 |
| --- | --- | --- |
| A | 4 |  |
| B | 3 | A |
| C | 2 | A |
| D | 5 | B |
| E | 6 | C、D |
| F | 6 | D |
| G | 4 | E |
| H | 4 | G |
| I | 9 | F、H |
| J | 1 | I |

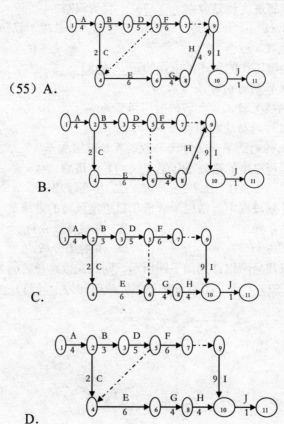

（55）A.

B.

C.

D.

（56）A. 36　　　　　　B. 30　　　　　　C. 33　　　　　　D. 27

● 按照"香蕉"曲线图法的表述，实际进度处于最早计划时间之上表示___（57）___。

（57）A. 进度正常　　　　　　　　　B. 进度延期

　　　C. 进度提前　　　　　　　　　D. 虽然延期，但处于可控范围内

● 某机房改造工程，由于业主单位原因，导致增容的不间断电源系统没有使用房间而迟迟不能就位，项目总体进度一再延期，以下说法正确的是___（58）___。

（58）A. 因属于非承建单位导致的进度延期，所以监理单位应审核同意承建单位工期
　　　　顺延的申请

　　　B. 监理单位应召集业主单位、承建单位召开专题讨论会，要求承建单位就房间
　　　　问题提供解决方案

　　　C. 监理单位就此进度延期的问题向业主单位提交专题报告，建议其尽快解决房
　　　　间问题

　　　D. 如果承建单位就该进度延期提出索赔要求，监理单位应驳回该索赔申请

● 下图为用以展现进度的香蕉曲线图，图中曲线 A 为最早时间计划，曲线 B 为最迟时间计划，曲线 C、D、E、F 为实际进度，___（59）___表示延期。

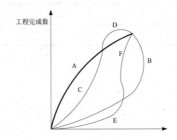

（59）A. C　　　　　　B. D　　　　　　C. E　　　　　　D. F

● 下列说法错误的是___（60）___。

（60）A. 工程进度曲线可用于观测关键路径上的关键作业

　　　B. 工程施工进度曲线的切线斜率即为施工进度速度

　　　C. 进度曲线比甘特图更容易表示出实际进度较计划进度超前或延迟的程度

　　　D. 工程施工进度曲线图无法表示某进度条件下的所需资源

● 网络图是由箭线和节点组成，用来表示工作流程的有向网状图形。在单代号图中，箭线表示___（61）___。

（61）A. 工作或事件　　　　　　　B. 工作持续时间

　　　C. 工作之间的逻辑关系　　　D. 工作的开始或结束状及工作之间的连接点

● 下图（双代号网络计划）的关键路径时间为___（62）___天。

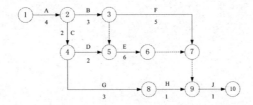

（62）A. 13　　　　B. 14　　　　　　C. 15　　　　　　D. 11

## 7.2 习题参考答案

| （1） | （2） | （3） | （4） | （5） | （6） | （7） | （8） | （9） | （10） |
|---|---|---|---|---|---|---|---|---|---|
| C | C | B | A | D | B | A | D | D | B |
| （11） | （12） | （13） | （14） | （15） | （16） | （17） | （18） | （19） | （20） |
| C | D | B | A | D | A | C | C | B | D |
| （21） | （22） | （23） | （24） | （25） | （26） | （27） | （28） | （29） | （30） |
| A | D | B | C | D | D | C | A | D | A |
| （31） | （32） | （33） | （34） | （35） | （36） | （37） | （38） | （39） | （40） |
| C | B | D | B | C | D | D | C | D | D |
| （41） | （42） | （43） | （44） | （45） | （46） | （47） | （48） | （49） | （50） |
| C | A | D | B | B | C | D | C | D | A |
| （51） | （52） | （53） | （54） | （55） | （56） | （57） | （58） | （59） | （60） |
| A | B | B | B | A | A | C | C | C | A |
| （61） | （62） | | | | | | | | |
| C | C | | | | | | | | |

# 第8章 质量控制

**本章考点提示：**

✓ 信息系统工程质量的概念及质量控制的意义。
✓ 影响信息系统工程质量的因素。
✓ 协同质量控制的概念及业主方、承建方、监理方三方在协同质量控制中的作用。
✓ 质量控制手段的特点、适用范围和使用要求。
✓ 质量控制点的含义、作用和设置原则。
✓ 工程招投标及准备阶段质量控制的要点及方法。
✓ 工程设计阶段质量控制的要点及方法。
✓ 工程实施过程质量控制的要点及方法。
✓ 工程验收阶段质量控制的要点及方法。

## 8.1 习题

● 下述对信息系统工程质量控制的描述，正确的是___(1)___。
① 信息系统工程项目的实体质量是由设计质量唯一决定的
② 只有严格控制好每个阶段的工程质量，才有可能保证工程项目的实体质量
③ 设置质量控制点的目的就是将工程质量总目标分解为各控制点的分目标，以便通过对各控制点分目标的控制，来实现对工程质量总目标的控制
④ 建设单位、承建单位和监理单位三方协同的质量管理体系是信息工程项目成功的重要因素
（1）A. ①、②　　　　B. ①、②、③、④　　　　C. ②、③、④　　　　D. ②

● 监理和完善质量保证体系是监理单位组织建设的关键内容之一，根据你对监理和完善质量保证体系的理解，下图中①②③表示的内容分别是___(2)___。

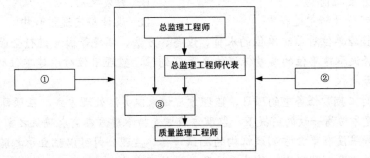

（2）A. 专家组、业务单位、质量控制组
　　　B. 监理单位质量保证体系、质量控制组、专家组
　　　C. 专家组、质量控制组、承建单位质量保证体系
　　　D. 监理单位质量保证体系、专家组、质量控制组

● 监理工程师在设置质量控制点时应遵循一定的原则，___（3）___是错误的原则。

（3）A. 质量控制点应放置在工程项目建设活动中的关键时刻和关键部位

B. 质量控制点应根据监理机构的资源状况进行设置

C. 保持控制点设置的灵活性和动态性

D. 选择的质量控制点应该易于纠偏

● 在软件开发项目实施阶段质量控制工作中，监理机构针对开发项目实施方案应审核的内容是___（4）___。

①实施方案与法律、法规和标准的符合性

②工程实施的组织机构

③实施方案与合同、设计方案和实施计划的符合性

④实施方案的合理性和可行性

（4）A. ①、②、③、④　　　　　　　　　B. ①、③

C. ①、③、④　　　　　　　　　　　D. ②、③、④

● 系统终验是系统投入正式运行前的重要工作，系统验收工作通常是在建设方主管部门的主持下。按照既定程序来进行，以下关于系统终验描述错误的是___（5）___。

（5）A. 承建方应该首先提出工程终验的申请和终验方案

B. 监理方应该协助建设方审查承建方提出的终验申请，如果符合终验条件则开始准备系统终验；否则，向承建方提出系统整改意见

C. 监理方应协助建设方成立验收委员会，该委员会包括建设方、承建方和专家组成

D. 验收测试小组可以是专业的第三方的测试机构或者是承建方聘请的专家测试小组或者三方共同成立的测试小组

● 工程质量是工程建设的核心，是决定整个信息系统工程建设成败的关键，也是一个系统是否成功的最根本标志。监理工程师对工程质量控制的目标是___（6）___；信息工程质量必须在工程___（7）___加以保证；监理方在质量控制监理过程中，做法正确的是___（8）___。___（9）___不是选择质量控制点应考虑的内容。

（6）A. 实现合同要求　　　　　　　　　B. 维护参与建设的各方利益

C. 保证技术法规执行　　　　　　　D. 维护社会公共利益

（7）A. 开发之前　　　　　　　　　　　B. 开发之后

C. 可行性研究过程中　　　　　　　D. 设计与实现过程中

（8）A. 监理单位对承建单位的人员、设备、方法、环境等因素进行全面的质量监察，督促承建单位的质量保证体系落实到位，监理单位对承建单位的投入人员有否决权

B. 对工期紧任务重的项目，监理方应该采取灵活处理方式，在项目建设方、承建方协商一致的前提下，监理方应该支持承建方在需求确认之前进行开发工作

C. 如果没有第三方测试机构的测试评估，监理公司可以独立承担验收测试工作，并出具测试报告，作为系统验收的依据之一

D. 信息系统工程建设全过程实施质量控制，以质量预控为重点，做好技术总体方案、系统集成方案、开发/测试计划、培训计划等的审核

（9）A. 关键工序　　　　　　　　　　　B. 隐蔽工程

C. 实施中的薄弱环节　　　　　　　D. 实施

● 质量控制是指信息系统工程实施过程中在对信息系统质量有重要影响的关键时段进行质量___（10）___。在信息工程建设中，监理质量控制最关键的因素是___（11）___。在进行控制点设置时，___（12）___不是设置质量控制点应遵守的一般原则。

（10）A. 检查、确认

　　　 B. 确认、决策及采取措施

　　　 C. 确认、采取措施、使用质量控制工具和技术

　　　 D. 检查、确认、决策、采取措施、使用质量控制工具和技术

（11）A. 在合同谈判时，建设单位充分利用其优势地位，争取到更多的有利条款

　　　 B. 选择优秀的项目承建单位

　　　 C. 充分发挥监理的作用，在整个项目过程中对承建单位的项目建设质量进行严格控制

　　　 D. 承建单位尽可能多地投入资源，从承建单位中选择优秀的技术人员承担本项目建设

（12）A. 选择的质量控制点应该突出重点，质量控制点都应放置在工程项目建设活动中的关键时刻和关键部位，以利于监理工程师开展质量控制工作

　　　 B. 选择的质量控制点应该易于纠偏，有利于监理工程师及时发现质量偏差，同时有利于承建单位控制管理人员及时制定纠偏措施

　　　 C. 质量控制点设置要有利于参与工程建设的三方共同从事工程质量的控制活动

　　　 D. 保持控制点设置的灵活性和动态性，质量控制点设置并不是一成不变的，必须根据工程进展的实际情况，对已设立的质量控制点应随时进行必要的调整或增减

● 工程监理单位代表建设单位对实施质量进行监理，___（13）___。

（13）A. 并对实施质量承担监理责任

　　　 B. 并对实施质量与承建单位共同承担责任

　　　 C. 并对实施质量承担连带责任

　　　 D. 但对实施质量不承担责任

● 如果承建单位项目经理由于工作失误导致采购的设备不能按期到货，施工合同没有按期完成，则建设单位可以要求___（14）___承担责任。

（14）A. 承建单位　　　　　　　　　 B. 监理单位

　　　 C. 设备供应商　　　　　　　　 D. 项目经理

● 信息系统建设过程中暴露出各种问题，虽然不是主流，但也不容忽视，针对①~⑤的描述，项目建设过程中普遍存在___（15）___的问题。

① 系统质量不能满足应用的基本需求

② 没有采用先进技术

③ 项目文档不全甚至严重缺失

④ 系统存在着安全漏洞和隐患

⑤ 工程进度拖后延期

（15）A. ①、②、③、④、⑤　　　　　 B. ①、③、④、⑤

　　　 C. ①、②、③、⑤　　　　　　　 D. ①、②、③、④

● 工程质量控制应坚持以人为核心的原则，重点控制___（16）___。

（16）A. 人的行为　　　　　　　　　　B. 人的作业能力

C. 人的管理能力　　　　　　　　D. 人的控制能力

● 监理工程师在审核参与投标企业近期承建工程的情况时，在全面了解的基础上，应重点考核___（17）___。

（17）A. 建设优质工程的情况　　　　　B. 在工程建设中是否具有良好的信誉

C. 质量保证措施的落实情况　　　D. 与拟建工程相似或接近的工程

● 信息系统工程质量管理包括下述的___（18）___。

① 质量保证体系的执行与完善　　　　② 软件开发质量保证

③ 质量策划　　　　　　　　　　　　④ 项目风险控制

（18）A. ①、②、③、④　　　　　　　B. ②、③、④

C. ①、②、④　　　　　　　　　D. ①、②、③

● 质量控制过程中，质量控制点的设置原则包括以下的___（19）___。

① 选择的质量控制点应该突出重点

② 选择的质量控制点应该便于纠偏

③ 质量控制点设置要有利于参与工程建设的三方共同从事工程质量的控制活动

④ 控制点设置要一次到位

（19）A. ①、②、③、④　　　　　　　B. ①、②、③

C. ②、③、④　　　　　　　　　D. ②、④

● 监理工程师对承建单位提交的总体技术方案进行质量审核应侧重于___（20）___。

（20）A. 各专业技术方案的实现是否符合国家或国际标准

B. 技术、经济分析和比较

C. 用户要求的使用功能和合同规定的质量要求是否得到满足

D. 承建单位的人员、成本和知识等资源投入能否保证实施任务完成

● 质量手册、程序文件和___（21）___属于质量管理体系文件。

（21）A. 质量计划　　　　B. 质量目标　　　　C. 质量方针　　　　D. 质量记录

● 质量因素为"4M1E"指的是___（22）___。

（22）A. 人、机器、原材料、方法、环境　　B. 人、机器、方法、成本、政策

C. 人、原材料、方法、成本、环境　　D. 外部因素和内部因素

● 关于监理质量控制，不正确的是___（23）___。

（23）A. 对所有的隐蔽工程在进行隐蔽以前进行检查和办理签认

B. 对重点工程要派监理人员驻点跟踪监理

C. 对各软件开发过程进行质量保证，并对开发结果进行确认测试

D. 对工程主要部位、主要环节及技术复杂工程加强检查

● 建设项目设备采购方案最终需要获得___（24）___的批准。

（24）A. 建设单位　　　　　　　　　　B. 总集成单位

C. 监理单位　　　　　　　　　　D. 设备供应单位

● 质量认证中的"3C"标志是___（25）___。

（25）A. 产品合格认证标志　　　　　　B. 强制性产品认证标志

C. 质量管理体系认证标志　　　　D. 国际上产品认证的通用标志

● 工程监理人员发现信息工程设计不符合相关工程质量标准或者合同约定的质量要求时，___（26）___。

（26）A. 向承建单位发"停工令"

      B. 有权自行改正后通知承建单位

      C. 应当报告建设单位后自行改正

      D. 应当报告建设单位要求承建单位改正

● 总监理工程师对专业监理工程师已同意承包人覆盖的隐蔽工程质量有怀疑，指示承包人剥露取样并进行试验，试验结果表明该部位的施工质量虽满足行业规范的要求，但未达到合同约定的标准。此时应判定该隐蔽工程___（27）___。工程质量控制是为了保证工程质量符合___（28）___、规范标准所采取的一系列措施、方法和手段。

（27）A. 质量合格              B. 需重新修复

      C. 合同工期顺延但不补偿费用      D. 合同工期顺延并追加合同价款

（28）A. 工程合同     B. 质量目标     C. 质量计划     D. 质量手册

● 软件产品验收过程由___（29）___组织实施。

（29）A. 业主单位             B. 监理单位

      C. 监理单位协助业主单位      D. 承建单位和业主单位

● 在 PDCA 循环中，P 阶段的职能包括___（30）___等。

（30）A. 确定质量改进目标，制定改进措施

      B. 明确质量要求和目标，提出质量管理行动方案

      C. 采取应急措施，解决质量问题

      D. 规范质量行为，组织质量计划的部署和交底

● 设计质量有两层意思，首先设计应___（31）___，其次设计必须遵守有关的技术标准、规范和规程。

（31）A. 满足项目建议书要求

      B. 满足业主所需的功能和使用价值

      C. 受经济、资源、技术、环境等因素制约

      D. 受项目质量目标和水平的限制

● 对于质量控制点，说法正确的是___（32）___。

（32）A. 信息工程项目的重点控制对象或重点建设进程

      B. 项目关键里程碑

      C. 只有在项目实施阶段才有质量控制点

      D. 只有在项目验收阶段才有质量控制点

● 正式的技术评审 FTR（Formal Technical Review）是软件工程师组织的软件质量保证活动，下面关于 FTR 指导原则中不正确的是___（33）___。

（33）A. 评审产品，而不是评审生产者的能力

      B. 要有严格的评审计划，并遵守日程安排

      C. 对评审中出现的问题要充分讨论，以求彻底解决

      D. 限制参与者人数，并要求评审会之前做好准备

● 软件的质量应当在___（34）___中加以保证。

（34）A. 软件设计阶段          B. 软件开发阶段

      C. 软件评审阶段          D. 整个生命周期

● 在软件开发中必须采取有力的措施以确保软件的质量，这些措施至少包括以下的___（35）___。

① 在软件开发初期制订质量保证计划，并在开发中坚持执行

② 开发工作严格按阶段进行，文档工作应在开发完成后集中进行

③ 严格执行阶段评审

④ 要求用户参与全部开发过程以监督开发质量

⑤ 开发前选定或制定开发标准或开发规范并遵照执行

⑥ 争取足够的开发经费和开发人力的支持

（35）A. ①③⑤            B. ①②④

        C. ①②③④⑤⑥       D. ①③④⑤

● 软件质量保证活动应贯穿软件开发的全过程，下列有关叙述中不正确的是   (36)  。

（36）A. 必须及时将软件质量保证工作及结果通知给相关组织和个人

        B. 软件质量保证是 CMMI 1 级的一个关键过程域

        C. 应对软件质量进行阶段性评审，并形成完整的评审记录

        D. 软件质量保证工作需要企业最高领导者参与

● 监理应在   (37)   阶段审查承建单位选择的分包单位的资质。

（37）A. 建设工程立项          B. 建设工程招标

        C. 建设工程实施准备       D. 建设工程实施

● 外购材料、配件、线缆只需   (38)   签字后就能在工程上使用或安装，承建单位即可进行下一道工序。

（38）A. 监理工程师           B. 监理单位负责人

        C. 技术负责人           D. 总监理工程师

● 工程产品质量没有满足某个规定的要求，就称之为   (39)  。

（39）A. 质量事故     B. 质量不合格     C. 质量问题      D. 质量通病

● 在施工过程中，承包人应对自己采购的材料设备质量进行严格的控制，当承包人采购的材料设备与标准或者设计要求不符时，   (40)   的做法是错误的。

（40）A. 监理工程师可以拒绝验收

        B. 承建单位承担由此发生的费用

        C. 承建单位可暂时存放这些材料设备于现场，并按照监理工程师的要求重新采购符合要求的产品

        D. 由此造成工期延误不予顺延

● 测试是信息系统工程质量监理最重要的手段之一，这是由信息系统工程的特点所决定的，测试结果是判断信息系统工程质量最直接的依据之一。在整个质量控制过程中，可能存在承建单位、监理单位、建设单位及公正第三方测试机构对工程的测试。各方的职责和工作重点有所不同，下面关于各方进行测试工作的描述，   (41)   是不正确的。

（41）A. 承建单位在项目的实施过程中，需要进行不断的测试，主要是保证工程的质量和进度

        B. 监理单位要对承建单位的测试计划、测试方案、测试结果进行监督评审，对测试问题的改进过程进行跟踪，对重要环节，监理单位自己也要进行抽样测试

        C. 在重要的里程碑阶段或验收阶段，一般需要委托第三方测试机构对项目进行全面、系统的测试，为了保证第三方测试机构的独立公证性，监理方对第三方测试机构的测试计划和测试方案不能进行干涉

        D. 建设单位对系统也要进行测试工作，主要是验证系统是否满足业务需求

● 在某校园网工程项目监理过程中，监理方在工程设计阶段对网络设计方案进行评审，监理工作过程中不包括 ___(42)___ ；在工程实施过程中，监理工程师收到承建单位的隐蔽工程检验申请后，首先对质量证明资料进行审查，并在规定的时间内到现场检查，此时 ___(43)___ 应随同一起到现场。

(42) A. 协助业主进行设计文件的评审

B. 审核方案中主要设备、材料清单；参与主要设备、材料的选型工作

C. 对方案设计内容进行知识产权保护监督

D. 对工作周期与工作进度进行可行性确认

(43) A. 设计单位代表　　　　　B. 项目技术负责人

C. 建设单位代表　　　　　D. 承建单位专职质检员和相关施工人员

● 一个投资额为 3000 万的大型信息化软件开发项目，承建单位计划投入 100 人，其中包括测试工程师 30 人。需求分析完成并通过确认后，监理方对承建单位提交的测试工作计划进行了评审，以下做法不正确的是 ___(44)___ 。

(44) A. 审核测试计划中对软件测试的资源投入、时间安排等的合理性与可行性

B. 审查测试计划中软件测试环境能否满足测试工作的需要

C. 抽查测试计划中测试用例是否正确

D. 审查所进行的测试类型能否满足测试需求

● 在工程质量统计分析方法中，寻找影响质量主次因素的方法一般采用 ___(45)___ 。

(45) A. 排列图法　　　　　B. 因果分析图法

C. 直方图法　　　　　D. 控制图法

● 对照①~⑤的描述，质量控制图（如下图所示）的用途是 ___(46)___ 。

① 过程分析　　　② 过程控制　　　③ 分析判断质量分布状态

④ 寻找影响质量的主次因素　　　⑤ 评价过程能力

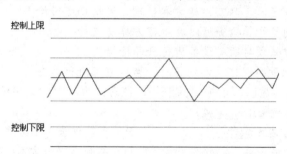

(46) A. ①、②　　　　　B. ①、②、③

C. ①、③、④　　　　　D. ①、②、③、④、⑤

● 关于隐蔽工程与重新检验的说法不正确的是 ___(47)___ 。

(47) A. 监理工程师未能按规定时间提出延期要求，又未按时参加验收，承建单位可自行组织验收，该检验应视为监理工程师在场情况下进行的验收

B. 监理工程师没有参加验收，当其对某部分的工程质量有怀疑，不能要求承建单位对已经隐蔽的工程进行重新检验

C. 无论监理工程师是否参加了验收，当其对某部分的工程质量有怀疑，均可要求承建单位对已经隐蔽的工程进行重新检验

D. 重新检验表明质量不合格，承建单位承担由此发生的费用和工期损失

● 在质量控制中，动态掌握质量状态，判断项目建设过程的稳定性应采用___(48)___。

（48）A. 直方图法            B. 因果分析图法

       C. 排列图法            D. 控制图法

● 在质量控制中，要分析判断质量分布状态应采用___(49)___。

（49）A. 直方图法            B. 因果分析图法

       C. 排列图法            D. 控制图法

● 利用数据统计方法控制质量的过程有：①进行统计分析；②判断质量问题；③收集整理质量数据；④拟订改进质量的措施；⑤分析影响质量的因素。其步骤是___(50)___。

（50）A. ①⑤④③②            B. ③①②④⑤

       C. ③①②⑤④            D. ⑤③①②④

● 旁站监理是指监理人员在工程施工阶段监理中，对___(51)___的施工质量实施现场跟班的监督活动。

（51）A. 隐蔽工程            B. 软件开发

       C. 关键线路上的工作        D. 关键部位、关键工序

● 设备开箱检查，应检查___(52)___各项并做好记录。

① 箱号、箱数及包装情况

② 设备的名称、型号和规格

③ 设备的技术文件、资料及专用工具

④ 设备有无缺损件、表面有无损坏和锈蚀等

⑤ 设备性能、参数等

（52）A. ①②③④⑤            B. ①②③④

       C. ②③④⑤            D. ①③④⑤

● 关于设备到场验收检查，以下说法正确的是___(53)___。

（53）A. 设备到货时，只需承建方和监理方到现场进行检查

       B. 设备到货开箱检查可以在承建方库房进行

       C. 监理方必须对所有设备进行开箱检验

       D. 在大批量同规格设备到货时，监理方可进行抽查

● 在工程项目实施阶段的质量控制中，监理工程师对承建单位所做出的各种指令，除特殊情况外，一般应采用___(54)___。

（54）A. 邮件传达方式            B. 直接口头下达方式

       C. 书面文件形式            D. 书面或口头方式

● 在关键部位或关键工序施工过程中，监理人员在现场进行的监督活动称之为___(55)___。

（55）A. 旁站      B. 巡视      C. 检查      D. 见证

● 旁站监理人员实施旁站监理时，如发现实施单位存在违反工程建设强制性标准的行为，首先应___(56)___。

（56）A. 责令实施单位立即整改        B. 立即下达工程暂停令

       C. 立即报告总监理工程师        D. 立即报告业主代表

● 在质量控制中，排列图是用来___(57)___的。

（57）A. 分析并控制工序质量        B. 分析影响质量的主要问题

       C. 分析质量问题产生的原因        D. 分析、掌握质量分布规律

● 在质量管理体系认证中，认证机构对申请单位的质量管理体系审核是质量管理体系认证的关键环节，其基本的工作程序是___（58）___。

① 文件审核 ② 现场审核 ③ 机构设置

④ 批准申请报告 ⑤ 提出审核报告

（58）A. ①② B. ①②③④ C. ①②⑤ D. ①③④

● 设计质量的主要含义是：设计应首先___（59）___，并且必须遵循有关的技术标准、规范和规程。

（59）A. 满足业主所需的功能和使用价值

　　　 B. 满足项目建议书要求

　　　 C. 受经济、资源、技术、环境等因素制约

　　　 D. 受项目质量目标和水平的限制

● 监理工程师在设计阶段进行质量控制时，重点是___（60）___。

（60）A. 设计方案质量审查 B. 进行多方案评比

　　　 C. 设计工作协调 D. 设计质量评价

● 关于隐蔽工程与重新检验的说法不正确的是___（61）___。

（61）A. 工程师未能按规定时间提出延期要求，又未按时参加验收，承包人可自行组织验收，该检验应视为工程师在场情况下进行的验收

　　　 B. 工程师没有参加验收，当其对某部分的工程质量有怀疑，不能要求承包人对已经隐蔽的工程进行重新检验

　　　 C. 无论工程师是否参加了验收，当其对某部分的工程质量有怀疑，均可要求承建单位对已经隐蔽的工程进行重新检验

　　　 D. 重新检验表明质量不合格，承建单位承担由此发生的费用和工期损失

● 审查确认实施分包单位是___（62）___的任务。

（62）A. 实施招标阶段 B. 实施阶段投资控制

　　　 C. 实施阶段进度控制 D. 实施阶段质量控制

● 在进行工程质量控制时，直方图可以用来___（63）___。

（63）A. 寻找引起质量问题的主要因素

　　　 B. 分析产生质量问题的原因

　　　 C. 判断生产过程的质量状况

　　　 D. 分析质量特性与影响因素之间的关系

● 监理方在对信息化建设项目验收工作执行质量控制时，应首先要求承建单位提交___（64）___。经监理方审核通过后，承建单位再提交___（65）___。监理方审核通过后，由验收组执行验收工作。监理方对验收过程审查，给出验收结论。如果验收结论为"不通过"则执行___（66）___。

（64）A. 验收方案 B. 验收申请

　　　 C. 验收测试数据 D. 验收工作成果

（65）A. 验收方案 B. 验收申请

　　　 C. 验收测试数据 D. 验收工作成果

（66）A. 工程竣工 B. 工程终止并执行索赔

　　　 C. 工程限期整改 D. 工程终止但不需要索赔

● 隐蔽工程在下一道工序施工前，监理人员进行检查验收，应认真做好验收记录。以下关于验收记录的叙述，错误的是___(67)___。

(67) A. 验收记录应以各分项为基础，每分项每验收一次，则填写一份隐蔽验收记录，不可将不同分项、不同时间验收的隐蔽工程内容填写在同一张记录表内

B. 隐蔽工程验收记录填写可以后补，但需反映工程实际情况

C. 对于重要的施工部位，隐蔽工程验收应有设计单位人员参加并在验收记录上签字

D. 隐蔽工程验收记录中应使用规范用语和标准计量单位，避免造成误解或混淆

● 工程质量控制是为了保证工程质量符合___(68)___、规范标准所采取的一系列措施、方法和手段。

(68) A. 工程合同　　　　B. 质量目标　　　　C. 质量计划　　　　D. 质量手册

● 以下有关监理服务质量管理方面的叙述，不正确的是___(69)___。

(69) A. 监理单位对监理服务质量的管理有两种方式，一种是以单位管理为主，另一种是以监理项目部自我管理为主

B. 监理服务质量的控制方式按照时间可分为预防性控制、监督性控制、补偿性控制

C. 监理服务质量的预防性控制以总监理工程师为主，监督性控制以单位质保部门为主

D. 监理服务质量控制可采取文件审核、现场考察、询问、征求意见等方式进行

● 信息系统工程验收阶段的质量控制的优劣将直接影响工程项目交付使用的效益和作用。在信息系统工程验收阶段，监理在质量控制方面的主要工作内容不包括___(70)___。

(70) A. 主持工程的验收　　　　　　　B. 审查工程验收方案

C. 审查工程验收条件　　　　　　D. 监控验收过程

● 当控制图点子排列出现___(71)___情况时，可以判断生产处于不正常状态。

①连续 5 个点呈上升趋势

②连续 6 个点呈上升趋势

③连续 7 个点呈上升趋势

④连续 11 个点中至少有 10 个点在中心线同一侧

⑤连续 7 个点位于中心一侧

(71) A. ①②③④⑤　　B. ②③④⑤　　C. ③④⑤　　D. ①②

● 监理企业的质量方针应由企业___(72)___颁布。

(72) A. 管理者代表　　　　　　　　　B. 质量主管

C. 最高领导者　　　　　　　　　D. 技术主管

● 在质量控制中，为寻找导致质量问题的主要因素应当采用___(73)___。

(73) A. 直方图法　　　　　　　　　　B. 排列图法

C. 因果图法　　　　　　　　　　D. 控制图法

● 承建单位采购原材料、配构件、设备、软件等之前应向___(74)___申报。

(74) A. 业主代表　　　　　　　　　　B. 监理工程师

C. 材料工程师　　　　　　　　　D. 项目经理

● 企业质量体系主要是满足___(75)___的需要。

(75) A. 质量管理　　B. 认证　　C. 顾客　　D. 认证与顾客

● 为确保监理工作的顺利进行，应在___（76）___中对监理项目中的关键点和实施难点设置"质量控制点"。

（76）A. 监理计划　　　　B. 监理细则　　　C. 监理规划　　　D. 监理大纲

● 工程质量控制过程中，设置质量控制点的作用包括___（77）___。

① 可以将复杂的工程质量总目标分解为简单分项的目标

② 可以直接减少质量问题的产生

③ 有利于制定、实施纠偏措施和控制对策

④ 能够保证质量问题的彻底解决

（77）A. ①②③④　　　　B. ①③　　　　C. ①③④　　　D. ①②③

● 工程招投标阶段监理质量控制的工作内容不包括___（78）___。

（78）A. 协助建设单位确定工程的整体质量目标

　　　B. 审核项目的招标文件

　　　C. 协助建设单位编制项目的工作计划

　　　D. 见证项目的招投标过程

● 工程招投标阶段，监理应协助建设单位审核___（79）___的资质文件。

①工程总包单位　②工程分包单位　③工程招标代理单位　④工程设备供货单位

（79）A. ①④　　　　　　B. ①②③　　　　C. ①③④　　　D. ①②④

● 质量体系文件通常由三部分组成，包括质量手册、___（80）___和作业指导书。质量体系文件的特性不包括___（81）___。

（80）A. 质量原则　　B. 质量记录　　C. 质量说明　　　D. 程序文件

（81）A. 法规性　　　B. 不变性　　　C. 唯一性　　　D. 适用性

● 下列因素对信息系统工程的质量产生负面影响相对较小的是___（82）___。

（82）A. 工程投资相对较高　　　　　B. 项目经理工程经验较少

　　　C. 项目实施人员流动频繁　　　D. 系统变更调整较为随意

● 监理在设计阶段常选用的质量控制措施不包括___（83）___。

（83）A. 组织设计交底会

　　　B. 审查关键部位测试方案

　　　C. 协助建设单位制定项目质量目标规划

　　　D. 协助建设单位提出工程需求方案，确定工程的整体质量目标

● 下列关于监理设置质量控制点的说法，错误的是___（84）___。

（84）A. 质量控制点的设置应相对灵活，可根据实际情况进行调整和增减

　　　B. 监理应自行设定质量控制点时，无须与承建单位进行商定

　　　C. 质量控制点应设置在工程质量目标偏差易于测定的关键处

　　　D. 质量控制点的设置应利于监理工程师及时发现质量偏差

● 关于软件质量的描述，正确的是___（85）___。

（85）A. 软件质量是指软件满足规定用户需求的能力

　　　B. 软件质量特性是指软件的功能性、可靠性、易用性、效率、可维护性、可移植性

　　　C. 软件质量保证过程就是软件测试过程

　　　D. 以上描述都不对

# 8.2 习题参考答案

| （1） | （2） | （3） | （4） | （5） | （6） | （7） | （8） | （9） | （10） |
|---|---|---|---|---|---|---|---|---|---|
| C | D | B | A | D | A | D | D | D | D |
| （11） | （12） | （13） | （14） | （15） | （16） | （17） | （18） | （19） | （20） |
| B | A | A | A | B | A | D | D | B | C |
| （21） | （22） | （23） | （24） | （25） | （26） | （27） | （28） | （29） | （30） |
| D | A | C | A | B | D | B | A | C | B |
| （31） | （32） | （33） | （34） | （35） | （36） | （37） | （38） | （39） | （40） |
| B | A | C | D | A | B | C | A | B | C |
| （41） | （42） | （43） | （44） | （45） | （46） | （47） | （48） | （49） | （50） |
| C | D | D | C | A | A | B | D | A | C |
| （51） | （52） | （53） | （54） | （55） | （56） | （57） | （58） | （59） | （60） |
| D | B | D | C | A | A | B | C | A | A |
| （61） | （62） | （63） | （64） | （65） | （66） | （67） | （68） | （69） | （70） |
| B | D | C | B | A | C | B | A | C | A |
| （71） | （72） | （73） | （74） | （75） | （76） | （77） | （78） | （79） | （80） |
| C | C | B | B | A | B | B | C | D | D |
| （81） | （82） | （83） | （84） | （85） | | | | | |
| B | A | D | B | B | | | | | |

# 第 9 章 投资控制

**本章考点提示：**

- ✓ 信息系统投资控制的基础知识与方法。
- ✓ 信息系统工程资源计划、成本估算。
- ✓ 成本与成本管理的概念，项目成本失控的原因。
- ✓ 信息系统工程建设项目费用的构成。
- ✓ 影响工程成本的主要因素。
- ✓ 信息系统工程成本控制的作用和原则。
- ✓ 信息系统工程成本控制的基本措施。
- ✓ 成本控制技术经济分析方法的特点、步骤和方案评价的方法。
- ✓ 信息系统工程概预算的类型、特点、存在的问题，工程成本估算的方法（工具），概预算审核的方法。
- ✓ 信息系统工程计量的概念、工程价款结算及付款控制的方法和工程款支付的流程。
- ✓ 信息系统工程成本结算的概念和意义、工程竣工结算报表的结构和工程竣工结算审核的内容。

## 9.1 习题

● 在下列各项原则中，属于投资控制原则的有___（1）___。

①投资最小化原则　　②全面成本控制原则　　③动态控制原则
④目标管理原则　　　⑤责、权、利相结合的原则

（1）A. ①、②、③　　　　　　　　　　B. ②、④、⑤
　　 C. ②、③、④、⑤　　　　　　　　D. ①、③、④、⑤

● 监理投资控制是指在整个项目实施阶段开展的管理活动，力求使项目在满足___（2）___要求的前提下，项目___（3）___投资不超过计划投资。

（2）A. 质量和安全　　　　　　　　　　B. 质量和进度
　　 C. 安全和进度　　　　　　　　　　D. 质量和造价

（3）A. 概算　　　　B. 估算　　　　　C. 预算　　　　D. 实际

● 信息系统工程项目投资控制的原则包括___（4）___。

① 投资最优化原则　　　② 全面成本控制原则　　　③ 静态控制原则
④ 目标管理原则　　　　⑤ 责、权、利分开管理原则

（4）A. ①、②、③　　　　　　　　　　B. ①、②、④
　　 C. ①、②、④、⑤　　　　　　　　D. ①、②、③、④、⑤

● 项目成本控制的一种重要方法是挣值分析法，挣值管理（Earned Value Management）是综合了项目范围、进度计划和资源、测量项目绩效的一种方法，如下图所示，当出现___（5）___时，说明工程滞后。

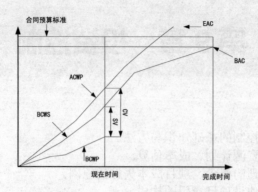

（5）A. SV>0          B. SV<0          C. CV>0          D. CV<0

● 如果在挣值分析中，出现进度和成本偏差，CV>0、SV<0 说明的情况是 ___(6)___。

（6）A. 项目成本节约、进度落后          B. 项目成本超支、进度落后

　　 C. 项目成本超支、进度超前          D. 项目成本节约、进度超前

● 某软件公司项目 A 的利润分析如下表所示，设贴现率为 10%，第二年的利润净现值是___(7)___元。

| 利润分析 | 第零年 | 第一年 | 第二年 | 第三年 |
|---|---|---|---|---|
| 利润值 | | ￥889,000 | ￥1,139,000 | ￥1,514,000 |

（7）A. 1,378,190          B. 949,167

　　 C. 941,322          D. 922,590

● 某企业年初从银行借款 200 万元，年利率为 3%。银行规定每半年计息一次并计复利。若企业向银行所借的本金和产生的利息均在第三年末一次性向银行支付，则支付额为 ___(8)___ 万元。

（8）A. 218.69          B. 238.81          C. 218.55          D. 218.00

● 某软件企业 2004 年初计划投资 1000 万人民币开发以套中间件产品，预计从 2005 年开始，年实现销售收入 1500 万元，年市场销售成本 1000 万元。该产品的系统分析员张工根据财务总监提供的贴现率，制作了如下表所示的产品销售现金流量表。根据表中的数据，该产品的动态投资回收期是 ___(9)___ 年，投资回报率是 ___(10)___。

| 年度 | 2004 | 2005 | 2006 | 2007 | 2008 |
|---|---|---|---|---|---|
| 投资 | 1000 | - | - | - | - |
| 成本 | - | 1000 | 1000 | 1000 | 1000 |
| 收入 | - | 1500 | 1500 | 1500 | 1500 |
| 净现金流量 | -1000 | 500 | 500 | 500 | 500 |
| 净现值 | -925.23 | 428.67 | 369.92 | 367.51 | 340.29 |

（9）A. 1          B. 2          C. 2.27          D. 2.73

（10）A. 42%          B. 44%          C. 50%          D. 100%

● 若净现值为负数，表明该投资项目 ___(11)___。

（11）A. 投资回报率小于零，不可行

　　　 B. 投资回报率大于零，可行

　　　 C. 投资报酬率不一定小于零，因此也有可能是可行方案

　　　 D. 投资报酬率没有达到预定的贴现率，不可行

● 下列关于项目投资回收期的说法正确的是___（12）___。

（12）A. 项目投资回收期是指以项目的净收益回收项目投资所需要的时间

　　　B. 项目投资回收期一般以年为单位，并从项目投产开始年算起

　　　C. 投资回收期越长，则项目的盈利和风险能力越好

　　　D. 投资回收期的判别基准是基本投资回收期

● 已知某拟建项目财务净现金流量如下表所示，则该项目的静态投资回收期是___（13）___年。进行该项目财务评价时，如果动态投资回收期 Pt 小于计算期 n，则有财务净现值___（14）___。

| 时间 | 1 | 2 | 3 | 4 | 5 | 6 | 7 | 8 | 9 | 10 |
|------|------|------|------|------|------|------|------|------|------|------|
| 净现金流量（万元） | -1200 | -1000 | 200 | 300 | 500 | 500 | 500 | 500 | 500 | 700 |

（13）A. 5.4　　　　　　　B. 5.6　　　　　　　C. 7.4　　　　　　　D. 7.6

（14）A. FNPV<0，项目不可行　　　　　　B. FNPV>0，项目可行

　　　C. FNPV<0，项目可行　　　　　　　D. FNPV>0，项目不可行

● 某投资项目建设期为 3 年，在建设期第一年贷款 100 万元，第二年贷款 300 万元，第三年贷款 100 万元，贷款年利率为 6%。该项目在建设期中的贷款利息应为___（15）___万元（用复利法计算）。

（15）A. 62.18　　　　　B. 60.00　　　　　C. 46.27　　　　　D. 30.00

● 在项目财务评价中，当___（16）___时，项目方案可行。

（16）A. 财务净现值≤0　　　　　　　　B. 财务净现值<0

　　　C. 财务净现值≥0　　　　　　　　D. 财务净现值=0

● 某监理工程师对甲、乙、丙 3 个投资方案进行投资决策分析，已知 3 个方案的建设期和经营期均相同，且投资的时间点均相同，投资额度不同，监理工程师通过计算获得甲方案的净现值为 8.95 万，现值指数为 1.08；乙方案的净现值为 10.8 万，现值指数为 1.03；丙方案的净现值为 9 万，现值指数为 1.05。正确的决策应该是___（17）___。

　　（17）A. 选择甲方案　　　　　　　　　B. 选择乙方案

　　　　　C. 选择丙方案　　　　　　　　　D. 都不选

● 下列指标中，属于贴现指标的是___（18）___。

（18）A. 投资回收期

　　　B. 投资利润率

　　　C. 内部收益率

　　　D. 剩余收益

● 应用系统开发所需要的成本和资源估算属于可行性研究中的___（19）___研究内容。

（19）A. 技术可行性

　　　B. 经济可行性

　　　C. 社会可行性

　　　D. 法律可行性

● 根据某信息系统建设工程的有关数据（见下表），可知该项目的静态投资回收期为___（20）___年。

| p 年份 | 1 | 2 | 3 | 4 | 5 | 6 |
|---|---|---|---|---|---|---|
| 净现金流量（百万元） | -100 | -200 | 100 | 250 | 200 | 200 |

（20）A. 3.4　　　B. 4.8　　　　　C. 3.8　　　　　D. 3.2

● 在进行建设项目财务评价时，___（21）___是财务内部收益率的基准判据。

（21）A. 社会贴现率　　　　　　B. 行业平均投资利润率

　　　C. 行业平均资本金利润率　D. 行业基准收益率

● 希赛教育向银行借款 1000 万元，其年利率为 4%，则第 3 年末应偿还本利和累计为___（22）___千万元。

（22）A. 1.125　　　B. 1.120　　C. 1.127　　　　D. 1.172

● 企业管理费属于信息工程项目投资的___（23）___。

（23）A. 工程前期费　B. 直接费用　C. 间接费用　　D. 措施费

● 成本变更的控制方法，不包括___（24）___。

（24）A. 偏差控制法　　　　　　B. 挣值分析法

　　　C. 进度-成本同步控制法　　D. 成本分析表法

● 以下关于工程投资技术、经济指标的叙述，正确的是___（25）___。

（25）A. 基准收益率大于内部收益率，则净现值>0

　　　B. 折现率愈小，则净现值愈大

　　　C. 净现值属于静态评价指标

　　　D. 两方案比较时，净现值越小的方案越优

● 按照工程建设信息的用途划分，工程结算签证属于___（26）___。

（26）A. 辨识信息　　　　　　　B. 工程验收阶段信息

　　　C. 文字信息　　　　　　　D. 投资控制信息

● 工程项目竣工决算由___（27）___负责汇总编制。

（27）A. 建设单位　　B. 设计单位　　C. 监理单位　　D. 总包单位

● 下列费用中不属于工程前期费用的是___（28）___。

（28）A. 监理费　　　　　　　　B. 可行性分析、论证费

　　　C. 造价评估费　　　　　　D. 招投标费

● 某项目计划成本为 400 万元，计划工期为 4 年，项目进行到两年时，监理发现预算成本为 200 万元，实际成本为 100 万元，挣值为 50 万元，则项目成本差异为___（29）___，项目进度差异为___（30）___。

（29）A. 150 万元　　B. -50 万元　C. -150 万元　　D. 50 万元

（30）A. 150 万元　　B. 50 万元　　C. -150 万元　　D. -50 万元

● 工程项目预算估算的精确度在___（31）___之间，一般被认为比较合理。

（31）A. -25% ~ 75%　　　　　　B. -10% ~ 25%

　　　C. -10% ~ 15%　　　　　　D. -5% ~ 5%

● 根据《国家电子政务工程建设项目管理暂行办法》，项目初步设计方案和投资概算报告的编制内容，与项目可行性研究报告批复内容有重大变更或变更投资超出已批复总投资额度___（32）___的，应重新报批可行性研究报告。

（32）A. 1%　　　　B. 5%　　　C. 10%　　　　D. 15%

● 单方案经济评价过程中，下列情况中___（33）___可作为判断其经济方案合理的依据。

（33）A. 静态成本回收期大于国家或部门所规定的标准成本回收期

     B. 内部收益率大于基准收益率

     C. 等效年值小于零

     D. 净现值小于零

● 在现金流入量基本确定的情况下，能够较好体现资金机会成本的分析指标是____（34）____。

（34）A. 内含报酬率      B. 净现值      C. 现值指数      D. 敏感性

● 在信息工程项目投资构成中，验收测试费属于____（35）____。

（35）A. 工程费          B. 工程管理费

     C. 风险费用          D. 第三方测试费

## 9.2 习题参考答案

| （1） | （2） | （3） | （4） | （5） | （6） | （7） | （8） | （9） | （10） |
|------|------|------|------|------|------|------|------|------|-------|
| C | B | D | B | B | A | C | A | C | B |
| （11） | （12） | （13） | （14） | （15） | （16） | （17） | （18） | （19） | （20） |
| A | A | C | B | A | C | A | C | B | C |
| （21） | （22） | （23） | （24） | （25） | （26） | （27） | （28） | （29） | （30） |
| D | A | C | B | B | D | A | A | B | C |
| （31） | （32） | （33） | （34） | （35） | | | | | |
| B | C | B | A | D | | | | | |

# 第10章 变更控制

**本章考点提示:**

- ✓ 工程变更的概念。
- ✓ 影响工程变更的主要因素。
- ✓ 工程变更对工程的影响。
- ✓ 工程变更控制的基本原则。
- ✓ 变更控制的工作程序。
- ✓ 需求变更确立的原则和需求变更的管理控制程序。
- ✓ 进度变更确立的原则和进度变更的管理控制程序。
- ✓ 成本变更确立的原则和成本变更的管理控制程序。
- ✓ 合同变更确立的原则和合同变更的管理控制程序。

## 10.1 习题

● 下列关于变更控制的说法中,表述不正确的是___(1)___。

（1）A. 对项目变更目标要有明确的界定

B. 任何变更都要得到建设单位、监理单位和承建单位三方的书面确认

C. 变更控制中要选择冲击最小的方案

D. 为了避免项目变更影响项目实施人员的情绪,要把变更信息控制在领导层和项目关键人员范围内

● 信息工程的特点决定在监理工作中应该把变更与风险放在一起考虑。___(2)___是应对风险的三项基本原则。

（2）A. 忽略、减轻、规避　　　　　　　　B. 规避、追踪、接受

C. 规避、接受、减轻　　　　　　　　D. 接受、调整、减轻

● 监理过程中关于变更控制的错误表述是___(3)___。

（3）A. 加强变更风险和变更效果的评估　　B. 防止变更范围的扩大化

C. 防止增加项目投资　　　　　　　　D. 选择冲击力最小的方案

● 下列关于工程变更监控的表述正确的有___(4)___。

① 不论从哪一方提出设计变更均应征得建设单位同意

② 任何工程变更必须由设计单位出具变更方案

③ 不论哪一方提出工程变更,均应由总监理工程师签发《工程变更单》

④ 工程变更由实施单位负责控制

（4）A. ①、③　　　　B. ①、③、④　　　　C. ①、②、③　　　　D. ③

● 基线可作为软件生存期中各开发阶段的一个质量检查点。当采用的基线发生错误时,可以返回到最近和最恰当的___(5)___上。

（5）A. 配置项　　　B. 程序　　　　　　C. 基线　　　　　D. 过程

● 下列关于设计变更的说法中，表述正确的是 ___(6)___ 。

（6）A. 设计变更主要在实施阶段出现，与设计阶段的质量控制工作无关

B. 任何设计变更均必须得到建设单位同意并办理书面变更手续

C. 任何设计变更均须报请原设计单位审批

D. 国家有关政策法规的变化不会引起设计变更

● 以下有关变更控制方面的描述，不正确的是 ___(7)___ 。

（7）A. 任何变更都要得到三方（建设单位、监理单位和承建单位）的书面确认，严禁擅自变更

B. 承建单位或建设单位是变更的申请者，监理方不能提出变更申请

C. 承建单位提出变更申请，一般应首先递交监理初审，同意后再与业主协商确定变更方法

D. 工程变更建议书应在预计可能变更的时间的前 14 天提出。在特殊情况下，工程变更可不受时间的限制

● 对于信息系统工程项目的变更， ___(8)___ 是监理不应采取的处理措施。

（8）A. 了解工程变更的实际情况

B. 三方在工程变更单上予以签认

C. 对业主提出的任何变更提议给予支持

D. 对变更范围、内容、实施难度与各方沟通后进行评价

● 对于承建单位提出的工程变更申请，总监理工程师在签发意见之前，应就工程变更引起的进度改变和费用增减 ___(9)___ 。

（9）A. 进行分析比较，并指令承建单位实施

B. 要求承建单位进行比较分析，以供业主审批

C. 要求承建单位与业主单位进行协商

D. 与业主单位和承建单位进行协商

● 在软件的开发与维护过程中，用来存储、更新、恢复和管理软件的多版本的工具是 ___(10)___ 。

（10）A. 文档分析工具　　　　　　　　B. 项目管理工具

C. 成本估算工具　　　　　　　　D. 版本控制工具

● 变更控制过程中，对于需求变更的确立，监理人员必须遵守的规则是 ___(11)___ 。

① 每一项目变更必须用变更申请单提出，它包括对需要批准的变更的描述，以及该项变更在计划、流程、预算、进度或可交付的成果上可能引起的变更

② 在准备审批变更申请单前，监理工程师必须与总监理工程师商议所有提出的变更

③ 变更至少应获得项目各方责任人的口头同意

④ 变更申请单批准以后，必须修改项目整体计划，使之反映出该项变更，并且使该变更单成为这个计划的一部分

（11）A. ①②③④　　　B. ①②③　　　C. ①②④　　　D. ①③④

● 总监理工程师在签发《工程变更单》之前，应就工程变更引起的工期改变及费用的增减与 ___(12)___ 进行协商，力求达到双方都能同意的结果。

（12）A. 咨询单位和设计单位　　　　　B. 承建单位和设计单位

C. 建设单位和设计单位　　　　　D. 建设单位和承建单位

● 变更控制的工作程序正确的顺序是 ___(13)___ 。

①监控变更实施　　②接受变更申请　　③变更情况分析
④确定变更方法　　⑤评估变更效果　　⑥进行变更初审

（13）A. ③②⑥④①⑤　　　　　　　B. ②③⑥④①⑤
　　　C. ②⑥③④①⑤　　　　　　　D. ③⑥②④①⑤

● 一般情况下，工程变更建议书应在预计可能变更的时间___（14）___天之前提出。

（14）A. 7　　　　　B. 10　　　　　C. 14　　　　　D. 15

● 以下关于工程项目进度变更的叙述，正确的是___（15）___。

（15）A. 变更的进度工作计划不能改变原有的里程碑节点
　　　B. 变更的进度工作计划只需监理审核，不需建设单位的批准
　　　C. 变更的进度工作计划需三方共同确认
　　　D. 监理单位不能提出项目的进度变更

● 在工程监理工作中，负责主持审查工程变更的是___（16）___。

（16）A. 总监理工程师　　　　　　B. 总监理工程师代表
　　　C. 专业监理工程师　　　　　D. 监理员

● 基线（Baseline）是指一个（或一组）配置项在项目生命周期的不同时间点上通过___（17）___而进入正式受控的一种状态。

（17）A. 领导批准　　　B. 质量控制　　　C. 正式评审　　　D. 验收测试

● 在进行软件配置管理工作中，可以设立配置控制委员会协助项目经理进行软件配置管理，___（18）___属于配置控制委员会的职责。

（18）A. 批准、发布配置管理计划
　　　B. 决定项目起始基线和软件开发工作里程碑
　　　C. 建立、更改基线的设置，审核变更申请
　　　D. 执行版本控制和变更控制方案

● 监理在评价变更合理性时应考虑的内容不包括判断___（19）___。

（19）A. 变更是否会影响工作范围、成本、质量、进度
　　　B. 性能是否有保证，对选用设备的影响
　　　C. 变更是否影响项目的投资回报率和净现值
　　　D. 变更是否可以平衡各方利益

● 监理在监控变更实施的过程中，发现如继续按照变更后的方案实施，将可能造成更大的损失。这种情况下，监理单位首先应该___（20）___。

（20）A. 组织专家对变更做进一步论证，确定变更风险
　　　B. 建议建设单位组织召开专题讨论会，评估变更方案
　　　C. 通知承建单位废除变更后的方案，按照原有方案继续实施
　　　D. 通知承建单位暂停实施工作，等待进一步监理指令

● 某信息系统项目总包单位 A 将机房的空调工程分包给 B 单位，B 单位工程师经过勘查现场，提出变更冷媒管路由的新方案。以下关于该方案变更的叙述，正确的是___（21）___。

（21）A. 变更申请由 B 单位提出
　　　B. 由于 B 单位负责安装维护，因此变更无须经过审核
　　　C. 变更需要通过 A 单位办理
　　　D. 由于 B 单位工程师专业性更强，因此监理单位不必再次勘查与评审

● 配置管理是软件质量保证的重要一环，软件配置管理的基本任务包括配置标识、版本管理、变更管理、___（22）___ 和配置报告。在配置管理库中，受控库（CL）通常以___（23）___ 为单位建立并维护。

（22）A. 配置组管理            B. 配置对象管理

        C. 配置审核               D. 配置库管理

（23）A. 开发项目              B. 配置管理项

        C. 子系统                 D. 软件产品

● 下列情况中，工程变更申请不合理的是___（24）___。

（24）A. 建设方在建设过程中发现合同约定的采购产品降价，提出成本变更申请

        B. 监理方在监理过程中发现前期设计缺陷，提出设计变更申请

        C. 建设方在实施过程中发生机构改革，提出需求变更申请

        D. 承建方在实施过程中因不可抗力，提出进度变更申请

● 在变更控制工作程序中，应在___（25）___时提交工程变更建议书。

（25）A. 了解变化              B. 接受变更申请

        C. 变更的初审             D. 变更分析

● 关于监理变更控制的工作程序，下列说法错误的是___（26）___。

（26）A. 工程变更建议书应在预计可能变更的时间的前 14 天提出

        B. 监理工程师签发项目变更单后，承建单位即可实施项目变更

        C. 监理应就项目变更费用及工期的评估情况与建设方、承建方进行协调

        D. 应由经总监理工程师授权的监理变更控制小组负责处理变更事宜

● 按照软件配置管理的原始指导思想，受控制的对象应是___（27）___。实施软件配置管理包括 4 个最基本的活动，其中不包括___（28）___。

（27）A. 软件元素             B. 软件项目

        C. 软件配置项           D. 软件过程

（28）A. 配置项标识           B. 配置项优化

        C. 配置状态报告         D. 配置审计

## 10.2 习题参考答案

| （1） | （2） | （3） | （4） | （5） | （6） | （7） | （8） | （9） | （10） |
|---|---|---|---|---|---|---|---|---|---|
| D | C | B | A | C | B | B | C | D | D |
| （11） | （12） | （13） | （14） | （15） | （16） | （17） | （18） | （19） | （20） |
| C | D | C | C | C | A | C | C | D | D |
| （21） | （22） | （23） | （24） | （25） | （26） | （27） | （28） | | |
| C | C | B | A | B | B | C | B | | |

# 第 11 章 信息管理

**本章考点提示：**

✓ 信息系统工程中信息管理的概念。
✓ 信息系统工程中信息的分类。
✓ 监理文档的管理。
✓ 监理文件（日志、周报、月报、专题报告、总结报告等）的内容、作用和填写方法。

## 11.1 习题

● 在信息系统工程建设中，能及时、准确、完善地掌握与信息系统工程有关的大量信息，处理和管理好各类工程建设信息，是信息系统工程项目信息管理的重要工作内容，下列___(1)___不符合监理文档管理的要求。

(1) A. 文档的格式应该统一，最好能够结合监理单位自身的 MIS 系统和监理工程项目管理软件来统一定义文档格式，便于进行管理

　　 B. 为了方便各承建单位对所有文档的随时查阅，文档管理人员要对文档实行查阅登记制度

　　 C. 所有资料必须分期、分区、分类管理，时刻保证资料与实际情况的统一

　　 D. 文档的存档时限应该由监理单位根据国家档案管理相关的要求进行规定

● 监理工程师在施工现场发出的口头指令及要求，应采用___(2)___予以确认。

(2) A. 监理联系单　　　　　　　　　　 B. 监理变更单

　　 C. 监理通知单　　　　　　　　　　 D. 监理回复单

● 在信息化工程监理工作的文档管理中，属于监理实施类文档的有___(3)___。

① 项目进度计划　　② 监理月报　　③ 专题监理报告　　④ 项目变更记录

⑤ 监理实施细则　　⑥ 验收测试报告

(3) A. ①②③⑤　　 B. ②③④　　 C. ①②③④　　 D. ②③④⑥

● 建设工程监理表格体系中，属于承建单位用表的有___(4)___。

(4) A. 工程暂停令　　　　　　　　　　 B. 工程临时延期审批表

　　 C. 合同阶段性款项支付申请表　　　 D. 工程合同评审表

● 以下内容中，___(5)___应写入操作手册。

(5) A. 描述系统对各种输入数据的处理方法

　　 B. 说明系统升级时厂商提供的服务

　　 C. 描述系统处理过程的各个界面

　　 D. 说明系统各部分之间的接口关系

● 监理在信息系统安全管理的作用包括___(6)___。

① 在信息系统工程项目建设过程中，协助建设单位保证信息系统的安全在可用性、保密性、完整性与信息系统工程的可维护性技术环节上没有冲突

② 在质量控制前提下，确保信息系统安全设计上没有漏洞

③ 督促建设单位的信息系统工程应用人员严格执行安全管理制度和安全规范

④ 监督承建单位按照技术标准和建设方案施工，检查承建单位在项目实施过程中是否存在安全隐患行为或现象等，确保整个项目的安全建设和安全应用

（6）A. ①②③　　　　B. ②③④　　　　C. ①②④　　　　D. ①③④

● 关于软件文档的叙述，____(7)____是错误的。

（7）A. 文档就是指软件的操作说明书

　　　B. 文档是软件产品的一部分，没有文档的软件就不成为软件

　　　C. 高质量文档对于软件开发、维护和使用有重要的意义

　　　D. 测试用例也是重要的软件文档

● 文档的编制在网络项目开发工作中占有突出的地位。下列有关网络工程文档的叙述中，不正确的是 ____(8)____。

（8）A. 网络工程文档不能作为检查项目设计进度和设计质量的依据

　　　B. 网络工程文档是设计人员在一定阶段的工作成果和结束标识

　　　C. 网络工程文档的编制有助于提高设计效率

　　　D. 按照规范要求生成一套文档的过程，就是按照网络分析与设计规范完成网络项目分析与设计的过程

● 系统测试人员与系统开发人员需要通过文档进行沟通，系统测试人员应根据一系列文档对系统进行测试，然后将工作结果撰写成____(9)____，交给系统开发人员。

（9）A. 系统开发合同　　　　　　　B. 系统设计说明书

　　　C. 测试计划　　　　　　　　　D. 系统测试报告

● 下列关于 GB/T 8567-2006《计算机软件文档编制规范》的叙述，不正确的是____(10)____。

（10）A. 该标准规定了软件开发过程中文档编制的布局

　　　 B. 该标准规定了何种信息对于文档管理者是可用的

　　　 C. 该标准是软件开发过程中文档编写质量的检验准则

　　　 D. 该标准规定了软件开发过程中文档编制的内容

● 从监理的角度来分类，以下不属于监理总控类文档的是____(11)____。

（11）A. 监理合同　　　　　　　　　B. 监理工作总结

　　　 C. 监理实施细则　　　　　　　D. 监理规划

● 按照《国家电子政务工程建设项目档案管理暂行办法》的要求，____(12)____保存期限为永久。

（12）A. 监理工作总结　　　　　　　B. 监理大纲

　　　 C. 监理照片　　　　　　　　　D. 监理支付证书

● 文档是检查各方工作绩效及展现项目进展的历史性资料，以下关于监理文档管理的作用说法不准确的是____(13)____。

（13）A. 便于培养监理人员

　　　 B. 可以对监理人员的工作情况进行考核

　　　 C. 可以作为总结监理工作经验的素材

　　　 D. 可以随时提供给承建单位，作为回顾历史工作状态的证据

● 某信息系统项目进入验收阶段，建设单位召集监理和承建单位召开验收准备工作专题讨论会，会后应由___（14）___编制会议纪要。

（14）A. 监理单位负责　　　　　　　　B. 承建单位负责

　　　　C. 建设单位负责　　　　　　　　D. 三方共同

● 按照《电子文件归档与管理规范 GB/T 18894-2002》的要求，进行电子文件管理时，电子文件稿本代码 F 代表___（15）___，电子文件类别代码 O 代表___（16）___。

（15）A. 草稿性电子文件　　　　　　　B. 非正式电子文件

　　　　C. 正式电子文件　　　　　　　　D. 原始电子文件

（16）A. 文本文件　　　　　　　　　　B. 图形文件

　　　　C. 影像文件　　　　　　　　　　D. 超媒体链接文件

● 工程监理验收报告主体内容应包括___（17）___。

（17）A. 工程建设情况总结　　　　　　B. 工程验收测试结论与分析

　　　　C. 工程监理执行情况总结　　　　D. 工程建设过程及成果

● 根据《国家电子政务工程项目档案管理暂行办法》，下列文档中，___（18）___不必列入电子政务验收文档范围。

（18）A. 中标通知书　　　　　　　　　B. 未中标的投标文件

　　　　C. 工程批复　　　　　　　　　　D. 承建单位内部管理文件

● 采用瀑布模型进行系统开发的过程中，每个阶段都会产生不同的文档。以下关于产生这些文档的描述中，正确的是___（19）___。

（19）A. 外部设计评审报告在概要设计阶段产生

　　　　B. 集成测试在程序设计阶段产生

　　　　C. 系统计划和需求说明在详细设计阶段产生

　　　　D. 在进行编码的同时，设计独立的单元测试计划

## 11.2　习题参考答案

| （1） | （2） | （3） | （4） | （5） | （6） | （7） | （8） | （9） | （10） |
|------|------|------|------|------|------|------|------|------|-------|
| B | A | B | C | C | D | A | A | D | A |

| （11） | （12） | （13） | （14） | （15） | （16） | （17） | （18） | （19） | |
|-------|-------|-------|-------|-------|-------|-------|-------|-------|---|
| B | A | D | C | C | D | B | D | A | |

# 第 12 章 合同管理

**本章考点提示：**

- ✓ 合同的概念。
- ✓ 信息系统工程合同的分类、主要内容及特点。
- ✓ 信息系统工程合同管理的作用、原则和内容。
- ✓ 合同争议的概念、起因和调解办法。
- ✓ 合同违约的概念、起因和处理办法。
- ✓ 合同索赔的概念、起因和处理办法。
- ✓ 合同管理中的知识产权保护。

## 12.1 习题

- 根据《合同法》的规定，下列合同中，属于无效合同的是____(1)____。
- (1) A. 一方以欺诈、胁迫的手段订立合同
  - B. 在订立合同时显失公平的
  - C. 以合法形式掩盖非法目的
  - D. 因重大误解订立的
- 违约责任，是指当事人任何一方不履行合同义务或者履行合同义务不符合约定而应当承担的法律责任。下列不属于承担违约责任的形式的有____(2)____。
- (2) A. 继续履行      B. 采取补救措施
  - C. 返还财产      D. 支付违约金
- 监理合同的有效期是指____(3)____。
- (3) A. 合同约定的开始日至完成日
  - B. 合同签订日至合同约定的完成日
  - C. 合同签订日至监理人收到监理报酬尾款日
  - D. 合同约定的开始日至工程验收合格日
- 按《合同法》的规定，合同生效后，当事人就价款或者报酬没有约定的，确定价款或报酬时应按____(4)____的顺序履行。
- (4) A. 订立合同时履行地的市场价格、合同有关条款、补充协议
  - B. 合同有关条款、补充协议、订立合同时履行地的市场价格
  - C. 补充协议、合同有关条款、订立合同时履行地的市场价格
  - D. 补充协议、订立合同时履行地的市场价格、合同有关条款
- 开发合同中索赔的性质属于____(5)____。
- (5) A. 经济补偿      B. 经济惩罚
  - C. 经济制裁      D. 经济补偿和经济制裁
- 合同管理的原则包括以下的____(6)____。

①事前预控原则      ②实时纠偏原则      ③充分协商原则

④公正处理原则      ⑤事后记录原则

（6）A. ①、②、③、④        B. ②、③、④、⑤

       C. ②、④、⑤           D. ①、②、③、⑤

● 当签订合同后，当事人对合同的格式条款的理解发生争议时，以下做法不正确的是____（7）____。

（7）A. 应按通常的理解予以解释

     B. 有两种以上解释的，应做出有利于提供格式条款的一方的解释

     C. 有两种以上解释的，应做出不利于提供格式条款的一方的解释

     D. 在格式条款与非格式条款不一致时，应采用非格式条款

● 合同生效后，当事人发现合同对质量的约定不明确，首先应当采用____（8）____的方式确定质量标准。

（8）A. 协议补缺      B. 合同变更      C. 交易习惯      D. 规则补缺

● 在合同协议书内应明确注明开工日期、竣工日期和合同工期总日历天数。其中，工期总日历天数应为____（9）____。

（9）A. 招标文件要求的天数        B. 投标书内投标人承诺的天数

     C. 工程实际需要施工的天数      D. 经政府主管部门认可的天数

● 关于分包合同的表述不正确的是____（10）____。

（10）A. 总承建单位只能将自己承包的部分非主体、非关键性工作分包给具有相应资质条件的分承建单位

     B. 分包项目必须经过建设单位同意

     C. 接受分包的分承建单位不能再次分包

     D. 禁止分包关键性工作

● 在下列合同中，____（11）____合同是可变更或可撤销的合同。

（11）A. 一方以欺诈、胁迫的手段订立合同，损害国家利益的

     B. 以合法活动掩盖非法目的的

     C. 因重大误解而订立的

     D. 损害社会公共利益的

● 为了避免资源的浪费和当事人双方的损失，保证工程的质量和工程顺利完成，____（12）____规定，承包人在隐蔽以前应当通知发包人检查，发包人检查合格的，方可进行隐蔽施工。

（12）A.《招标投标法》        B.《政府采购法》

     C.《合同法》           D.《反不正当竞争法》

● 工程建设合同纠纷的仲裁由____（13）____的仲裁委员会仲裁；仲裁委员会做出裁决以后，当事人应当履行。当一方当事人不履行仲裁裁决时，另一方当事人可以依照民事诉讼法的有关规定向____（14）____申请执行。

（13）A. 工程所在地        B. 建设单位所在地

     C. 承建单位所在地      D. 合同双方选定

（14）A. 当地人民政府        B. 人民法院

     C. 仲裁委员会        D. 调解委员会

● 当项目建设合同履行过程中发生争议时，无论是承建单位还是建设单位，都应以书面的形式向监理单位提出争议事宜，并呈一份副本给对方。错误的监理做法是 ___（15）___ 。

（15）A. 及时了解合同争议的全部情况，包括进行调查和取证

B. 及时进行调查和取证后，向合同约定的仲裁委员会申请仲裁

C. 及时与合同争议的双方进行磋商，由总监工程师提出监理意见，进行调解

D. 在调解期间，责成各方继续履行合同，保证实施工作的连续进行，保护好已完成的项目现状

● 因承建单位违反合同导致工程竣工时间延长，监理单位 ___（16）___ 。关于信息工程实施合同工期的叙述，不正确的是 ___（17）___ 。由于承包商的原因导致监理单位延长了监理服务的时间，此工作内容应属于 ___（18）___ 。

（16）A. 不承担责任　　　　　　　　　　B. 承担全部责任

C. 与承建单位共同承担责任　　　　D. 承担连带责任

（17）A. 在合同协议书内应明确注明开工日期

B. 在合同协议书内应明确注明竣工日期

C. 在合同协议书内应明确注明合同工期总日历天数

D. 通过招标选择承包人的项目，其合同工期天数就是招标文件要求的工期天数

（18）A. 正常工作　　B. 附加工作　　　　C. 额外工作　　　　D. 意外工作

● 某网络系统安装实施合同约定的开工日为 2 月 1 日。由于机房承包人延误竣工，导致网络系统安装承包人实际于 2 月 10 日开工。网络系统安装承包人在 5 月 1 日安装完毕并向监理工程师提交了竣工验收报告，5 月 10 日开始进行 5 天启动连续试运行，结果表明安装实施有缺陷。网络系统安装承包人按照监理工程师的要求进行了调试工作，并于 5 月 25 日再次提交请求验收申请。5 月 26 日再次试运行后表明安装工作满足合同规定的要求，参与试运行有关各方于 6 月 1 日签署了同意移交工程的文件。为判定承包人是提前竣工还是延误竣工，应以 ___（19）___ 作为网络系统安装实施的实际工期并与合同工期比较。

（19）A. 2 月 1 日至 5 月 10 日　　　　　B. 2 月 1 日至 5 月 25 日

C. 2 月 10 日至 5 月 26 日　　　　D. 2 月 10 日至 6 月 1 日

● 在信息工程合同的订立过程中，投标人根据招标内容在约定期限内向招标人提交投标文件，此为 ___（20）___ 。

（20）A. 要约邀请　　　B. 要约　　　　C. 承诺　　　D. 承诺生效

● 仲裁委员会的裁决做出以后，当事人应当履行。当一方当事人不履行仲裁裁决时，另一方当事人可以依照民事诉讼法的有关规定向 ___（20）___ 申请执行。

（21）A. 人民法院　　　　　　　　　　B. 当地人民政府

C. 仲裁委员会　　　　　　　　　D. 调解委员会

● 合同管理是信息系统监理工作的主要内容之一，以下 ___（22）___ 不属于合同管理的工作内容。

（22）A. 拟定信息系统工程的合同管理制度和工作流程

B. 协助承建单位拟定信息系统工程合同条款，参与建设单位和承建单位的合同谈判活动

C. 及时分析合同的执行情况，并进行跟踪管理

D. 协调建设单位与承建单位的有关索赔及合同纠纷事宜

● 信息系统设备供货商在与业主单位签订采购合同前，因工期要求，已提前将所采购设备交付给业主单位，并通过验收。补签订合同时，合同的生效日期应当为___（23）___。

（23）A. 交付日期
B. 委托采购日期
C. 验收日期
D. 合同实际签订日期

● 由于分包单位的工作失误所造成的损失，建设单位应向___（24）___索赔。

（24）A. 分包单位
B. 总包单位
C. 监理单位
D. 招标代理单位

● 按照付款方式的不同，工程合同分为___（25）___。

①总价合同　②单价合同　　③分包合同　　　④成本加酬金合同

（25）A. ①②③④
B. ①②③
C. ①②④
D. ①③④

● 监理单位应按照___（26）___开展工程的索赔工作。

（26）A. 建设单位指令
B. 监理合同规定
C. 工程建设合同规定
D. 工程建设总结

● 某网络系统项目按总价合同方式约定订购3000米高规格的铜缆，由于建设单位原因，工期暂停了半个月，待恢复施工后，承建单位以近期铜价上涨为理由，要求建设单位赔偿购买电缆增加的费用，并要求适当延长工期。以下说法正确的是___（27）___。

（27）A. 索赔是挽回成本损失的重要手段，因此建设单位应该赔偿承建单位采购电缆增加的费用
B. 监理单位应该保护承建单位的合法利益，因此应该支持承建单位的索赔要求
C. 索赔是合同双方利益的体现，因此承建单位要求增加采购费用是风险费用的转移，可以使项目造价更趋于合理
D. 铜价上涨是承建单位应承担的项目风险，不应该要求赔偿费用

● 合同管理中的监理工作不包括___（28）___。

（28）A. 合同签订管理
B. 合同档案管理
C. 合同履行管理
D. 合同审计管理

● 在信息系统建设中，建设方与承建方合同的作用体现在以下___（29）___方面。

① 作为监理工作的基本依据
② 规定了总监工程师的职责
③ 确定了项目的工期
④ 规定了双方的经济关系
⑤ 规定了扣除招标公司费用的比例

（29）A. ①②③
B. ①③④
C. ②③④⑤
D. ①②③④⑤

● 某承诺文件超过要约规定时间1天到达要约人。按照邮寄文件收函邮局戳记标明的时间，受要约人是在要求的时间内投邮，由于邮局错递而延误了到达时间。对此情况，该承诺文件___（30）___。

（30）A. 因迟到而自然无效
B. 必须经要约人发出接受通知后才有效
C. 必须经要约人发出拒绝通知后才无效
D. 因非受要约人的原因迟到，要约人必须接受该承诺

● 关于某网络系统施工合同，可以不包括的内容是___（31）___。

（31）A. 该工程监理机构的权力
B. 项目的质量要求
C. 甲、乙双方的权利与义务
D. 建设单位提交有关基础资料的期限

- 当合同中未对违约条款做出相应规定时，下列情况___（32）___不属于违约。

（32）A. 承建单位擅自调换工程技术人员，但未对建设方造成经济损失

　　　B. 建设单位因政策变更而终止合同履行

　　　C. 建设单位因未按规定支付进度款而造成的承建方停工

　　　D. 因承建单位破产而终止合同履行

- 关于分包合同的签订，下列说法错误的是___（33）___。

（33）A. 分包项目必须经过建设单位同意

　　　B. 信息系统工程主体结构的实施必须由承建单位自行完成

　　　C. 主体结构分包签订的合同属于无效合同

　　　D. 分包单位可以将自己承包的部分项目分包给具有资质条件的分承建单位

## 12.2　习题参考答案

| （1） | （2） | （3） | （4） | （5） | （6） | （7） | （8） | （9） | （10） |
|---|---|---|---|---|---|---|---|---|---|
| C | C | A | B | A | A | B | A | B | A |
| （11） | （12） | （13） | （14） | （15） | （16） | （17） | （18） | （19） | （20） |
| C | C | D | B | B | A | D | B | C | B |
| （21） | （22） | （23） | （24） | （25） | （26） | （27） | （28） | （29） | （30） |
| A | B | A | B | C | C | D | D | B | C |
| （31） | （32） | （33） | | | | | | | |
| A | A | D | | | | | | | |

# 第 13 章 安全管理

**本章考点提示:**

- ✓ 信息系统安全的概念和特性。
- ✓ 信息系统安全管理的相关政策、法规、标准、规范。
- ✓ 信息系统安全管理体系的主要内容。
- ✓ 安全管理制度的主要内容。
- ✓ 逻辑访问安全管理的要点及监理措施。
- ✓ 应用环境安全管理的要点及监理措施。
- ✓ 物理环境安全管理的要点及监理措施。
- ✓ 数据备份和容灾管理的要点及监理措施。

## 13.1 习题

- 某公司使用包过滤防火墙控制进出公司局域网的数据,在不考虑使用代理服务器的情况下,下面描述错误的是"该防火墙能够____(1)____"。

(1) A. 使公司员工只能访问 Internet 上与其有业务联系的公司的 IP 地址

    B. 仅允许 HTTP 协议通过

    C. 使员工不能直接访问 FTP 服务端口号为 21 的 FTP 服务

    D. 仅允许公司中具有某些特定 IP 地址的计算机可以访问外部网络

- 两个公司希望通过 Internet 进行安全通信,保证从信息源到目的地之间的数据传输以密文形式出现,而且公司不希望由于在中间节点使用特殊的安全单元增加开支,最合适的加密方式是____(2)____,使用的会话密钥算法应该是____(3)____。

(2) A. 链路加密　　B. 节点加密　　C. 端—端加密　　　　D. 混合加密

(3) A. RSA　　　　B. RC-5　　　　C. MD5　　　　　　D. ECC

- 使用浏览器上网时,不影响系统和个人信息安全的是____(4)____。

(4) A. 浏览包含有病毒的网站

    B. 浏览器显示网页文字的字体大小

    C. 在网站上输入银行账号、口令等敏感信息

    D. 下载和安装互联网上的软件或者程序

- 计算机病毒是____(5)____。特洛伊木马一般分为服务器端和客户端,如果攻击主机为 A,目标主机为 B,则____(6)____。

(5) A. 编制有错误的计算机程序

    B. 设计不完善的计算机程序

    C. 已被破坏的计算机程序

    D. 以危害系统为目的的特殊的计算机程序

(6) A. A 为服务器端,B 为客户端　　B. A 为客户端,B 为服务器端

C. A 既为服务器端又为客户端　　　D. B 既为服务器端又为客户端

● 相对于 DES 算法而言，RSA 算法的___(7)___，因此，RSA___(8)___。

(7) A. 加密密钥和解密密钥是不相同的
　　B. 加密密钥和解密密钥是相同的
　　C. 加密速度比 DES 要高
　　D. 解密速度比 DES 要高

(8) A. 更适用于对文件加密
　　B. 保密性不如 DES
　　C. 可用于对不同长度的消息生成消息摘要
　　D. 可以用于数字签名

● 以下有关防火墙的说法中，错误的是___(9)___。

(9) A. 防火墙可以提供对系统的访问控制
　　B. 防火墙可以实现对企业内部网的集中安全管理
　　C. 防火墙可以隐藏企业网的内部 IP 地址
　　D. 防火墙可以防止病毒感染程序（或文件）的传播

● CA 安全认证中心可以___(10)___。

(10) A. 用于在电子商务交易中实现身份认证
　　 B. 完成数据加密，保护内部关键信息
　　 C. 支持在线销售和在线谈判，认证用户的订单
　　 D. 提供用户接入线路，保证线路的安全性

● 关于网络安全服务的叙述中，___(11)___是错误的。

(11) A. 应提供访问控制服务以防止用户否认已接收的信息
　　 B. 应提供认证服务以保证用户身份的真实性
　　 C. 应提供数据完整性服务以防止信息在传输过程中被删除
　　 D. 应提供保密性服务以防止传的数据被截获或篡改

● ___(12)___不属于系统安全的技术。

(12) A. 防火墙　　B. 加密狗　　C. CA 认证　　D. 防病毒

● 关于 RSA 算法的说法不正确的是___(13)___。

(13) A. RSA 算法是一种对称加密算法
　　 B. RSA 算法的运算速度比 DES 慢
　　 C. RSA 算法可用于某种数字签名方案
　　 D. RSA 的安全性主要基于素因子分解的难度

● 下面关于防火墙的说法，正确的是___(14)___。

(14) A. 防火墙一般由软件以及支持该软件运行的硬件系统构成
　　 B. 防火墙只能防止未经授权的信息发送到内网
　　 C. 防火墙能准确地检测出攻击来自哪一台计算机
　　 D. 防火墙的主要支撑技术是加密技术

● 很多银行网站在用户输入密码时要求使用软键盘，这是为了___(15)___。

(15) A. 防止木马记录键盘输入的密码　　　B. 防止密码在传输过程中被窃取
　　 C. 保证密码能够加密输入　　　　　　D. 验证用户密码的输入过程

● 用户登录了网络系统，越权使用网络信息资源，这属于___(16)___。

（16）A. 身份窃取　　　　　　　　　B. 非授权访问

　　　　C. 数据窃取　　　　　　　　　D. 破坏网络的完整性

● 对于一个具有容错能力的系统，　　（17）　　是错误的。

（17）A. 通过硬件冗余来设计系统，可以提高容错能力

　　　　B. 在出现一般性故障时，具有容错能力的系统可以继续运行

　　　　C. 容错能力强的系统具有更高的可靠性

　　　　D. 容错是指允许系统运行时出现错误的处理结果

● 利用电子邮件引诱用户到伪装网站，以套取用户的个人资料（如信用卡号码），这种欺诈行为是　　（18）　　。

（18）A. 垃圾邮件攻击　　　　　　　　B. 网络钓鱼

　　　　C. 特洛伊木马　　　　　　　　　D. 未授权访问

● 　　（19）　　被定义为防火墙外部接口与 Internet 路由器的内部接口之间的网段，起到把敏感的内部网络与其他网络隔离开来，同时又为相关用户提供服务的目的。

（19）A. 核心交换区　　　　　　　　　B. 非军事化区

　　　　C. 域名访问区　　　　　　　　　D. 数据存储区

● 下面关于防火墙功能的说法中，不正确的是　　（20）　　。

（20）A. 防火墙能有效防范病毒的入侵

　　　　B. 防火墙能控制对特殊站点的访问

　　　　C. 防火墙能对进出的数据包进行过滤

　　　　D. 防火墙能对部分网络攻击行为进行检测和报警

● 信息安全风险评估贯穿于信息系统的全生命周期，根据《国家电子政务工程建设项目管理暂行办法》，项目建设单位组织开展信息安全风险评估工作一般是在　　（21）　　。

（21）A. 可行性分析阶段　　　　　　　B. 设计阶段

　　　　C. 实施工作完成前　　　　　　　D. 实施工作完成后

● 入侵检测系统使用入侵检测技术对网络和系统进行监视，并根据监视结果采取不同的处理，最大限度降低可能的入侵危害。以下关于入侵检测系统的叙述，不正确的是　　（22）　　。

（22）A. 入侵检测系统可以弥补安全防御系统的漏洞和缺陷

　　　　B. 入侵检测系统很难检测到未知的攻击行为

　　　　C. 基于主机的入侵系统可以精确地判断入侵事件

　　　　D. 网络检测入侵检测系统主要用于实时监控网络关键路径的信息

● 某磁盘阵列共有 14 块硬盘，采用 RAID5 技术时的磁盘利用率是　　（23）　　。

（23）A. 50%　　　　　B. 100%　　　　　C. 70%　　　　　D. 93%

● 以下关于防火墙优点的叙述，不恰当的是　　（24）　　。

（24）A. 防火墙能强化安全策略

　　　　B. 防火墙能防止从 LAN 内部攻击

　　　　C. 防火墙能限制暴露用户点

　　　　D. 防火墙能有效记录 Internet 上的活动

● 以下不属于信息系统安全体系内容的是　　（25）　　。

（25）A. 技术体系　　　　　　　　　　B. 设计体系

　　　　C. 组织机构体系　　　　　　　　D. 管理体系

● 以下不属于物理访问控制要点的是___(26)___。

（26）A. 硬件设施在合理范围内是否能防止强制入侵

　　　 B. 计算机设备的钥匙是否具有良好的控制

　　　 C. 计算机设备电源供应是否能适当控制在合理的规格范围内

　　　 D. 计算机设备在搬动时是否需要设备授权通行的证明

● 关于3种备份方式：完全备份、差量备份和增量备份的联系和区别，说法错误的是___(27)___。

（27）A. 完全备份较之差量备份，所需要的资源和时间较多

　　　 B. 差量备份比增量备份需要更长的时间

　　　 C. 差量备份与增量备份混杂使用，可能会造成文件丢失

　　　 D. 差量备份恢复时间较增量备份短

● ___(28)___是目前常用的数字签名算法。

（28）A. RSA　　　　　B. DES　　　　　C. DSA　　　　　D. EDI

● 安全制度是信息安全的重要保障，以下关于信息系统安全管理制度说法不正确的是___(29)___。

（29）A. 安全管理制度需要建设单位、监理单位、承建单位三方人员共同执行

　　　 B. 安全管理制度需要由监理单位制定，并报建设单位批准后执行

　　　 C. 安全管理制度包括出入管理、系统升级、人事管理、应急等相关制度

　　　 D. 安全管理制度的有效执行是系统安全建设成功实施的关键

● 本地主机房的建设设计等级为A级，则异地建设的备份机房等级是___(30)___。

（30）A. A级　　　　　B. B级　　　　　C. C级　　　　　D. D级

● 还原速度最快的数据备份策略是___(31)___。

（31）A. 完全备份+增量备份+差分备份　　　 B. 差分备份+增量备份

　　　 C. 完全备份+增量备份　　　　　　　　 D. 完全备份+差分备份

● 电子商务发展的核心与关键问题是交易的安全性，目前安全交易中最重要的两个协议是___(32)___。

（32）A. S-HTTP 和 STT　　　　　　　　 B. SEPP 和 SMTP

　　　 C. SSL 和 SET　　　　　　　　　　 D. SEPP 和 SSL

● 信息系统安全管理体系中，数据安全的目标不包括___(33)___。

（33）A. 防止数据丢失

　　　 B. 防止数据崩溃

　　　 C. 防止系统之间数据通信的安全脆弱性威胁

　　　 D. 防止数据被非法访问

● 监理在协助建设单位制定安全管理制度过程中，应遵循的原则是___(34)___。

（34）A. 授权最小化　　　　　　　　　　 B. 授权集中化

　　　 C. 授权隐蔽化　　　　　　　　　　 D. 授权个性化

● 监理工程师有义务建议建设单位在信息系统安全管理上有应对的措施和规划，并建立必要的安全管理制度，以下属于安全管理制度的是___(35)___。

① 计算机信息网络系统工作人员出入管理制度

② 计算机信息网络系统工作人员安全教育、培训制度

③ 计算机信息网络系统工作人员循环在职、强制休假制度

④ 计算机信息网络系统信息资料处理制度

（35）A. ①和④　　　 B. ④　　　　 C. ①、②和④　　　 D. ①、②、③和④

● 信息系统安全属性分为 3 个方面，以下选项不属于安全属性的是___（36）___。

（36）A. 可用性　　　 B. 保密性　　 C. 系统性　　　　　 D. 完整性

## 13.2 习题参考答案

| （1） | （2） | （3） | （4） | （5） | （6） | （7） | （8） | （9） | （10） |
|---|---|---|---|---|---|---|---|---|---|
| B | C | B | B | D | B | A | D | D | A |
| （11） | （12） | （13） | （14） | （15） | （16） | （17） | （18） | （19） | （20） |
| C | B | A | A | A | B | D | B | B | A |
| （21） | （22） | （23） | （24） | （25） | （26） | （27） | （28） | （29） | （30） |
| D | A | D | B | B | C | D | A | B | A |
| （31） | （32） | （33） | （34） | （35） | （36） | | | | |
| D | C | C | A | D | C | | | | |

# 第14章 沟通协调

**本章考点提示：**

- ✓ 沟通协调工作应把握的一般原则。
- ✓ 沟通协调的工作方法。
- ✓ 工程各阶段沟通协调的主要工作内容。

## 14.1 习题

● 沟通和协调对于项目的顺利进展和最终成功具有重要意义，召开有效的会议是监理工程师常用的沟通方法，开好监理会有许多要注意的事项，以下只有___（1）___是不需要考虑的。

（1）A. 会议要有明确的目的和期望的结果

    B. 参会人员要充分而且必要，以便缩小会议规模

    C. 会议议题要集中，控制和掌握会议的时间

    D. 要求建设单位与承建单位的领导必须参加

● 信息系统工程建设的组织协调非常重要，是重要的监理措施，关于组织协调的描述，错误的是___（2）___。

（2）A. 组织协调包括多方的协调，包括与承建单位及建设单位的协调等

    B. 组织协调也包括监理单位内部之间的协调

    C. 组织协调一般通过项目监理例会、监理专题会议及阶段性监理会议3种主要协调方法进行

    D. 组织协调要坚持科学的原则

● 信息系统工程建设的沟通、协调非常重要，是重要的监理措施。下面关于沟通协调原则的描述，错误的是___（3）___。

（3）A. 为了避免不必要的误会，要把相关信息控制在各方项目组内部

    B. 各方始终把项目成功作为共同努力实现的目标

    C. 在直接关系到项目进展和成败的关键点上取得一致意见

    D. 协调的结果一定是各方形成合力

● 某大型电子政务工程项目，涉及的相关方包括业主方、咨询公司、招标公司、总承建方、分承建方、系统测试方等。对照①~④的描述，监理方所承担的职责是___（4）___；在项目实施过程中，监理工作中常用的协调方法是___（5）___。

① 协助编制招标文件

② 对工程质量、工程投资和工程进度进行监督和协调

③ 存在分包时，对分包进行全方位管理和协调，确保工程质量和工程进度

④ 协助业主方协调处理施工中出现的问题

（4）A. ②、④                 B. ②、③、④

C. ①、②、④　　　　　　　　　D. ①、③

（5）A. 会议协调法　　　　　　　　B. 交谈协调法

C. 书面协调法　　　　　　　　D. 访问协调

● 若某小型信息系统开发团队由4人组成，则其沟通渠道数为___（6）___。

（6）A. 12　　　　B. 10　　　　C. 8　　　　D. 6

● 以下不属于沟通协调一般原则的是___（7）___。

（7）A. 公平、公正、独立原则　　　B. 守法原则

C. 对等原则　　　　　　　　　D. 诚信原则

● 项目协调的监理方法主要包括___（8）___。

①监理会议　　　②监理报告　　　③沟通　　　④评审

（8）A. ①②　　　B. ①②④　　　C. ①②③　　　D. ①②③④

● 某信息系统工程由于承建单位原因，导致实施进度严重超期，监理单位准备就此问题召集业主单位、承建单位召开专题会议协商解决，此时给承建单位发出___（9）___是最合适的。

（9）A. 监理通知单　　　　　　　　B. 专题监理报告

C. 监理工作联系单　　　　　　D. 停工令

● 在监理组织协调过程中，以下行为，___（10）___不能够较好地体现公平、公正、独立的原则。

（10）A. 监理单位不能同时既做信息系统工程的监理，又做系统集成业务

B. 处理监理业务一定要有可靠的依据和凭证

C. 遵守建设方的有关行政管理、经济管理、技术管理等规章制度及要求

D. 处理实际监理事务中，要有大局观，要全面地分析和思考

● 以下做法正确的是___（11）___。

（11）A. 承建单位要求项目暂停实施，总监理工程师签发"停工令"

B. 由于出现项目质量问题，必须进行停工处理，总监理工程师签发"停工令"

C. 发生必须暂停实施的紧急事件，总监理工程师代表签发"停工令"

D. 发生需要停工事件，但建设方暂不允许项目暂停，总监理工程师不签发"停工令"

# 14.2　习题参考答案

| （1） | （2） | （3） | （4） | （5） | （6） | （7） | （8） | （9） | （10） |
|------|------|------|------|------|------|------|------|------|-------|
| D | C | A | C | A | D | C | C | C | C |

| （11） | | | | | | | | | |
|------|------|------|------|------|------|------|------|------|-------|
| B | | | | | | | | | |

# 第15章 监理应用技术

**本章考点提示：**

✓ 信息网络系统招标、设计阶段的监理：立项和工程准备阶段信息网络系统监理工作的内容；招标阶段信息网络系统监理工作的内容；工程设计和方案评审阶段信息网络系统监理工作的内容；招标和设计阶段监理工作的技术特点。

✓ 信息网络系统实施阶段的监理：实施阶段信息网络系统监理工作的内容（包括设备采购、工程施工、安装调试等）；实施阶段信息网络系统监理工作的重点；实施阶段信息网络系统监理工作的技术要点。

✓ 信息网络系统验收阶段的监理：工程验收阶段信息网络系统监理工作的内容；工程验收阶段信息网络系统监理工作的技术要点。

✓ 信息应用系统的监理工作：国内信息应用系统建设存在的主要问题；在信息应用系统建设中引入监理制的必要性；信息应用系统质量控制的内容和主要监理措施；信息应用系统进度控制的内容和主要监理措施；信息应用系统成本控制的内容和主要监理措施。

✓ 招标阶段信息应用系统的监理工作：招标方式和招标过程；可行性研究的主要内容；项目信息管理规范的监理工作内容和要求；招标方式的确立；承建单位资质和质量管理体系的审查要点；招标过程的监督和合同签订的管理。

✓ 分析设计阶段信息应用系统的监理：分析设计阶段的系统建设任务；项目计划编制监理的内容和措施；软件质量管理体系监理的内容和措施；软件质量保证计划监理的内容和措施；软件配置管理监理的内容和措施；需求说明书、设计说明书、详细设计、测试计划和软件编码规范评审的内容；软件分包合同监理的内容和措施。

✓ 实施阶段信息应用系统的监理：实施阶段系统建设的任务；软件编码监理的内容和措施；软件测试监理的内容和措施；软件试运行和培训监理的内容和措施。

✓ 验收阶段信息应用系统的监理：验收阶段系统建设的任务；验收阶段监理工作的重点；验收的原则与组织；配置的审核；验收测试的条件和主要工作；验收的准则；验收报告的内容；验收未通过的处理；系统移交和系统保障监理工作的内容和措施。

✓ 信息系统工程测试基本概念：信息系统工程测试的目的；信息系统工程测试的类型；信息系统工程测试的主要内容和要求。

✓ 信息系统工程软件测试：软件测试的基础知识和软件测试目的；软件测试的内容和软件测试的主要方法；软件测试阶段的划分及各方的职责；软件测试工具。

✓ 信息系统工程网络测试：网络测试基础知识和网络测试目的；网络测试的内容和网络测试的主要方法；网络测试阶段的划分及各方的职责；网络测试工具。

✓ 信息系统工程应用性能测试：应用性能测试基础知识和应用性能测试目的；应用性能测试的内容和应用性能测试的主要方法；应用性能测试阶段的划分及各方的职责。

✓ 信息系统工程数据中心测试：数据中心测试基础知识和数据中心测试的目的；数据中心测试的内容和数据中心测试的主要方法；数据中心测试阶段的划分及各方职责。

✓ 信息系统工程安全评估：安全评估基础知识和安全评估的目的；安全评估的内容和安全评估的主要方法；安全评估阶段的划分及各方的职责。

- ✓ 第三方测试机构：第三方机构的优势；第三方测试的意义；第三方测试机构选择要点。
- ✓ 信息化工程监理综合应用实践与趋势：电子政务工程监理要求和关键点；电子商务工程监理要求和关键点；企业信息化工程监理要求和关键点；行业信息化工程监理要求和关键点。

# 15.1　习题

**习题 1**

阅读下列说明，回答问题 1 至问题 4，将解答填入答题纸的对应栏内。

**【说明】**

希赛公司经过政府采购招标过程，承接国家机关 B 的信息化工程项目建设任务，合同规定的投资金额为 980 万元，建设周期 2 年。但在系统试运行阶段，由于《行政许可法》的颁布实施，B 的工作流程发生了变化，需要新增和改造部分功能；B 认为该项目变更部分由希赛公司继续承担较为合适，决定不再进行招标，并且双方通过协商决定新增投资 100 万元。

**【问题 1】**

对于业主的做法，你认为是否合适？并说明理由。

**【问题 2】**

在此过程中，最重要的监理工作内容是什么？并说明理由。

**【问题 3】**

对于该项目来说，变更的控制流程主要有哪些？

**【问题 4】**

希赛公司要对新增和改造软件部分功能进行需求调研和分析，从监理的角度来看，希赛公司在本阶段应产出的主要成果是什么？

习题 2

阅读下列说明，回答问题 1 至问题 3，将解答填入答题纸的对应栏内。

**【说明】**

某政府机关的电子政务一期工程包括网络平台建设和应用系统开发，通过公开招标，确定工程的总承建单位是希赛公司。希赛公司自行决定，将其中的一部分核心软件开发工作分包给其下属公司 B，而公司 B 又将部分软件开发工作分包给了公司 C。

**【问题 1】**

假如你是此项目的监理工程师，请陈述希赛公司的做法是否正确？并且说明原因。

**【问题 2】**

简要描述该项目验收工作的步骤。

**【问题 3】**

承建单位提出对网络系统和应用软件系统验收时，需要提交哪些必要文档？

**习题 3**

阅读下列说明，回答问题 1 至问题 4，将解答填入答题纸的对应栏内。

**【说明】**

信息网络系统是信息系统重要的组成部分，对信息网络系统的工程实施监理是信息网络工程建设重要的组成部分。

**【问题 1】**

信息网络系统的现场实施通常分哪几个步骤进行？

**【问题 2】**

请简述网络设备采购到货环节监理的流程？

**【问题 3】**

请列出两种信息网络系统常用的监理方法，并对列出的监理方法给出简要说明。

**【问题 4】**

在信息网络系统完工时，应由建设单位、承建单位和监理单位三方共同确定验收方案。验收方案确认的重点工作之一就是确认工程验收的基本条件是否满足要求，这时监理单位的主要工作是什么？

习题 4

阅读下列说明，回答问题1至问题4，将解答填入答题纸的对应栏内。

**【说明】**

某政府部门A定制开发的业务信息化系统通过多年的使用，运行稳定，但是由于业务的扩展，系统已经满足不了业务的需要，A在征集了各业务处室的改进建议之后，决定借鉴原系统的成功经验，重新开发一套新的业务信息化系统。

**【问题1】**

承建单位决定采用增量模型加瀑布模型的开发模式，作为监理工程师，你认为承建单位的选择是否合适？并给出理由。

**【问题2】**

列出影响项目进度的因素并加以简要说明。

**【问题3】**

某一子系统大约需要50000行代码，如果开发小组写完了25000行代码，能不能认为他们的工作已经完成了大约一半？并说明原因。

**【问题4】**

请简述软件测试的目的。

习题5

阅读下列说明，回答问题1至问题4，将解答填入答题纸的对应栏内。

**【说明】**

某县电子政务信息系统工程，总投资额度约500万元，主要包括网络平台建设和业务办公应用系统开发，监理公司承担了全过程监理任务。建设单位自行决定采用邀请招标方式选择承建单位，但是监理单位指出采取邀请招标的方式不妥当，应当采取公开招标方式。最终建设单位接受监理的意见进行公开招标。在招标文件中要求省外的投标人需具备计算机信息系统集成一级资质、省内投标人具备计算机信息系统集成二级资质，招标文件于9月15日发出，并规定9月28日为投标截止时间。A、B、C、D、E、F等多家公司参加投标。但本次招标由于招标人原因导致招标失败。建设单位重新招标后确定A公司中标，于10月30日向A公司发出中标通知书，并在中标通知书发出后第40天，与A公司签订了项目建设合同。

合同生效后，A公司自行决定，将其中一部分核心软件开发工作分包给B公司并签订了价值100万元的分包合同。监理发现问题后，会同建设单位要求A公司立即终止分包行为并处以2万元罚款。A公司表示接受惩罚并宣布与B公司签订的分包合同无效。

在随后的应用系统建设过程中，监理工程师发现A公司提交的需求规格说明书质量较差，要求A公司进行整改。但是A公司解释说，由于建设合同没有规定应用软件系统开发应遵循的质量标准方面的条款，建设单位也没有相关的质量准则，因此A公司以自己公司相关的质量标准为依据进行需求调研、分析和编写需求规格说明书，是符合A公司质量标准的，从而拒绝进行修改。在这种情况下，监理单位建议A公司与建设单位就此问题签订补充协议或遵循相关的国家标准（GB/T8567-88、GB/T9385-88等）遭到A公司的拒绝。

**【问题1】**

指出该工程招标过程中的不妥之处，为什么？

**【问题 2】**

监理单位认为建设单位采取邀请招标的方式不妥当的依据是什么？

**【问题 3】**

监理会同建设单位对 A 公司进行经济惩罚额度是否合适？请阐明理由。A 公司宣布与 B 公司签订的分包合同无效的法律依据是什么？

**【问题 4】**

A 公司的做法是否正确？监理的建议是否妥当，请阐明理由。

**习题 6**

阅读下列说明，回答问题 1 至问题 4，将解答填入答题纸的对应栏内。

**【说明】**

某地区政府部门建设一个面向公众服务的综合性网络应用系统，对现有的零散管理系统和服务平台进行重组和整合，整个项目由政府的信息中心负责统一规划分期建设，由各共建单位的主要领导组成了领导小组，招标选择了监理公司全程监理建设过程。一期重点建设了社保、民政和交换中心 3 个应用系统。建设过程中由于机构改革、职能需要重新定位等原因，《需求规格说明书》始终找不到最终用户签字，在监理方和承建单位的一再努力下，只有一个共建单位的主管领导在该子系统的需求分析上签字确认，为了赶进度承建单位决定先行设计和实施，监理方认为可以理解且就目前的实际情况而言，也只好默许。

在实施中，承建单位制定了如下图所示的单元测试进度计划，图中已标出每个节点的最早开始时间和最迟开始时间。监理工程师在第 5 天进行检查时，发现工作 A 已经完成，工作 B 已经实施 3 天，工作 C 已经实施了 1 天，工作 D 已经实施 1 天。

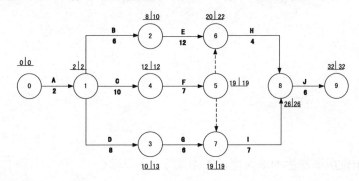

工程竣工验收时，承建单位向监理单位提交了验收申请并将竣工验收所需要的全部资料报送项目监理单位，申请竣工验收。总监理工程师认为系统已经过初验和 3 个月的试运行，并且运行情况良好，随即对验收申请予以签认，并协助建设单位进行后续的验收工作。

【问题 1】

在本项目的需求分析阶段的监理中，监理方有没有不妥当的地方，监理应该怎样做？阐述软件需求分析监理的主要任务。

【问题 2】

根据对单元测试进度检查的结果，请确定：

①工作 B、C、D 的进度是正常还是延误（给出延误的天数），是否影响工期并说明为什么。

②在项目总工期允许拖延的情况下，请重新计算网络时间参数并填入下图的空（1）～（30）中。总工期是正常还是延误？若延误，请给出延误天数。

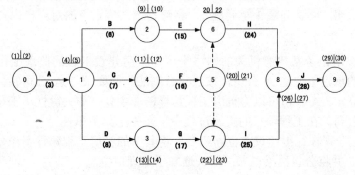

**【问题 3】**
阐述承建单位应该产生的单元测试工作成果。

**【问题 4】**
竣工验收时，总监理工程师在执行验收程序方面的做法正确吗？如果正确，请说明理由；如果不正确，请说明正确的做法。

习题 7
阅读下列说明，回答问题 1 至问题 4，将解答填入答题纸的对应栏内。

**【说明】**
某监理单位承担了某政府机关的网络平台和机房建设工程的监理工作。通过公开招标，确定工程的承建单位是 A 公司，按照《合同法》的要求与 A 公司签订了工程建设合同并在合同中规定，A 公司可以将机房工程这样的非主体、非关键性子工程分包给具备相关资质的专业公司。在工程项目的实施过程中，发生了如下事件：

**事件 1：** A 公司在征得建设单位同意后，将其中的机房工程建设工作分包给具有相应资质的 B 公司，并将分包结果以书面形式通知了监理单位。

**事件 2**：在机房的工程实施中，总监理工程师在巡视中发现施工人员为了赶工期，把信号线和电源线放在了同一条槽中，违反了有关规范中信号线防干扰的规定。总监理工程师随即要求 B 公司保护好施工现场，并于 2 小时内将发生质量事故的情况以书面形式上报建设单位和监理单位以便共同确认处理意见。

**事件 3**：签订合同后，A 公司监理提交了《网络工程建设进度计划》，监理审核后认为该计划符合要求并予以签认。

**事件 4**：工程验收是信息网络系统建设的收尾工作，A 公司按《网络工程建设进度计划》规定的时间于 9 月 10 日完工，并于 9 月 15 日提出验收申请。在确认工程项目已经达到验收的条件的情况下，三方决定对项目实施验收，成立的工程验收小组由 5 人组成，其中建设单位项目负责人 1 人、监理单位人员 1 人、外聘专家 3 人。

**【问题 1】**
在事件 1 中，A 公司的分包过程是否妥当？为什么？

**【问题 2】**
在事件 2 中，总监理工程师的做法是否妥当？为什么？

**【问题 3】**
在事件 3 中，监理单位的做法妥当吗？阐述监理在实施进度控制时，可以采用的基本措施是什么？

**【问题 4】**

在事件 4 中，验收小组组成妥当吗？为什么？正式验收的一般程序包括 8 个步骤，请列出。

**习题 8**

阅读下列说明，回答问题 1 至问题 3，将解答填入答题纸的对应栏内。

**【说明】**

某企业拟建设面向内部管理的 ERP 系统和面向外部客户的网络营销系统，并选择了某监理单位承担该项目的全程监理工作。监理单位介入项目后，发生了如下事件：

事件 1：建设单位根据外聘专家组的意见，从众多的 ERP 厂商提供的解决方案中选择了两个方案备选。预计现金流量（NCF）（单位：千元）及现值系数如下表所示（贴现率为 10%）。建设单位要求监理对方案的选择提出监理意见。

| t | 0 | 1 | 2 | 3 | 4 | 5 |
|---|---|---|---|---|---|---|
| A 方案现金净流量 | −20000 | 8000 | 7000 | 6000 | 5000 | 4000 |
| B 方案现金净流量 | −10000 | −10000 | 6800 | 6800 | 6800 | 6800 |
| 复利现值系数 | 1.00 | 0.909 | 0.826 | 0.751 | 0.683 | 0.621 |
| 年金现值系数 | 1.00 | 0.909 | 0.736 | 2.487 | 3.170 | 3.791 |

事件 2：网络营销系统的建设有两个方案备选，计算出的各项指标如下表所示。建设单位要求监理对方案的选择提出监理意见。

| | A 项目 | B 项目 |
|---|---|---|
| 投资额 | 2000 | 9000 |
| 净现值 | 1669 | 1557 |
| 内部报酬率 | 16.04% | 17.88% |

事件 3：在项目建设过程中，监理发现承建单位的需求调研和分析工作不到位，存在着重大的质量隐患，于是签发监理通知单报承建单位，责令承建单位整改。

**【问题 1】**

根据事件 1 提供的预计现金流量分别计算 A、B 两方案的净现值，并据此比较选择其一。

**【问题 2】**

在事件 2 中，如果这两个方案是互斥的（即同时只能选择一个方案）且无资金限量，你应该如何决策？为什么？

**【问题 3】**

在事件 3 中，监理的做法正确吗？为什么？阐述需求分析的目标和需求分析阶段研究的对象。

习题 9

阅读下列说明，回答问题 1 至问题 2，将解答填入答题纸的对应栏内。

**【说明】**

同任何事物一样，软件也有一个孕育、诞生、生长、成熟、衰亡的过程，这就是软件的生存周期，在软件生存周期内对所产生的各种文档、程序和数据进行管理和变更控制的最重要的手段就是进行软件配置管理。

**【问题 1】**

简要说明软件生存周期分哪 6 个阶段。

**【问题2】**

对一般的软件过程来说，应该建立哪3种配置管理库？

习题10

阅读下列说明，回答问题1至问题2，将解答填入答题纸的对应栏内。

**【说明】**

在机房和综合布线工程实施过程中，对隐蔽工程的监理非常重要，因为隐蔽工程一旦实施完成隐蔽后，再出现会耗费很大的工作量，同时会对已经完成的工程造成不良的影响。某承建单位在进行管内穿线工作时，制定了如下的操作规程：

规程1：穿在管内绝缘导线的额定电压不应高于380V；

规程2：管内穿线应该在建筑物的抹灰、装修及地面工程结束前进行，在穿入导线前，应该将管子中的积水及杂物清理干净；

规程3：不同系统、不同电压、不同电流类别的线路不能穿进同一根管内，但是可以穿在线槽的同一个孔槽内；

规程4：管内导线的总截面积（不包括外层）不应该超过截面的40%；

规程5：线管进入箱体，宜采用上进线或者设置防水弯以防箱体进水；

规程6：使用的传输线路宜选择不同颜色的绝缘导线，以区分功能及正负极；

规程7：导线穿入钢管前，在导线的出入口处装护线套保护导线。

**【问题1】**

综合布线工程包括哪3个主要环节？

**【问题2】**

指出该承建单位制定的操作规程中的不正确之处。

## 习题 11

阅读下列说明，回答问题1至问题3，将解答填入答题纸的对应栏内。

**【说明】**

某省大型电子政务信息系统工程建设，总投资额度约 8000 万元，主要包括工程实施标准体系建设、网络平台建设和多个业务部门应用系统开发。建设单位将全过程监理任务委托给某信息系统工程监理公司，并鉴定了工程建设委托监理合同.

该监理单位建议建设单位采取公开招标选取承建单位，由于项目建设的涉及面广、技术难度高，因此在招标公告中要求投标者应具有系统集成一级资质，并规定允许多个独立法人组成联合体进行投标。共有 A、B、C、D、E、F、G、H 等 8 家承建单位和承建单位联合体参加投标。

事件1：在委托工程建设监理合同中，对建设单位和监理单位的权利、义务和违约责任所做的某些规定如下：

（1）在实施期间，任何工程变更只要由监理方审核、认可，并发布变更指令方即为有效。

（2）监理方应在建设单位的授权范围内对委托的工程建设项目实施监理。

（3）对承建单位工程设计中的错误或不符合信息工程建设相关规定之处，监理方有权要求承建单位改正。

（4）仅对本工程的控制，建设单位则实施进度控制和投资控制任务。

（5）在任何情况下，监理方在监理工作中都应维护建设单位的利益。

（6）当事人一方要求变更或解除合同时，应当在提前通知对方，因解除合同使一方遭受损失的，除依法免除责任外，应由责任方负责赔偿。

事件2：在开标中，D 承建单位联合体是由三家单位联合组成的联合体，其中甲公司是一级集成公司，乙是国家级的标准化研究院，丙是二级系统集成公司。该联合体被认定为不符合投标资格要求，撤销了投标书。

事件3：按照招标文件中确定的综合评价标准，6 家投标人（除去两个取消的投标人后）综合得分从高到低依次顺序为 B、H、A、C、G、F，故评标委员会确定投标人 B 为中标人。由于从标价情况来看，6 个投标人的报价从低到高的依次顺序为 H、C、B、F、G、A，因此，作为招标人的建设单位又与中标人 B 就合同价格进行了多次谈判，结果中标人 B 将价格降到略低于投标人 C 的报价水平，最终双方在规定的期限内鉴定了书面合同。

**【问题1】**

请指出事件1中的哪几项条款存在不妥之处，为什么？

**【问题2】**

在事件2中为什么D承建单位联合体被认定不符合投标资格？

**【问题3】**

在事件3中，投标人和中标人的做法是否符合《招标投标法》的有关规定，为什么？

**习题12**

阅读下列说明，回答问题1至问题3，将解答填入答题纸的对应栏内。

**【说明】**

某地区政府部门建设一个面向公众服务的综合性网络应用系统，主要包括机房建设、网络和主机平台建设及业务应用系统开发，某监理公司承担了该项目的全过程监理任务。在工程项目的实施过程中，发生了如下事件：

事件1：在监理合同签订后，由于工期紧张，建设单位要求承担单位提前进行应用系统需求调研与分析，同时向监理单位提出对需求调研与分析过程进行质量把关的要求，在此情况下监理单位为满足建设单位要求，决定由参加本项目的现场实施工作的监理工程师编写监理规划并直接报送建设单位，监理规划的部分内容提纲如下：

（1）工程概况。

（2）监理的范围、内容与目标。

（3）工程专业的特点。

（4）监理依据、程序、措施及制度。

（5）监理控制的要点目标。

（6）监理工具和设施。

事件 2：机房建设子项工程的承建单位按照要求，将其根据下表给定的逻辑关系绘制的双代号网络计划（如下图所示）提交给监理审核。

| 工作名称 | A | B | C | D | E | G | H | I |
|---|---|---|---|---|---|---|---|---|
| 紧后工作 | C, D | E | G | | H, I | | | |

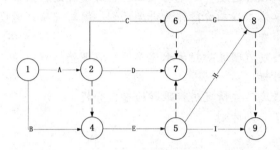

事件 3：在实施监理工作之前，监理与建设单位就"进度控制程序"的实施原则进行了充分沟通并达成一致意见。确定监理采用的进度控制工作程序从监理机构审查承建单位的工程进度计划开始，然后对计划进行跟踪检查、分析（与计划目标的偏离程度），并根据执行情况采取相应的措施。

【问题 1】

在事件 1 中，你认为监理公司在监理规划编制方面是否有不妥之处？为什么？

【问题 2】

如果你是本项目的监理工程师，请指出事件 2 中的绘图错误（在以下选项中选择）。

A. 节点编号有误　　　　B. 有循环回路　　　　C. 有多个起始节点

D. 有多个终止节点　　　E. 不符合给定逻辑关系

**【问题 3】**

根据事件 3 中确定的"进度控制程序"的实施原则，把下列进度控制的工作按照正确的顺序通过下面给出的框图联系起来（将工作序号恰当地填写到框图中），形成进度控制工作程序图。

①基本实现计划目标

②按进度计划组织实施

③承建单位编制工程总进度计划填写《工程总进度计划》报审表

④承建单位编制单体工程或阶段作业进度计划，填写《项目进度分解计划报审表》

⑤总监理工程师审查

⑥总监理工程师签发监理通知指示承建单位采取调整措施

⑦严重偏离计划目标

⑧监理工程师对进度实施情况进行跟踪检查、分析

⑨承建单位编制下一期计划

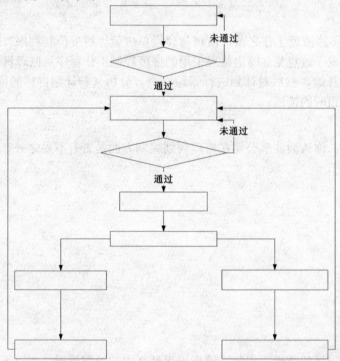

**习题 13**

阅读下列说明，回答问题 1 至问题 3，将解答填入答题纸的对应栏内。

**【说明】**

某企业拟建设一个面向生产管理的信息系统，以提高企业的生产管理水平。该项目的建设期为 2 年，运营期为 7 年。

在某工程咨询单位编制的项目可行性研究方案中，项目各年预计净现金流量、折现系数及计算出的折现净现金流如下表所示（贴现率为 10%）。建设单位要求监理对方案投资的可行性提出监理意见。

| 项目 | 建设期 | | | 投产期 | | | | | |
|---|---|---|---|---|---|---|---|---|---|
| | 1 | 2 | 3 | 4 | 5 | 6 | 7 | 8 | 9 |
| 净现金流 | −380 | −400 | −9.00 | 272.86 | 272.86 | 272.86 | 272.86 | 272.86 | 747.86 |
| 折现系数 | 0.9091 | 0.8264 | 0.7513 | 0.6830 | 0.6209 | 0.5645 | 0.5132 | 0.4665 | 0.4241 |
| 折现净现金流 | −345.46 | −330.56 | −6.76 | 186.36 | 169.42 | 154.03 | 140.03 | 127.29 | 317.17 |

**【问题 1】**

根据上表给出的数据，计算项目的净现值（保留两位小数）并说明项目是否可行。

**【问题 2】**

根据上表给出的数据，计算项目的动态投资回收期。

**【问题 3】**

在信息工程建设项目中，投资理解成进行某项信息工程建设花费的全部费用，可以用下图（信息工程项目投资构成图）来描述信息工程项目的投资构成。请在信息工程项目投资构成图的空缺处填写恰当内容。

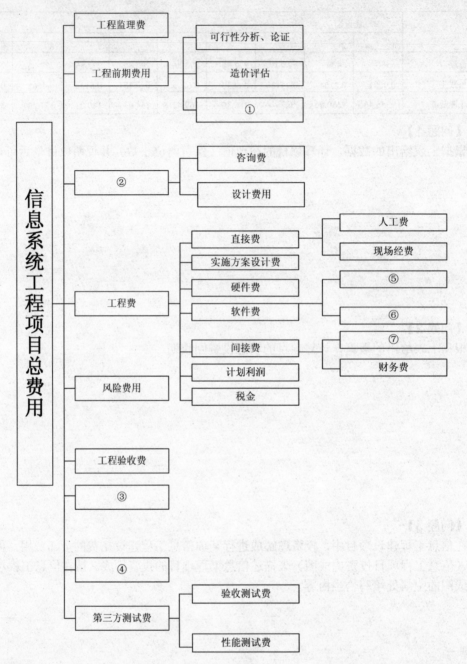

### 习题 14

阅读下列说明，回答问题 1 至问题 3，将解答填入答题纸的对应栏内。

**【说明】**

测试是信息系统工程质量控制的重要手段，某电子政务系统组件逻辑部署如下图所示，在系统建设完成之后，用户方提出对该项目进行负载压力性能测试，以验证系统是否满足负载压力性能需求。

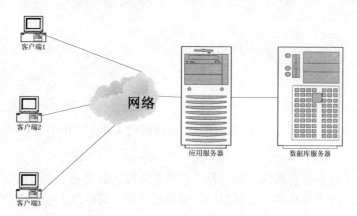

**【问题 1】**

试说明该系统在应用环境下主要承受哪些类型的负载压力。

**【问题 2】**

简要描述进行负载压力测试的目的。

**【问题 3】**

假设该系统在大量用户并发访问时，某业务操作响应时间长，不能满足用户需求。

现欲通过负载压力测试对该系统做故障定位，应重点关注哪些系统组件性能，以及获取哪些关键性能测试指标能够有效定位故障原因。

**习题 15**

阅读下列说明，回答问题 1 至问题 4，将解答填入答题纸的对应栏内。

**【说明】**

某大型电子政务信息系统工程建设，总投资额度超过亿元，主要包括工程实施标准体系建设、系统平台建设和多个业务部门应用系统开发。某信息工程监理公司负责该项目的全过程监理。

**【问题 1】**

为了开发高质量的软件，从计划阶段开始，不但需要明确软件的功能，还要明确软件应达到什么样的质量标准，即制定软件的质量目标。在本项目中软件开发所依据的质量标准选择《GB/T16260-2003 软件工程 产品质量》。

请选择恰当的内容并将相应的标号填入到以下叙述中的空（1）~（6）中。

《GB/T16260-2003 软件工程 产品质量》标准中规定了 6 个内部和外部质量特性及相关的___(1)___个质量子特性。质量特性包括___(2)___、___(3)___、___(4)___、___(5)___、可维护性和___(6)___等。

供选择的答案：

（1）A. 16          B. 21          C. 27          D. 28

（2）~（6）

A. 可靠性      B. 适应性      C. 易用性      D. 可移植性
E. 一致性      F. 功能性      G. 依从性      H. 互操作性
I. 时间特性    J. 资源特性    K. 效率        L. 安全性

**【问题 2】**

在开发过程的各个阶段，监理的工作任务之一是审核承建单位提交的各类文档。在软件项目的实施中，文档的编制占有突出的地位和相当大的工作量。高质量、高效率地开发、分发、管理和审核文档对于充分发挥软件项目的效益有着重要的意义。为使软件文档能起到多种桥梁的作用，使它有助于程序员编制程序，有助于监理人员监督软件的开发，有助于用户了解和使用软件，有助于维护人员进行有效的修改和扩充，文档的编制必须保证质量。

请从下列关于文档编制的叙述中选出 5 条正确的叙述（填写相应的标号）。

① 可行性研究报告应评述为了合理地达到开发目标而可能选择的各种方案，以便用户抉择。因此，编写者不必提出结论。

② 操作手册的编写工作应该在软件测试阶段之前完成。

③ 软件的开发单位应该建立本单位文档的标识方法，使文档的每一页都具有明确的标识。

④ 为了使得文档便于修改且保持一致，各文档的内容不应有相互重复的地方。

⑤ 用户手册要使用专门术语，并充分地描述该软件系统的结构及使用方法。

⑥ 详细设计说明书中可以使用判定表及必要的说明来表示程序的逻辑。

⑦ 概要设计说明书中可以使用 IPO 图来说明接口设计。

⑧ 测试分析报告应把每次实际测试的结果，与软件需求规格说明书和概要设计说明书中规定的要求进行对照并做出结论。

⑨ 软件需求规格说明书中可以对软件的操作人员和维护人员的教育水平和技术专长提出要求。

⑩ 项目开发计划除去规定项目开发所需的资源、开发的进度等内容以外，还可以包括用户培训计划。

**【问题 3】**

信息系统工程项目是由建设单位、承建单位和监理单位共同实施的，三方的最终目标是一致的，那就是高质量地完成项目，因此，质量控制任务也应该由建设单位、承建单位和监理单位共同完成。三方都应该建立各自的质量保证体系，而整个项目的质量控制过程包括建设单位的质量控制过程、承建单位的质量控制过程和监理单位的质量控制过程。在本项目的建设过程中，监理必须对承建单位的质量保障体系进行审查并监督其执行。

请简要叙述监理过程中对承建单位质量保证体系进行监督和检查的主要内容。

**【问题 4】**

本项目中某业务应用子系统项目成员 10 人，预计开发期为 30 天，项目团队集中于某宾馆进行封闭开发。该子系统项目总预算为 150000 元，预算每人每日的成本是：住宿+餐饮+交通+薪水+... =500 元。到第 10 天末，监理做了一次项目状态评估：实际上只完成了应该 8 天完成的工作，总共花费了 45000 元。

根据以上情况，请计算 PV、EV、AC、SV、CV，并对项目的状态做出评估结论。

习题 16

阅读下列说明，回答问题 1 至问题 4，将解答填入答题纸的对应栏内。

【说明】

某市大型电子政务信息系统工程建设，总投资额度 4300 万元，主要是业务应用系统的建设，承建单位和监理单位通过招标选定。在项目实施过程中，发生了如下事件：

事件 1：由于承建单位原因造成正在进行的项目存在质量缺陷，无法按照合同约定的期限完成项目建设。

事件 2：在应用系统子项目建设的需求调研过程中，由于建设单位原因造成需求调研工作累计中断 7 个工作日，使关键路径的实施工作中断。承建单位要求给予工期延长，并且由于延期影响工程总体进度计划，承建单位同时提交了修改后的工程总体进度计划。监理根据对工程情况的分析，确认承建单位要求延长工期的要求具有合理性，在与承建单位协商确认后，由监理工程师对工程延期申请予以签认。

事件 3：在软件开发过程中，对业务系统进行了大量的测试，下面的控制图显示了系统测试最初 30 周积压的未解决问题的报告数目。

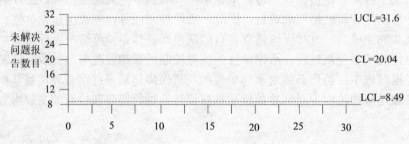

【问题 1】

请判断下列对事件 1 中出现的问题进行责任认定的正确性（填写对或错）。

A. 监理单位、承建单位、建设单位共同分担责任

B. 监理单位不承担责任

C. 属于承建单位违约，承建单位应支付违约金，如造成损失还应支付赔偿金

D. 监理单位应承担部分责任，扣除部分监理费用

【问题 2】

监理在事件 2 中的做法正确吗？为什么？

**【问题 3】**

请根据事件 3 给出的控制图判断问题解决过程的状态，并回答在这 30 周中，平均积压的问题有多少个？如果在任何点上超过了上限，就问题解决过程而言，意味着什么？

**【问题 4】**

请列举 5 种软件测试用例的设计方法。

**习题 17**

回答下列信息安全方面的问题 1 至问题 2，将解答填入答题纸的对应栏内。

**【问题 1】**

请简要描述信息安全管理的控制过程。

**【问题 2】**

请简要叙述信息安全防范可采取的主要技术措施。

习题 18

阅读下列说明，回答问题 1 至问题 3，将解答填入答题纸的对应栏内。

【说明】

软件项目进度控制的目标是在规定的时间内，在保证质量的前提下完成软件系统建设的任务。进度计划是进度控制的基础，便于不同层次的项目管理部门控制进度。

【问题 1】

按照不同管理层次对进度控制的要求，监理方的进度控制主要分为哪三类？请简要说明。

【问题 2】

请简要说明监理在软件项目实施过程中进度控制工作的主要内容。

【问题 3】

软件项目的进度控制常采用甘特图法和网络图法，通常情况下这两种方法需要配合使用，请简要说明各自的作用。

习题 19

阅读下列说明，回答问题 1 至问题 3，将解答填入答题纸的对应栏内。

**【说明】**

某"校校通"工程项目的建设内容包括光纤物理网建设、业务网工程建设、应用服务系统集成、机房建设等内容。

**【问题 1】**

在机房工程设计与建设过程中，下述关于机房电源技术指标要求的描述，请说明哪些是错误的，并指出错误之处。

（1）电源规格：电压：220～280V，频率：47～63Hz，其他单一谐波不得高于 3%。

（2）设备电力总容量是指各单位设备电力容量的总和另加 30%的安全容量。

（3）勿将机房电源与下列设备共用同一电源或同一地线，如电梯、升降机、窗型冷气机、复印机等。

（4）在机房内可以安装适当数量的普通插座，以供维修人员使用，这些插座可以与电源系统共用电源。

（5）配电箱的位置应尽量远离机房，以免受到干扰。

**【问题 2】**

光缆布线系统的测试是工程验收的必要步骤。对光缆可进行连通性测试、端—端测试、收发功率测试等，请简要说明上述任意两种测试的测试方法。

**【问题 3】**

在整个信息系统中，网络系统是信息和应用的载体。请说明计算机网络系统划分成哪5 个平台。并简要说明每个平台包含的主要内容。

**习题 20**

阅读下列说明，回答问题 1 至问题 3，将解答填入答题纸的对应栏内。

**【说明】**

某企业利用银行贷款进行电子商务工程建设，主要包括 ERP 系统建设、连接多个分厂的网络平台建设、多个业务部门应用系统开发、机房建设等。建设单位将全过程监理任务委托给某信息工程监理公司，并签订了工程建设委托监理合同。在工程建设过程中，发生了如下事件：

事件 1：拟签订的监理合同部分内容如下：

（1）监理单位为本工程项目的最高管理者。

（2）监理单位应维护建设单位的权益。

（3）在合同责任期内，若监理方未按合同要求的职责履行约定的义务，或者委托人违背对监理方（合同约定）的义务，双方均应向对方赔偿造成的经济损失。

（4）当事人一方要求变更或解除合同时，应当在 42 日前通知对方，因解除合同使一方遭受损失的，除依法免除责任的外，应由责任方负责赔偿。

（5）在实施期间，因监理单位的过失发生重大质量事故，监理单位应付给建设单位相当于质量事故损失的 20%的罚款。

事件 2：该业主进行电子商务建设的贷款年利率为 12%。银行给出两个还款方案，甲方案为第五年末一次偿还 5000 万元；乙方案为第 3 年末开始偿还，连续 3 年每年末偿还1500 万元。

**【问题 1】**

事件 1 中所列各条款中是否正确？如有不妥之处，怎样才是正确的？

**【问题 2】**

针对事件 2 中银行提出的还款方案，业主要求监理工程师核算一下，哪种还款方案优（要求给出计算过程）？

**【问题 3】**

下面关于机房接地系统技术方面要求描述有部分是错误的，请指出哪些是错误的，并给出正确的描述。

（1）网络及主机设备的电源应有独立的接地系统，并应符合相应的技术规定。

（2）分支电路的每一条回路都需有独立的接地线，此接地线应直接接地。

（3）配电箱与接地端应通过单独绝缘导线相连；其线径至少需与输入端、电源路径相同，接地电阻应小于 8Ω。

（4）接地线可使用零线或以铁管代替。

（5）在雷电频繁地区或有架空电缆的地区，必须加装避雷装置。

（6）网络设备的接地系统不可与避雷装置共用，应各自独立，并且其间距应在 10 米以上；与其他接地装置也应有 1.5 米以上的间距。

（7）在有高架地板的机房内，应有 $16mm^2$ 的铜线地网，此地网应直接接地；若使用铝钢架地板，则可用铝钢架代替接地地网。

（8）地线与零线之间所测得的交流电压应小于 1 伏特。

习题 21

阅读下列说明，回答问题 1 至问题 3，将解答填入答题纸的对应栏内。

**【说明】**

某信息工程监理机构在信息工程项目的监理工作中，出现了如下的情况：

事件 1：建设单位采取公开招标的方式选定承建单位。2006 年 3 月 6 日招标公告发出后，共有 A、B、C、D、E、F 等 6 家信息系统集成商参加了投标。招标文件规定 2006

年 3 月 30 日为提交投标文件和投标保证金的截止日期，2006 年 3 月 31 日举行开标会。其中，E 单位在 2006 年 3 月 30 日提交了投标文件，并于 2006 年 3 月 3 提交了投标保证金。经过对这 6 家单位进行评标等过程，于 2006 年 4 月 5 日确定了 D 为中标人，随即发出了中标通知书。

事件 2：承建单位开始实施项目后一个月，建设单位因机构调整，口头要求承建单位暂停实施工作，承建单位也口头答应停工一个月。项目按照合同规定的期限进行初验时，监理和承建单位发现项目质量存在问题，要求进行完善。两个月后，项目达到合同约定质量。竣工时，建设单位认为承建单位延迟交付项目，应偿付逾期违约金。承建单位认为，建设单位要求临时停工并不得顺延完工日期，承建单位抢工期才出现了质量问题，因此迟延交付的责任不在承建单位。建设单位则认为：临时停工和不顺延工期是当时承建单位答应的，其应当履行承诺，承担违约责任。

【问题 1】
在上述招标投标过程中，有哪些不妥之处？请说明理由？

【问题 2】
从招标投标的性质看，在事件 1 中招标文件、投标文件、中标通知书与要约、承诺、要约邀请的对应关系是什么？（对应关系请用连线标注在下图中）

【问题 3】
作为监理工程师你认为事件 2 中，承建单位应当承担违约责任吗？请说明原因。

**习题 22**

阅读下列说明，回答问题 1 至问题 3，将解答填入答题纸的对应栏内。

**【说明】**

某机关网络系统工程改造项目，建设内容包括网络工程建设、应用服务系统集成、综合布线与机房建设等内容，经建设单位同意及监理审查确认后，甲承建单位选择了乙承建单位作为分包单位，承担机房与综合布线建设任务。监理实施过程中，在方案设计选优、选备选型、现场旁站、工程深化设计、工程实施、工程测试、验收及技术培训等方面实施全过程监理服务。

**【问题 1】**

在网络工程实施中，有两台网络交换机需要进行级联，但不能使用以太交换机的级联口。工程人员需要按照 EIA/TIA 568 标准制作级联双绞线，并且一端已经制作完成，线序如下图所示。请根据给定条件填写表中的待制作端线序，并回答下图中提出的问题（填写到问题下的空白处）。

| 级联线已完成端 | | | 级联线待制作端 | | |
|---|---|---|---|---|---|
| 序号 | 已完成端线序 | 已完成端采用的标准 | 序号 | 待制作端线序 | 待制作端采用的标准？ |
| 1 | 橙白 | | 1 | | |
| 2 | 橙 | | 2 | | |
| 3 | 绿白 | | 3 | | |
| 4 | 蓝 | | 4 | | |
| 5 | 蓝白 | | 5 | | |
| 6 | 绿 | | 6 | | |
| 7 | 棕白 | | 7 | 棕白 | |
| 8 | 棕 | | 8 | 棕 | |

**【问题 2】**

布线系统安装结束后监理应及时督促承建单位完成光纤和 UTP 的测试。请列出至少 5 项 UTP 测试项。

**【问题 3】**

在项目实施过程中，甲承建单位的资金出现困难，无法按分包合同约定支付乙承建单位的工程款。乙承建单位向项目监理机构提出了支付申请。项目监理机构受理并征得建设单位同意后，即向乙承建单位签发了由建设单位付款的凭证。请指出监理的上述做法是否妥当？指出妥当或不妥当之处并给出理由。

**习题 23**

阅读下列说明，回答问题 1 至问题 3，将解答填入答题纸的对应栏内。

**【说明】**

对应用软件系统建设过程的监理是信息化工程建设的重要组成部分。

**【问题 1】**

承建单位在签署合同后，针对工程实际情况，制订了工作计划网络图（如下图所示）。在实际开发过程中，G 工作因为发现问题较多，需要进行代码修改和回归测试的工作量较大，从而造成 G 工作用了 6 个月才完成。请问，G 工作的拖期是否会影响整个工程的工期？为什么？

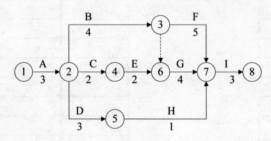

注：图中时间单位为"月"。其中：

A 为需求调研；

B 为数据库设计；

C 为业务逻辑设计；

D 为用户界面设计；

E 为应用编码；

F 为数据加载及压力测试；

G 为应用集成测试；

H 为界面优化及测试；

I 为系统整体试运行。

**【问题2】**

请指出下面关于软件项目建设有关的标准和文档的叙述是否正确。

（1）国家标准是由政府或国家级机构制定或批准，适用于全国的标准。这些标准都是强制性的，相关产品必须严格执行标准。

（2）ISO9001 是设计、开发、生产、安装和服务中的质量保证标准，ISO9000-3 是使 ISO9001 适合于软件的质量保证指南。

（3）软件工程标准化可提高软件的生产率。

（4）软件质量保证体系是贯穿于整个软件生存期集成化过程体系的，而不仅仅体现在最后产品的检验上。

（5）软件维护是一件简单的不具备创造性的工作。

（6）软件测试计划始于需求分析阶段，完成于软件设计阶段。

（7）任何一个文档都应具有完整性、独立性。

（8）在新文档取代旧文档后，管理人员应随即删去旧文档。

（9）软件开发机构应保存一份完整的主文档，并允许开发人员可以保存主文档中的一部分。

（10）软件需求分析报告是给开发人员使用的，不是给其他人员，如维护人员、用户等使用的。

**【问题3】**

在项目进行验收时，承建单位提交给建设单位的部分文本资料是英文版本，建设单位要求承建单位提交的最终文档必须是中文版，且由于翻译造成的时间延误以及增加的项目开销均由承建单位自行承担。请问建设方的要求是否合理？为什么？

**习题 24**

阅读下列说明，回答问题 1 至问题 3，将解答填入答题纸的对应栏内。

**【说明】**

承建单位于 2006 年 6 月与建设单位签订了某应用软件开发项目承建合同，工期半年。合同规定软件开发过程的质量要求遵循国家有关标准。对于监理来说，信息工程建设最终实现质量目标至关重要，对于建设各方来说质量控制贯穿在项目可行性研究、设计、开发、实施、验收、启用及使用维护的全过程。在质量控制过程中各方承担着各自不同的质量责任。

**【问题 1】**

如果设计方案确实存在有较大问题，监理工程师可以指导承建单位进行改进设计吗 ？为什么？

**【问题 2】**

在项目实施过程中，对于承建单位提交的软件设计文档，监理应依据何种标准审核？审核要点是什么？

**【问题 3】**

在验收工作中，验收委员会（ 专家组）的主要权限是什么？如果该应用软件开发项目未通过验收该怎么处理？

习题 25

阅读下列说明，回答问题1至问题3，将解答填入答题纸的对应栏内。

【说明】

建设单位采取公开招标的方式选定承建单位，有 A、B、C 三家信息系统集成商参加了投标。在招标过程和合同签订过程中，发生了如下事件：

事件1：招标文件中规定：评标采用最低评标价中标的原则；工期不得长于 18 个月，若投标人自报工期少于 16 个月，在评标时将考虑其给建设单位带来的收益，折算成综合报价进行评标。

事件2：投标人 C 按照招标文件的要求，将技术和商务标书分别封装，在封口上加盖本单位公章并且由法定代表人签字后，在投标截止日期前1天上午将投标文件送达招标代理机构。次日（即投标截止日当天）下午，在规定的开标时间前1小时，投标人 C 又向招标人递交了一份补充材料，声明将原来的投标报价降低 4%。但是，招标代理机构的有关工作人员认为，根据国际上"一标一投"的惯例，一个投标人不得递交两份投标文件，因而拒绝投标人 C 的补充材料。

事件3：假如贷款月利率为1%，各单项工程完成后付款，在评标时考虑工期提前给建设单位带来的收益为每月20万元。三家单位投标书中与报价和工期有关的数据见表1（三个单项工程是按照机房工程、应用开发和安装调试顺序进行实施的，表中搭接时间是指后项工程与前项工程的重叠时间，例如，投标单位 A 应用开发在进行到7个月的时候，安装调试工作可以开始）。表2是复利现值系数表。

表1 三家单位投标书中与报价和工期有关的数据

| 投标单位 | 机房工程 | | 应用开发 | | 安装调试 | | 安装调试与应用开发搭接时间 |
|---|---|---|---|---|---|---|---|
| | 报价 | 工期 | 报价 | 工期 | 报价 | 工期 | |
| A | 360 万 | 3 月 | 900 万 | 9 月 | 1100 万 | 6 月 | 2 月 |
| B | 400 万 | 4 月 | 1050 万 | 8 月 | 1080 万 | 6 月 | 2 月 |
| C | 380 万 | 3 月 | 1080 万 | 8 月 | 1000 万 | 6 月 | 2 月 |

表2 复利现值系数

| N | 1 | 2 | 3 | 4 | 5 | 6 | 7 | 8 | 9 | 10 |
|---|---|---|---|---|---|---|---|---|---|---|
| I | 0.990 | 0.980 | 0.970 | 0.960 | 0.951 | 0.942 | 0.932 | 0.923 | 0.914 | 0.905 |
| N | 11 | 12 | 13 | 14 | 15 | 16 | 17 | 18 | 19 | 20 |
| I | 0.896 | 0.887 | 0.878 | 0.869 | 0.861 | 0.852 | 0.844 | 0.836 | 0.827 | 0.819 |

【问题1】

请回答事件1中招标文件中的规定是否合理并给出理由。根据《招标投标法》的规定，中标人的投标应符合哪两个条件。

**【问题2】**

招标代理机构有关工作人员拒绝接受投标人C补充材料的做法正确吗？为什么？

**【问题3】**

每个投标人的总工期是多少？在考虑资金时间价值的情况下，应选择哪家单位中标？（请利用表2进行计算）

习题26

阅读下列说明，回答问题1至问题3，将解答填入答题纸的对应栏内。

**【说明】**

某企业进行企业信息化工程建设，主要包括综合布线工程、网络与主机平台建设、应用系统开发。

**【问题1】**

综合布线系统一般由哪几个子系统组成？请列出。

**【问题2】**

请简要叙述采购设备到货监理的工作重点。

**【问题3】**

常用的质量控制基本工具中，统计方法除排列图外还有哪些图？请叙述其主要用途。

**习题 27**

阅读下列说明，回答问题1至问题3，将解答填入答题纸的对应栏内。

**【说明】**

某监理单位承担了一个信息工程项目全过程的监理工作。在讨论制定监理规划的会议上，监理单位人员对编制监理规划提出了构思并据此进行编写，用以指导监理工作的开展。

监理工程师在审核建设单位（甲方）和承建单位（乙方）的工程实施合同草稿（合同草稿由乙方拟订）条款后，指出其中某些条款存在不妥之处。

在进行网络系统安装调试时，出现了质量事故。经查明质量事故的原因，属实施人员违反操作规程，致使核心交换机的一块板卡被毁坏。承建单位项目管理人员已承担责任并及时更换了该板卡，并希望监理方不报告业主，以维护承建单位和监理单位的信誉。监理方出于多方考虑，接受了承建单位的建议。

**【问题1】**

请回答编写监理规划的主要依据是什么？

**【问题 2】**

下述为甲、乙方草拟合同中的有关条款，请指出其不妥当之处并说明原因：

（1）在终审验收前，监理机构对乙方承担的软件项目进行确认测试，测试结果合格，是乙方承担的软件项目进行终验的必要条件之一。

（2）乙方按照监理方批准的实施方案组织实施，乙方不承担因此引起的工程延期责任和质量责任。

**【问题 3】**

针对网络系统安装调试时出现的质量事故，有人认为现场的监理方也有一定的责任，正确吗？请说明原因。监理方未将事故发生的情况告诉业主的做法正确吗？请说明原因。

**习题 28**

回答问题 1 至问题 3，将解答填入答题纸的对应栏内。

**【问题 1】**

某计算机系统设备安装工程双代号网络计划如下图所示。该图中已标出每个节点的最早时间和最迟时间，请判断对图中的解释是正确的还是错误的，并填写下表（在判断栏中，正确的填写"√"，错误的填写"×"）。

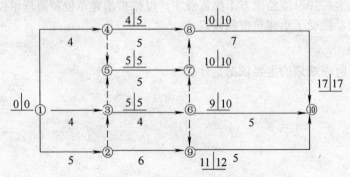

| 对上图的解释 | 判断 |
|---|---|
| A. 工作①~③为关键工作 | |
| B. 工作①~④的总时差为 1 | |
| C. 工作③~⑥的自由时差为 1 | |
| D. 工作④~⑧的自由时差为 0 | |
| E. 工作⑥~⑩的总时差为 3 | |

【问题2】

请指出下面关于软件可维护性有关叙述是否正确。

（1）在进行需求分析时需同时考虑如何实现软件可维护性问题。

（2）完成测试作业后，为了缩短源程序的长度应删去程序中的注解。

（3）尽可能在软件生产过程中保证各阶段文档的正确性。

（4）编程时应尽可能使用全局变量。

（5）在程序易修改的前提下，选择时间效率和空间效率尽可能高的算法。

（6）尽可能考虑硬件的备件的供应。

（7）重视程序结构的设计，使程序具有较好的层次结构。

（8）使用维护工具或支撑环境。

（9）在进行概要设计时应加强模块间的联系。

（10）提高程序的可读性，尽可能使用高级语言编写程序。

【问题3】

请指出下图所示的排列图有哪些错误？

图中：（1）开发设备保养差，有故障，效率低

　　　（2）测试设备配置数量不够

　　　（3）开发人员离职情况严重

　　　（4）其他原因

　　　（5）开发模式不合理

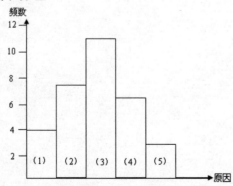

**习题 29**

阅读下列说明，回答问题 1 至问题 3，将解答填入答题纸的对应栏内。

**【说明】**

建设单位甲于 2005 年 2 月与承建单位乙签订了某企业信息化应用软件开发项目承建合同，工期 1 年。合同中约定开发的应用软件最终形成产品供甲及其下属单位使用，并约定软件著作权全部归甲方拥有。对于监理来说，信息工程建设最终实现质量目标非常重要；对于建设各方来说，质量控制贯穿在项目可行性研究、设计、开发、实施、验收、启用及使用维护的全过程。在质量控制过程中各方承担着各自不同的质量责任。

**【问题 1】**

测试是信息工程监理质量控制的主要方法与手段。软件测试是与开发紧密相关的一系列有计划的系统性活动。软件测试需要用测试模型去指导实践。软件测试专家通过测试实践总结出了很多很好的模型。V 模型是最具有代表意义的测试模型，请将开发活动与相应的测试活动在下图中用连线连接。

| 用户需求 | 确认测试与系统测试 |
|---|---|
| 需求分析与系统设计 | 单元测试 |

| 概要设计 | 验收测试 |
|---|---|

| 详细设计 | 集成测试 |
|---|---|

**【问题 2】**

请简要叙述监理单位对承建单位的测试工作进行监理的主要内容。

**【问题3】**

该应用软件投入运行后为甲带来良好的经济效益，乙自行对该软件作品进行了提高和改善，形成新版本销售给了甲的同业竞争对手丙、丁、戊。请回答：乙单位的行为是否构成侵权，为什么？依据的是哪些相关法律？

习题 30

阅读下列说明，回答问题 1 至问题 3，将解答填入答题纸的对应栏内。

**【说明】**

某监理单位承担了某网络工程项目全过程的监理工作。在项目实施过程中，发生了如下事件：

事件 1：该项目的分项工程之一的机房建设可分解为 15 个工作（箭头线表示），根据工作的逻辑关系绘出的双代号网络图如下图所示，监理工程师在第 12 天末进行检查时，A、B、C 三项工作已完成，D 和 G 工作分别实际完成 5 天的工作量，E 工作完成了 4 天的工作量。

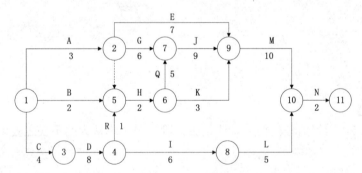

**事件 2：**由于项目已经无法按照原进度计划进行实施，建设单位要求承建单位编制相关变更文件，并授权项目监理机构就进度变更引起的有关问题与承建单位进行协商。项目监理机构在收到承建单位提交的进度计划变更文件后，经研究对其今后工作安排如下：

（1）由总监理工程师负责与承建单位进行工期问题的协商工作。

（2）要求承建单位调整进度计划，并报建设单位同意后实施。

（3）针对承建单位进度计划的调整，需要对监理规划进行相应修订，由总监理工程师代表主持修订工作。

（4）由负责合同管理的专业监理工程师全权处理合同变更和可能出现的合同争议。

**事件 3：**在项目实施过程中，由于承建单位的原因使得建设单位和承建单位之间产生合同争议。监理机构及时进行调查、取证和调解，并在调解失败的情况下向合同约定的仲裁委员会申请仲裁。

**【问题 1】**

针对事件 1：

（1）按工作最早完成时间计，D、E、G 三项工作各推迟了多少天？

（2）根据图中给出的参数，机房建设原来计划的总工期是多少天。

（3）D、E、G 三项工作中，哪些工作对工程如期完成会构成威胁？该威胁使工期推迟多少天？

**【问题 2】**

针对事件 2，指出在协商变更进度过程中项目监理机构的（1）、（2）、（3）、（4）的安排是否妥当？对于你认为的不妥之处请写出正确做法。

**【问题 3】**

针对事件 3，回答监理机构的做法是否正确。对于你认为的不妥之处请说明理由和正确的做法。

习题 31

阅读下列说明，回答问题 1 至问题 3，将解答填入答题纸的对应栏内。

【说明】

某企业进行企业信息化工程建设，主要包括综合布线系统、机房、网络及主机系统、软件开发等分项工程建设，分别由不同的承建单位承建建设任务。在工程建设过程中，发生了如下事件：

事件 1：负责该项目的专业监理工程师根据监理规划编制了监理实施细则，设置了质量控制点。

事件 2：承建单位为了抢进度，在完成敷设线槽、线缆后马上派相关人员到该项目监理办公室请负责该项目的专业监理工程师对隐蔽工程进行验收。该监理工程师立即到现场进行检查，发现槽内线缆等方面不符合质量要求，随即口头指示承建单位整改。

事件 3：在机房工程的实施中，机房工程承建单位提出质疑，认为总集成单位提出的机房设备布置图存在问题，将会影响到后续施工和验收。监理就该问题组织了专题讨论会，会议由总监理工程师主持，建设单位、总集成单位、机房工程承建单位参加。

【问题 1】

请给出进行质量控制点设置时应遵守的原则。

【问题 2】

（1）如此进行隐蔽工程验收，在程序上是不妥当的，请问正确的程序是什么？

（2）监理工程师要求承建单位整改的方式有何不妥之处，正确的做法是什么？

**【问题 3】**

（1）会议纪要由谁整理？

（2）会议纪要主要内容是什么？

（3）会议上出现不同意见时，纪要中应该如何处理？

**习题 32**

阅读下列说明，回答问题 1 至问题 3，将解答填入答题纸的对应栏内。

**【说明】**

某市教育信息网建设项目全部由政府投资。该项目为该市建设规划的重点项目之一，且已列入地方年度固定投资计划，现决定对该项目进行招标。招标人于 2006 年 8 月 8 日在国家级报刊上发布了招标公告，并规定于 9 月 5 日 14 时为投标截止时间。A、B、C、D、E 这 5 家公司购买了招标文件。

9 月 5 日这 5 家承包商均按规定的时间提交了投标文件。但投标单位 A 在送出投标文件后发现报价估算有较严重的失误，即赶在投标截止时间前 10 分钟递交了一份书面声明：撤回已提交的投标文件。

开标时，由招标人委托的市公证处人员检查投标文件的密封情况，确认无误后，由工作人员当众拆封。由于投标单位 A 已撤回投标文件，故招标人宣布有 B、C、D、E 4 家投标单位投标，并宣读该 4 家投标单位的投标价格、工期和其他主要内容。

评标委员会委员由 7 人组成，由招标人直接指定，其中招标人代表 2 人，本系统技术专家 2 人、经济专家 1 人，外系统技术专家 2 人。

在评标过程中，评标委员会要求 B、E 两投标单位分别对其施工方案做详细说明，并对若干技术要点和难点问题提出问题，要求其提出具体、可操作的实施措施。

按招标文件中确定的综合评标标准，评标委员会确定综合得分最高的投标单位 B 为中标人。由于投标单位 B 为外地企业，招标人于 11 月 10 日将中标通知书以挂号方式寄出，承包商 B 于 11 月 14 日收到中标通知书。

【问题 1】

《中华人民共和国招标投标法》中规定的招标方式有哪几种？

【问题 2】

开标、评标时出现了以下情况：

B 投标单位虽按招标文件的要求编制了投标文件，但有一页文件漏打了页码。

C 投标单位投标保证金超过了招标文件中规定的金额。

D 投标单位投标文件记载的招标项目完成期限超过招标文件规定的完成期限。

E 投标单位某分项工程的报价有个别漏项。

请分别回答 B、C、D、E 单位的投标文件是否有效并说明理由。

【问题 3】

从所介绍的背景资料来看，在该项目的招标投标程序中哪些方面不符合《中华人民共和国招标投标法》的有关规定？请逐一说明。

习题 33

阅读下列说明，回答问题 1 至问题 3，将解答填入答题纸的对应栏内。

**【说明】**

某承建单位通过投标获得了某企业信息系统建设项目总包任务，主要建设内容是机房工程、网络系统建设和应用软件开发。承建单位、监理单位分别与建设单位签订了承建合同、监理合同。承建单位将机房建设中的空调系统等部分建设内容分包给了专业性公司，并签订了分包合同。在项目实施过程中，发生了如下事件：

事件 1：人力资源管理系统分项工程是该企业本次信息系统建设的重点之一。该系统可供操作员和系统维护人员使用，也可供人事处负责人和主管人事的副总经理等查询人事信息用。人力资源管理系统通过录入人事数据和修改、删除等操作，产生和更新各类人事文件，通过搜索这些文件进行各类人事信息的查询。

该建设单位有 3000 多名工人、管理和技术人员，有管理科室、生产车间、后勤服务和开发研制等几类部门。承建单位派出系统分析师张某负责进行系统分析。

考虑到人事处有大量的查询信息要求、频繁的人事信息修改和文件存档、查阅等特点，系统分析师张某决定认真设计人机交互界面，首先设计好在终端上的交互会话的方式。

系统分析师张某通过调查收集到如下 10 条意见：

（1）某系统维护人员认为：系统在屏幕格式、编码等方面应具有一致性和清晰性，否则会影响操作人员的工作效率。

（2）某操作人员认为：在交互式会话过程中，操作人员可能会忘记或记错某些事情，系统应当提供 HELP 功能。

（3）某操作人员认为：既然是交互式会话，那么对所有的输入都应当做出响应，不应出现击键后，计算机没有任何反应的情况。

（4）某操作人员认为：在出错的时候，交互式会话系统应该给出出错信息，并且尽可能告诉我们出错的性质和错在什么地方。

（5）某系统维护人员认为：终端会话也应当符合程序员编制程序时的习惯，这样可以更高效地维护人事管理系统。

（6）教育科干部甲认为：应当对操作员进行一些必要的培训，让他们掌握交互式会话系统的设计技巧，有助于提高系统的使用效率。

（7）教育科干部乙认为：尽管操作人员的指法已经强化训练，但在交互式会话时应尽可能缩短和减少操作员输入的信息，以降低出错概率。

（8）某程序员认为：由于本企业中有很多较大的文件，文件的查找很费时间，交互式会话系统在响应时间较长时应给予使用者以提示信息。

（9）人事处干部丙认为：我们企业的人事资料相当复杂，格式非常之多，希望交互式会话系统使用十分清晰的格式，并容易对输入数据中的错误进行修改。

（10）人事处干部丁认为：人事管理系统应当具有相当的保密性和数据安全性，因此在屏幕上显示出的信息应该含混一些，以免泄密。

事件 2：空调系统的分包单位在做空调工程时，经中间检查发现实施不符合设计要求——噪音超标，并自认为难以达到合同规定的要求，于是向监理工程师提出终止合同的书面申请。

事件 3：在进行初步验收时，承建单位认为应该根据投标书要求的质量标准进行验收，业主认为应该按合同条款要求的质量标准进行验收，为此发生争议。

**【问题 1】**

事件 1 中，系统分析师张某对上述情况和其他要求做了分析后提交监理进行审核，监理发现收集到的 10 条意见中有 3 条意见是不能接受的，请写出这 3 条意见的编号并简单地叙述理由。

**【问题 2】**

在事件 2 中：

（1）监理工程师应如何协调处理？

（2）合同的变更和解除，会影响当事人要求赔偿损失的权利吗？

**【问题 3】**

在事件 3 中，监理工程师应支持哪种意见？为什么？

习题 34

阅读下列说明，回答问题 1 至问题 3，将解答填入答题纸的对应栏内。

【说明】

建设单位于 2005 年 3 月与承建单位签订了某企业信息化应用软件开发项目承建合同，工期 2 年。承建单位、监理单位分别签订了承建合同、监理合同。

【问题 1】

在某个检查点，监理工程师对项目进行检查后发现：项目的 PV（计划工作预算费用）=20000 万元，EV（完成工作预算费用）=17000 万元，AC（完成工作实际费用）=18000 万元，那么该项目的 SV（进度偏差）、CV（成本偏差）是多少，进度业绩指标（SPI）、费用业绩指标（CPI）是多少？请列出计算公式并计算出结果。

【问题 2】

在分项工程财务管理系统开发过程中，监理工程师发现开发过程存在的缺陷分布如下表所示。

| 缺陷 | 缺陷类型 | | | | 总计 |
| --- | --- | --- | --- | --- | --- |
| | 需求 | 设计 | 编码 | 测试 | |
| 严重 | 10 | 15 | 7 | 6 | 38 |
| 一般 | 24 | 45 | 56 | 7 | 132 |
| 建议 | 11 | 13 | 22 | 5 | 51 |
| 合计 | 45 | 73 | 85 | 18 | 221 |

请问在几种质量控制的统计分析方法中，监理工程师宜选择哪种方法来分析存在的质量问题？

**【问题 3】**

该工程全部完工后，进入到工程竣工验收阶段，其中流程分别为（1）验收文件资料准备；（2）验收申请；（3）验收申请的审核；（4）签署验收申请；（5）组织工程验收。请问以上各流程各由哪个单位完成？

习题 35

阅读下列说明，回答问题 1 至问题 3，将解答填入答题纸的对应栏内。

**【说明】**

某市政务信息系统建设项目全部由政府投资。建设单位甲采用公开招标的方式选定希赛监理公司（丙）承担这个项目建设过程的监理工作，并签订了委托监理合同。建设项目招标时，应甲方要求，丙方编写了招标文件。在招标文件中有以下几项主要内容：

（1）项目的技术要求.
（2）项目工程的设计说明。
（3）对投标人资格审查的标准。
（4）投标报价要求。
（5）评标标准。
（6）承建单位的实施组织设计。
（7）确保项目工程质量、进度的技术措施。
（8）材料、设备、系统软件的供应方式。
（9）关键工序、关键部位的实施要求。

招标人于 2007 年 7 月 21 日在国家级报刊上发布了招标公告，并规定 2007 年 8 月 15 日 14 时为投标截止时间。A、B、C、D、E 这 5 家公司购买了招标文件。招标人对投标单位就招标文件所提出的所有问题统一做了书面答复，如下表所示，并以备忘录的形式分发给各投标单位。

| 序号 | 问题 | 提问单位 | 提问时间 | 答复 |
|---|---|---|---|---|
|  |  |  |  |  |

在书面答复投标单位的提问后，招标人组织各投标单位进行了现场踏勘。并于8月5日招标人书面通知各投标单位，由于某种原因，决定将机房工程从原招标项目范围内删除。

A、B、C、D、E 这 5 家公司于 2007 年 8 月 15 日 14 时前提交了投标文件。开标前招标代理机构组建了 5 人评标委员会。由于项目资金比较紧张，为了评标时能够统一意见，建设单位安排信息中心主任和总工程师参加评标委员会（包括在 5 人委员会内）。经过评标委员会的评选，最终 B 单位以低于成本 150 万元的投标价一举中标。

**【问题 1】**

根据《招标投标法》规定，招标文件中内容有哪些不妥？为什么？还应包括哪些方面的内容？

**【问题 2】**

单位 B 中标是否妥当？为什么？

**【问题 3】**

招标人的招标做法还有哪些不正确之处，请逐一说明。

**习题 36**

阅读下列说明，回答问题 1 至问题 3，将解答填入答题纸的对应栏内。

**【说明】**

希赛公司（以下简称"甲"）进行企业信息化工程建设，以邀请招标的方式委托了希赛监理公司（以下简称"丙"）承担了该工程项目的监理任务，并签订了监理合同。甲又以公开招标的方式选择了公司乙承担该项目的建设任务，并签订了实施合同。项目过程中，发生了如下事件：

事件1：甲要求丙在委托监理合同签订后30日内提交监理规划，丙马上组织人员投入编制工作。

事件2：某子项工程实施前，乙向丙提出了包括10项工作的工程实施进度网络计划，如图1所示（时间单位：天），要求监理工程师审批。

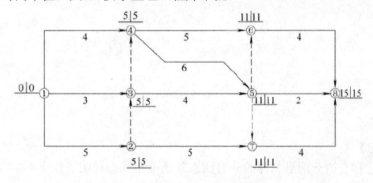

图1

事件3：在软件开发的测试过程中，监理工程师收集了一段期间内通过两轮测试发现的缺陷数据，并画出了直方图如图2所示。

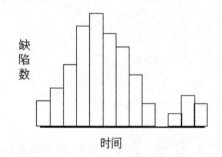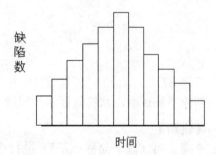

**【问题1】**

监理规划的编制应由谁来主持并由谁来认可？简述监理规划的目的和作用。

**【问题2】**

请指出针对事件2中图1而得出的下列说法是否正确。

A. 所有节点均为关键节点

B. 所有工作均为关键工作

C. 计算工期为15天且关键线路有两条

D. 工作1~3与工作1~4的总时差相等

E. 工作2~7的总时差和自由时差相等

**【问题3】**

图2左边和右边分别呈怎样的分布状态？该分布状态说明了什么？

**习题37**

阅读下列说明，回答问题1至问题3，将解答填入答题纸的对应栏内。

**【说明】**

希赛公司（以下简称"甲"）进行企业信息化工程建设，主要包括综合布线系统、机房、网络及主机系统等分项工程建设，甲就工程项目与承建单位乙、希赛监理公司（以下简称"丙"）分别签订了建设合同、监理合同。在项目实施过程中发生了以下几个事件：

事件1：在甲乙双方签订的合同中规定，网络和综合布线工程的材料由甲指定厂家供货。当第一批综合布线线缆运抵实施现场后，乙认为既然是甲指定厂商的产品，质量肯定没有问题。乙在收集了合格证、供应商保证书及合同规定需要的各种证明文件后便投入了使用。

事件2：监理工程师在对机房建设和设备布置、安装进行巡检时，发现机房内通道与部分设备（机柜）间的距离存在问题。监理工程师记录的相关情况如下：

（1）两相对机柜正面之间的距离为1.2m。

（2）机柜侧面（或不用面）距墙为0.5m。

（3）安装需要维修测试的设备，这部分机柜距墙的距离为1.2m。

（4）走道净宽为 1m。

事件 3：在网络工程完成了全部工程实施任务后，承建单位提交了验收申请。

**【问题 1】**

针对事件 1 的情况，监理工程师应当如何处理？

**【问题 2】**

指出在事件 2 中监理工程师记录的数据中哪几项存在问题？并给出正确的距离要求。监理工程师应如何处理存在的问题？

**【问题 3】**

请根据你对项目阶段质量控制的理解，将下列项目验收阶段质量控制的工作序号填入下列框图中，形成项目验收阶段质量控制流程。

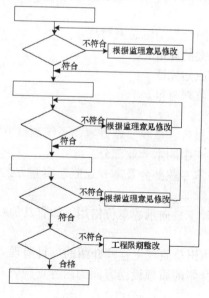

a. 审查验收条件

b. 审查验收过程

c. 验收组实施验收

d. 承建单位提交验收申请

e. 工程竣工

f. 审查验收方案

g. 验收是否合格

h. 承建单位提交验收方案

## 习题 38

阅读下列说明，回答问题 1 至问题 3，将解答填入答题纸的对应栏内。

**【说明】**

希赛公司（以下简称"乙"）通过投标获得了希赛教育（以下简称"甲"）信息系统建设项目总包任务，主要建设内容是主机系统建设、系统软件采购和应用软件开发。甲分别与承建单位乙、监理单位丙签订了承建合同、监理合同，在两份合同中均给出了一些特定的免责条款。

**【问题 1】**

在甲召开的项目第一次例会上，甲依据监理合同，宣布了对项目总监理工程师的任命和授权。总监理工程师依据监理规划，介绍了项目监理机构的人员岗位职责和监理设施等情况。其中：

（1）项目监理人员的岗位职责

总监理工程师代表职责：

① 审查批准"监理实施细则"。

② 调解建设单位和承建单位的合同争议，处理索赔，审批工程延期。

③ 调换不称职的监理人员。

④ 负责本项目的日常监理工作和一般性监理文件的签发。

专业监理工程师的职责：

① 负责本专业监理资料的收集、汇总及整理。

② 参与对工程的重大方案的评审。

③ 审核工程量的数据和原始凭证。

④ 参与编写监理日志、监理月报。

⑤ 主持监理工作会议。

⑥ 审定承建单位的开工报告、系统实施方案、系统测试方案和进度计划。

⑦ 负责审核系统实施方案中的本专业部分。

⑧ 负责编制监理规划中本专业部分及本专业监理实施方案。

（2）监理设施方面

监理工作所必需的软硬件工具向承建单位借用，如有其他要求，指令承建单位购置后提供给监理使用。

根据上述材料，（1）请指出总监理工程师介绍的项目监理人员岗位职责有哪些条是不正确的。（2）总监理工程师介绍的监理设施方面的内容正确吗？如果正确请说明理由，如果不正确请改正。

**【问题 2】**

根据《合同法》规定，怎样的免责条款是无效的？

**【问题 3】**

请从候选答案中选择恰当的内容将序号填入到（1）～（5）空中：

软件测试监理是信息应用系统建设实施阶段的重点监理任务之一。软件测试的目的是
(1)____。为了提高测试的效率，应该____(2)____。使用白盒测试方法时，确定测试数据应
根据____(3)____和指定的覆盖标准。与设计测试数据无关的文档是____(4)____。软件的集成
测试工作最好由____(5)____承担，以提高集成测试的效果。

供选择的答案：

（1）A. 评价软件的质量　　　　　　B. 发现软件的错误

　　　C. 找出软件中的所有错误　　　D. 证明软件是正确的

（2）A. 随机地选取测试数据

　　　B. 取一切可能的输入数据作为测试数据

　　　C. 在完成编码以后制订软件的测试计划

　　　D. 选择发现错误的可能性大的数据作为测试数据

（3）A. 程序的内部逻辑　　　　　　B. 程序的复杂程度

　　　C. 使用说明书　　　　　　　　D. 程序的功能

（4）A. 该软件的设计人员　　　　　B. 程序的复杂程度

　　　C. 源程序　　　　　　　　　　D. 项目开发计划

（5）A. 该软件的设计人员　　　　　B. 该软件开发组的负责人

　　　C. 该软件的编程人员　　　　　D. 不属于该软件开发组的软件设计人员

**习题 39**

阅读下列说明，回答问题 1 至问题 3，将解答填入答题纸的对应栏内。

**【说明】**

希赛教育信息化项目，主要包括系统平台建设、网络系统建设和多个业务部门应用系统开发。某信息工程监理公司负责该项目的全过程监理。

**【问题 1】**

某子项目的建设情况如下：

（1）项目计划

选择软件：2 月 1 日到 3 月 1 日，计划 100000 元。

选择硬件：2 月 15 日到 3 月 1 日，计划 80000 元。

（2）进度报告

3 月 1 日完成了硬件选择，软件选择工作完成了 80%。

（3）财务报告

截止 3 月 1 日，该项目支出了 170000。

根据以上情况，请计算 PV、AC、EV、SV、CV，并对项目的状态做出评估结论。

**【问题 2】**

项目招标文件中的工期为 555 天，而所签项目承建合同中的工期为 586 天。请问项目工期应为多少天？为什么？

**【问题 3】**

在某部门应用系统的开发过程中，为了保证质量，希赛教育要求监理公司对承建单位的单元测试进行重点监控。请列出单元测试的主要工作内容。

习题 40

阅读下列说明，回答问题 1 至问题 5，将解答填入答题纸的对应栏内。

【说明】

某省政务信息网建设项目全部由政府投资。《可行性研究报告》和《初步设计报告》已经主管部门批准，现决定对该项目采取公开招标的方式选定承建单位，确定了投标保证金的数目，并委托某工程咨询单位为该项工程编制标底。招标人于 2006 年 8 月 8 日在国家级报刊上发布了招标公告，并规定 2006 年 9 月 5 日 14 时为投标截止时间。招标工作步骤如下：

（1）发放招标邀请书。

（2）发布招标公告。

（3）投标单位资格审查。

（4）召开标前会议（先进行现场踏勘）。

（5）接受投标书。

（6）开标。

（7）确定中标单位。

（8）评标。

（9）发中标通知书。

（10）签订合同。

A、B、C、D、E 这 5 家公司购买了招标文件，并于 2006 年 9 月 5 日 14 时前提交了投标文件，但是投标人 E 由于银行手续方面的问题，于 2006 年 9 月 5 日 16 时才提交投标保证金。开标会由招标代理机构主持，省公证处到场监督。开标前招标代理机构组建了 10 人评标委员会，其中包括招标人代表 6 人。结果 A、B、C、D 这 4 个单位的投标报价均在 7000 万元以上，但由工程咨询单位编制的标底为 5000 万元，A、B、C、D 的投标价与标底相差 2000 余万元，引起了投标人的异议。这 4 家投标单位向该省有关部门投诉，认为该工程咨询单位在编制标底的过程中，漏算了多项材料、设备、软件等费用，并少算了工作量。为此，招标人请求省内的权威部门对原标底进行了复核。2006 年 12 月 10 日，该权威部门拿出复核报告，证明该工程咨询单位在编制标底的过程中确实存在这 4 家投标单位提出的问题，复核标底与原标底相差近 2000 万元。

由于上述问题久拖不决，招标人决定终止本次招标，重新进行招标。

【问题 1】

招标工作步骤的排列顺序有不妥之处，请给出正确的排列顺序。

**【问题 2】**

招标人对投标单位进行资格审查应考虑哪 4 个方面的因素？

**【问题 3】**

由于上述问题久拖不决，招标人决定终止本次招标，重新进行招标，该做法是否妥当？如果重新进行招标，给投标人造成的损失能否要求招标人赔偿，为什么？如果不能重新进行招标，请说明理由。

**【问题 4】**

E 单位的投标文件应当如何处理？为什么？

**【问题 5】**

招标人的招标做法还有哪些不正确之处，请逐一说明。

习题 41

阅读下列说明，回答问题 1 至问题 3，将解答填入答题纸的对应栏内。

【说明】

企业甲就信息化网络工程项目与承建单位乙、监理单位丙分别签订了建设合同、监理合同。承建单位乙在得到甲同意的情况下，将机房工程分包给单位丁，并签订了分包合同。在项目实施过程中发生了以下几个事件：

事件 1：在机房建设过程中，分包单位丁的施工人员为了赶工期，把信号线 PVC 管和电源线 PVC 管同放在一条泡沫条的槽中，造成质量隐患，专业监理工程师向总监理工程师及时汇报了情况。总监理工程师立即向承建单位乙和分包单位丁签发了整改通知。

承建单位乙称机房工程已根据合同由分包单位丁实施，现在机房工程出现问题，应由分包单位丁承担一切责任。

事件 2：在布线过程中，承建单位乙的施工人员违反规范要求，贪图一时方便，线缆不够长，接一段了事，旁站监理工程师及时发现并报告给总监理工程师。如果继续施工，线缆将被隐蔽。所以总监理工程师立即向承建单位乙签发了"停工令"。

事件 3：在网络工程的实施过程中，由于某些设备的到货延迟使整个工期受到影响，承建单位乙向监理提交了进度变更申请。

【问题 1】

在事件 1 中：

（1）发现机房工程存在质量隐患，承建单位乙称应由分包单位丁承担一切责任，这种态度为什么不对？

（2）总监理工程师向承建单位乙和分包单位丁签发整改通知，有什么不妥之处吗？为什么？

【问题 2】

在事件 2 中：

（1）在布线中，施工人员的做法可能会导致线缆的哪两项指标超标？

（2）总监理工程师签发的"停工令"恰当吗？

（3）总监理工程师在立即签发"停工令"前还应当做什么？

**【问题 3】**

事件 3 中，作为监理工程师，请根据你对项目变更控制的工作任务的理解，把下列项目变更控制工作的序号填入下列框图中，形成正确的项目变更控制流程图。

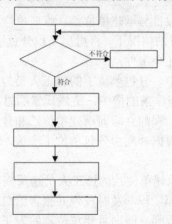

a. 提出监理意见
b. 三方协商确定变更方法
c. 承建单位提交变更申请
d. 变更分析
e. 监理监督变更过程
f. 监理初审
g. 开始实施变更

## 习题 42

阅读下列说明，回答问题 1 至问题 3，将解答填入答题纸的对应栏内。

**【说明】**

某监理单位承担了某机房、网络和软件开发项目全过程的监理工作。

**【问题 1】**

该工程合同工期为 22 个月，承建单位制订的初始项目实施网络计划如下图所示 （时间单位：月）。

（1）请指出网络计划中的关键路径，说明该网络计划是否可行并简述理由。

（2）请计算 C 的总时差和自由时差。

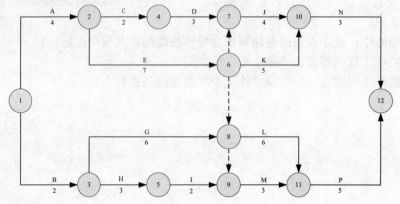

**【问题 2】**

（1）请指出在软件开发中软件总体结构、运行环境、出错处理设计应分别在哪个文档中阐述（选择候选答案的标号即可）。

候选答案：

①可行性研究报告　　②项目开发计划　　③软件需求规格说明

④数据要求规格说明　⑤概要设计规格说明　⑥详细设计规格说明

⑦测试计划　　　　　⑧测试报告　　　　　⑨用户手册

（2）请指出初步的用户手册、确认测试计划两个文档应分别在哪个阶段中完成（选择候选答案的标号即可）。

候选答案：

① 可行性研究与计划　② 需求分析　　③ 概要设计

④ 详细设计　　　　　⑤ 测试　　　　⑥ 维护

**【问题 3】**

在机房建设中，计算机设备宜采用分区布置。请指出机房可分为哪几个区？

**习题 43**

阅读下列说明，回答问题 1 至问题 3，将解答填入答题纸的对应栏内。

**【说明】**

某大型电子政务工程建设项目，使用中央财政资金建设。在历经编写项目建议书、可行性研究报告、初步设计方案后获得批准。其中，硬件、网络基础支撑平台建设投资额 3300 万；安全保障系统建设投资额 760 万元。这两项建设任务分别由两家承建单位承担，同时某监理单位承担了整个项目全过程监理工作。

由于项目建设历时较长，而且某些业务流程发生了必要变化，项目建设单位提出了增加和调整部分建设内容的变更需求。相应的投资发生了一定变化，其中硬件、网络基础支撑平台建设追加资金 280 万元，安全保障系统建设追加资金 92 万元。

**【问题 1】**

请指出上述案例中是否存在违规现象并说明理由。

**【问题 2】**

简要叙述监理单位在变更控制过程中应开展的主要工作。

**【问题 3】**

简述信息系统工程验收必须符合哪些基本前提条件。

习题 44

阅读下列说明，回答问题 1 至问题 3，将解答填入答题纸的对应栏内。

【说明】

某信息系统网络工程建设内容包括网络系统和存储备份系统的采购、安装和调试等工作。监理在项目建设过程中，应适时开展对承建单位提交的测试计划、测试方案、测试记录和测试报告等测试文档的审查工作，同时还要对承建单位测试工作进行抽检。

【问题 1】

在承建单位开展网络测试工作过程中，监理要对关键网络设备和关键部件的工作状况、链路的冗余能力、Telnet 的控制测试，以及 VLAN TRUNK、VPN、FTP、DHCP 等功能的测试过程进行监督检查。

请简述在网络设备测试过程中，监理除了对上述已经描述的测试过程进行监督检查外，还需要检查其他哪些测试过程。

【问题 2】

请指出网络设备的主要测试技术指标，并分别说明这些测试指标的作用。

【问题 3】

请列举至少两个网络应用性能测试工具名称。

习题 45

阅读下列说明,回答问题 1 至问题 4,将解答填入答题纸的对应栏内。

【说明】

某国有大型企业为了提升竞争力,利用银行贷款进行信息化建设,项目估算投资约为人民币 9000 万元,内容包括购买某知名 ERP 软件、定制开发部分应用系统、升级改造原有网络系统、部分硬件设备并进行软硬件系统的集成工作,某监理公司负责该项目全过程的监理作。

事件 1:在项目启动前期,该企业总经理决定由信息中心总体负责该单位的信息化建设,任命信息中心副主任为项目领导小组长,并要求信息中心的系统管理员 A 总体负责业务流程再造、组织机构的调整、业务的重新整合、培训等工作,要求系统管理员 B 负责总体协调,组织办公室、财务部、市场部、技术部、人力资源部及各生产车间的信息化实施工作。

事件 2:工程建设需要订购一批 3G 上网卡,上网卡生产商在得知消息后,向建设单位去函表示:"本厂生产的 3G 上网卡,每块单价 90 元。如果贵单位需要,请与我厂联系。"建设单位回函:"我部门愿向贵厂订购 500 块 3G 上网卡,每块单价 85 元。"两个月后,建设单位收到上网卡生产商发来的 500 块升级版 3G 上网卡,但每块价格仍为 90 元,建设单位拒收。

事件 3:在项目建设过程中,由于公司的主要业务为出口,受国际金融危机的影响,公司某月的资金链暂时中断,不得不临时使用部分所贷资金"救急"购买企业生产所需原材料,计划待下月经营状况好转后再归还此部分资金。

事件 4:该项目中的定制开发应用系统子项建设,预计花费人民币 1000 万元,为期 12 个月,在工作进行到第 8 个月时,根据财务部门提供资料,成本预算是人民币 640 万,实际成本支出是人民币 680 万,挣值为人民币 540 万。

【问题 1】

作为本项目的总监理工程师代表,你对事件 1 中信息化建设组织的设置应提出哪些监理建议。

【问题 2】

请分析在事件 2 中建设单位拒收是否构成违约,为什么?

**【问题 3】**

作为本项目的总监理工程师代表，请你判断事件 3 中是否存在不妥，为什么？

**【问题 4】**

根据事件 4，请计算成本偏差（CV）、进度偏差（SV）、成本绩效指数 CPI、进度绩效指数 SPI。

**习题 46**

阅读下列说明，回答问题 1 至问题 3，将解答填入答题纸的对应栏内。

**【说明】**

某国家机关拟定制开发一套适用于行政管理的业务应用系统，先以本级单位为试点，如应用效果良好，则在本系统内地方单位进行统一安装部署。计划通过公开招投标的方式选择开发单位。

事件 1：监理在审核招标文件过程中发现，拟签订合同条款中未针对本业务应用系统的知识产权进行规定，于是建议业主单位对该部分进行补充。

事件 2：在评标过程中，评标委员会要求所有投标的 4 家单位对原招标文件未规定的售后服务方案进行补充提交。

**【问题 1】**

本项目招标文件中是否有必要对软件知识产权归属问题进行规定，如有请说明原因并指出对本项目验收后的使用产生的影响。

**【问题 2】**

对于事件 2，评标委员会的做法是否存在不妥，请说明依据和原因。

**【问题 3】**

按照《招投标法》中关于招标文件构成的规定，请简述监理在审核招标文件时应重点关注的内容。

**习题 47**

阅读下列说明，回答问题 1 至问题 3，将解答填入答题纸的对应栏内。

**【说明】**

某监理单位承担了某市政府机关的办公应用系统建设工程的监理工作。经过公开招标，建设单位选择 A 公司作为工程的承建单位，目前项目已经进入分析设计阶段。A 公司完成了系统的需求分析工作。按照合同约定，建设单位组织专家组对需求规格说明书进行评审，专家组形成以下主要评审意见：

（1）需求规格说明书未能完全覆盖用户的业务需求。

（2）需求规格书明书存在多处前后描述不一致的情况。

（3）需求规格说明书中部分功能定义不明确，不能满足设计工作需要。

（4）承建单位须对需求规格说明书进行补充完善后，再次提交评审。

**【问题 1】**

一般情况下，需求评审专家组的人员组成包括_____、_____、_____、_____。

供选择的答案：

① 建设单位代表　　　　② 承建单位代表　　　　③ 监理单位代表

④ 用户单位代表　　　　⑤ 第三方测试机构代表　　⑥ 行业专家

⑦ 信息化领域专家

**【问题2】**

针对本次需求评审的结果，监理应重点开展哪5项工作。

**【问题3】**

分析设计阶段项目建设成果主要包括_____。

供选择的答案：

① 立项建议书　　　　　② 概要设计规格说明　　　③ 软件质量保证计划

④ 项目开发工作计划　　⑤ 可行性分析报告　　　　⑥ 详细设计规格说明

⑦ 测试计划　　　　　　⑧ 测试报告　　　　　　　⑨ 软件配置管理计划

## 习题48

阅读下列说明，回答问题1至问题3，将解答填入答题纸的对应栏内。

**【说明】**

某信息系统网络工程建设内容包括网络设备的采购、局域网建设、综合布线系统的建设、购买操作系统、数据库、中间件、应用软件和开发工具等。监理在项目建设过程中，针对设备采购进行了到货验收，并对综合布线、机房工程中的隐蔽工程等进行了旁站监理，目前工程已经进入验收阶段。

事件1：在该网络系统验收前，承建单位提出了验收申请，监理工程师小张考虑到所有建设项目均按照标准设计方案要求全部建成，并满足建设单位的使用要求；承建单位提供的各种技术文档和验收资料完备；且外购的操作系统、数据库、中间件、应用软件和开发工具符合知识产权相关政策法规的要求，遂认为满足了验收的前提条件。

事件2：在局域网建设过程中，监理针对影响局域网特性的主要技术要素，向项目建设单位提出了监理建议，根据监理意见，建设单位在对比了星形拓扑结构、总线型拓扑结构和环形拓扑结构后，决定本工程的局域网建设采用星形的拓扑结构。

事件3：在本项目的信息网络系统完工时，建设单位、承建单位和监理单位三方共同确定了验收方案，建设单位和承建单位共同推荐验收人员、组成工程验收组，确认工程验收时应达到的标准和要求，确认验收的程序。

**【问题 1】**

在事件 1 中，小张的判断是否正确，为什么？

**【问题 2】**

针对本项目网络系统验收，监理工程师要熟悉有关专业知识，请将正确选项填入括号内。

（1）监理针对影响局域网特性的主要技术要素，向项目建设单位提出了监理建议，决定局域网特性的技术要素为_____、_____、_____。（选择候选答案的标号即可）

候选答案：

① 网络的拓扑结构　　② 网络应用　　③ 网络的介质访问控制方法

④ 网络的布线方法　　⑤ 网络协议　　⑥ 网络的传输介质

（2）本工程局域网建设没有采用总线型拓扑结构或环形拓扑结构，是因为它们的主要缺点是_____。（选择候选答案的标号即可）

① 网络所使用的通信线路最长，不易保护。

② 某一节点（一般指中心节点）可能成为网络传输的瓶颈。

③ 网中的任何一个节点的线路故障都可能造成全网的瘫痪。

④ 网络的拓扑结构复杂，成本高。

**【问题 3】**

事件 3 中，关于信息网络系统验收、测试、售后服务及培训的监理工作，以下说法正确的是_____、_____、_____。（选择候选答案的标号即可）

① 监理方和承建方的人员原则上不参加工程验收组。

② 验收组人选事先不应对监理方和承建方保密。

③ 在发生设备、产品的配件不合格时，监理方应督促承建方与供货厂商联系更换或退货。

④ 由于项目建设是一个整体，在进行网络系统验收监理时，应该将不同的子系统功能进行综合考察，有些性能指标的测试需要和应用系统结合在一起进行

⑤ 在验收阶段，监理工程师审核承建单位提交_____的阶段性付款申请，根据合同规定的付款条件，签发付款证书，并协助业主单位进行工程决算。

⑥ 对 UTP 链路验收测试的方法主要有连通性测试、端—端损耗测试、收发功率测试和反射损耗测试 4 种。

**习题 49**

阅读下列说明，回答问题 1 至问题 4，将解答填入答题纸的对应栏内。

**【说明】**

某机房改造项目涉及网络、存储等设备的升级改造及迁移等工作。监理在项目建设过程中，重点关注机房改造时关键系统的不间断运行情况，同时还要对承建单位各项测试工作进行旁站记录，必要时进行抽检。

事件 1：对于该项目中的机柜、机架安装工作，总监理工程师委派监理员进行了现场旁站监理。

**【问题 1】**

承建单位在综合布线过程中，监理旁站了光纤的熔接过程。工作完成后，监理要求承建单位测试光纤的各项指标并记录相关数据，请将下列指标和测试该指标所使用的设备用直线连接。

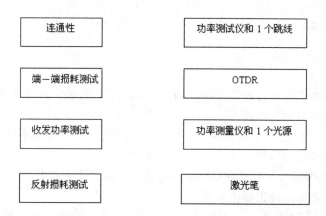

**【问题 2】**

为了保证网络升级改造工程的质量，设备迁移完成且网络恢复正常后，监理使用部分网络命令进行了测试，请判断下列网络故障诊断命令的描述是否正确。

（1）Ping：Ping 本机地址是判断 SNMP 协议层是否正确，Ping 其他设备是判断设备连接是否正常。

（2）Tracert：检查两个设备间连接的路径。

（3）Ipconfig：查看主机的 IP 设置，能够显示主机地址、子网掩码、网关等信息，不能显示 DNS 服务器的信息。

（4）Pathping：提供与目标之间的中间路由的网络滞后和网络丢失的信息。

（5）Arp：查看地址解析表。

（6）Netstat：可以监控 TCP/IP 网络情况，显示路由表，但不能显示接口设备的状态信息。

（7）Route：查看和修改路由表。

（8）Telnet：可以查看和修改远程主机参数。

**【问题3】**

各方准备对网络系统进行竣工验收，请根据你的工程经验，回答下述问题。

（1）验收测试的组织者是：_____。

A. 项目经理　　B. 总监理工程师　　　C. 评审专家　　　D. 建设单位主管领导

（2）网络系统验收的步骤如下，请给出正确的顺序_____。

a. 总监理工程师组织专家对验收标准进行会审，提出评审意见，和业主方及承建方进行探讨，如有必要，提出修改意见。

b. 由业主方、承建方和监理方共同参与验收准备，按照验收方案对系统进行验收工作。

c. 监理工程师根据网络系统竣工的准备情况，确定是否满足系统验收条件。

d. 承建方在合同规定时间内提出验收标准。

e. 总监理工程师确认验收工作是否完成。

f. 监理工程师按照合同及相关文件对验收标准进行评审。

g. 监理方向业主方提交最终评审意见，业主方根据评审意见确认验收标准。

**【问题 4】**

在事件 1 中，机柜、机架安装工作检查的要点有哪些？

习题 50

阅读下列说明，回答问题 1 至问题 4，将解答填入答题纸的对应栏内。

**【说明】**

某大型国家电子政务工程建设项目，使用中央财政性资金，批复的总投资概算 5000 万元，建设内容主要包括网络平台建设和业务办公应用系统开发。某信息系统工程监理公司承担了全过程监理任务。在工程项目的建设过程中，发生了如下事件：

事件 1：项目建设单位已经收到初步设计方案和投资概算的批复，并开始项目建设工作。此时，国家出台了一项新政策。根据这一政策，建设单位认为有必要改变项目相应的建设内容，结果直接导致需要增加单项工程 A 的投资概算 200 万元，调减单项工程 B 的投资概算 200 万元。建设单位将这一方案征求监理单位意见。

事件 2：该电子政务项目的需求分析和初步设计中，按照信息安全等级保护的相关要求，形成了与业务应用紧密结合、技术上自主可控的信息安全解决方案。在项目建设过程中，监理单位发现，承建单位也切实落实了有关信息安全解决方案，完成了相关的建设内容。

事件 3：项目初步验收完成后，建设单位发现由于某些原因，不能按时提交竣工验收申请报告。

**【问题 1】**

在事件 1 中，作为监理工程师，你认为项目建设单位关于投资概算的调整方案是否合规？请说明理由，并给出进一步的监理建议。

**【问题 2】**

根据政府有关文件，项目建设单位在项目的试运行阶段，在信息安全方面还需要做哪些工作？

**【问题 3】**

在项目进行初步验收时，项目建设单位应从哪几个方面进行验收，进而形成初验报告？监理文件验收是档案验收的一部分，根据《国家电子政务工程建设项目档案管理暂行办法》的相关规定，这些监理文件包括哪些？（至少列出 16 种）

**【问题 4】**

根据事件 3 描述，监理单位针对该项目验收应提出哪些建议？

习题 51

阅读下列说明，回答问题 1 至问题 3，将解答填入答题纸的对应栏内。

**【说明】**

某部委以公开招标方式，利用中央财政资金采购一技术较复杂的大型信息系统。本次招标允许联合体投标，并要求投标人具有工业和信息化部颁发的计算机信息系统集成一级资质。甲、乙、丙、丁 4 家公司分别在招标公告要求的时间内购买了招标文件。截止规定开标时间，共收到 A、B 两份投标文件。

事件 1：投标人 A 由甲、乙两家公司组成，甲公司具有计算机信息系统集成一级资质，乙公司具有计算机信息系统集成二级资质。

事件2：因截止规定开标时间投标人不足3家，故根据相关规定进行第二次招标，但重新招标后，有效投标人数量仍不满足3家，且招标文件及招标过程符合相关规定。

事件3：丁公司认为招标文件内容具有明显的倾向性，故未参加本项目投标。在本次招标结果公示后，丁公司和乙公司分别就招标文件内容向同级政府采购监督管理部门进行了投诉，但该部门对上述投诉均未予受理。

**【问题1】**

请根据事件1中的描述判断投标人A是否满足招标资质要求，并请说明理由。

**【问题2】**

监理根据事件2向业主提出专题报告，建议改变招标方式。请指明监理所建议的招标方式及其理由，并说明该项目后续还可能采取的采购方式。

**【问题3】**

该案例中，同级政府采购监督管理部门是否可以拒绝投诉受理，并说明理由。

**习题52**

阅读下列说明，回答问题1至问题4，将解答或相应的编号填入答题纸的对应栏内。

**【说明】**

某单位在全国各主要城市都有分支机构，拟构建覆盖全国的网络系统，实现全国业务数据的采集、整理、汇总的业务目标。网络系统包括业务网与办公网，业务网与办公网物理隔离，办公网与互联网连接，业务网与办公网之间需要数据交换。项目主要建设内容包括机房的建设及整个网络系统的搭建与联调。

事件 1：在网络机房建设过程中，承建单位提交了机房施工设计方案交由监理审核。

**【问题 1】**

工程开工前，监理需要审核的内容主要包括审核实施方案、_____、审核工程实施人员和企业资质、审核实施组织计划。

① 审核实施变更计划      ② 审核实施投资计划

③ 审核实施进度计划      ④ 审核实施测试计划

**【问题 2】**

从安全角度考虑，连接业务网和办公网用到的核心设备是_____。

① 交换机      ② 防火墙      ③ 路由器      ④ 网闸

**【问题 3】**

事件 1 中，该机房属于 A 级机房，监理需要参照《电子信息系统机房设计规范》（GB 50174-2008）的有关要求，对承建单位的施工设计方案进行审核。以下关于审核意见的说法正确的是_____、_____、_____、_____。（选择候选答案的标号即可）

① 由于该机房位于其他建筑物内，因此在主机房与其他部位之间应修砌耐火极限不低于 1 小时的隔墙，隔墙上的门应采用甲级防火门。

② 在异地建立的备份机房，设计时应与主用机房等级相同。

③ 机房图纸设计应合理，主机房内用于搬运设备的通道净宽不应小于 1.2m。

④ 由于高端小型机发热量大，因此采用活动地板上送风、下回风的方式。

⑤ 空调加湿系统应考虑水质对空调设备的影响，需提供水质净化解决方案。

⑥ 因本机房属于 A 级主机房，因此设计方案中应预留后备柴油发电机系统配置位置，当市电发生故障时，后备柴油发电机应能承担全部负荷的需要。

⑦ A 级主机房应设置洁净气体灭火系统。自动喷水灭火系统可以作为后备系统。

⑧ 机房接地系统要求地线与零线之间所测得的交流电压应小于 1V。

**【问题4】**

（1）从监理的角度，你认为本项目最典型的特点是_____。

① 技术复杂度高                  ② 安全性要求很高

③ 多节点工作                    ④ 地区差异大

（2）作为具有这样特点的项目，你认为监理单位编制监理大纲时，最适合该项目的组织结构是_____。

① 总监理单位整体实施            ② 总监理单位+下属工作部实施

③ 总监理单位+各区域监理单位实施  ④ 各区域监理单位独立实施

（3）如果你作为该项目的总监理工程师，为了顺利实施该项目，你对业主还有哪些好的建议？

## 习题 53

阅读下列说明，回答问题1至问题2，将解答或相应的编号填入答题纸的对应栏内。

**【说明】**

某公司拟建设面向内部员工的办公自动化系统和面向外部客户的营销系统，通过公开招标选择 A 公司为承建单位，并选择了 B 监理公司承担该项目的全程监理工作。目前，各个应用系统均已完成开发，A 公司已经提交了验收申请。

**【问题1】**

A 公司在验收前提供了相应的软件配置内容，监理公司需要对其进行审查，审查的内容包括以下几个部分：

（1）可执行程序、源程序、配置脚本、测试程序或脚本。

（2）主要的开发类文档。

（3）主要的管理类文档。

在以下各文档中，___、___、___、___、___、___、___属于开发类文档。

A、需求说明书      B、项目计划书      C、质量控制计划      D、评审报告

E、概要设计说明书   F、程序维护手册     G、会议记录

H、开发进度月报     I、配置管理计划     J、用户培训计划      K、测试报告

L、程序员开发手册    M、用户操作手册     N、数据库设计说明书

**【问题2】**

建设单位与 A 公司签订的项目建设合同中明确规定，在项目验收阶段，为保证项目建设质量，需要进行第三方测试。针对第三方测试，监理需要做哪些工作？

## 习题 54

阅读下列说明，回答问题 1 至问题 2，将解答或相应的编号填入答题纸的对应栏内。

【说明】

测试是信息系统工程质量控制最重要的手段之一，这是由信息系统工程本身的特点所决定的。信息系统工程一般由网络系统、主机系统、应用系统等组成，而这些系统的质量到底如何，只有通过实际的测试才能够进行度量。

【问题 1】

请将下列测试类型与相应的测试方法用直线连接。

| | | 等价类划分法 |
|---|---|---|
| 黑盒测试 | | 判定/条件覆盖法 |
| | | 静态结构分析法 |
| 白盒测试 | | 边界值分析法 |
| | | 基本路径测试法 |

【问题 2】

请指出下面关于软件测试的叙述是否正确。

（1）软件质量是满足规定用户需求的能力。

（2）监理工程师应按照有关国家标准审查提交的测试计划和测试规范，并提出审查意见。

（3）软件测试的目的是为了验证软件功能是否正确。

（4）软件测试计划始于软件设计阶段，完成于软件开发阶段。

（5）α 测试是由一个用户在开发环境下进行的测试，也可以是公司内部的用户在模拟实际操作环境下进行的测试。

（6）代码审查是代码检查的一种，是由开发和测试人员组成一个审查组，通过阅读和讨论，对程序进行静态分析的过程。

（7）采用正确的测试用例设计方法，软件测试可以做到穷举测试。

（8）界面测试不是易用性测试包括的内容。

（9）验收测试是由承建方和用户按照用户使用手册执行软件验收。

（10）软件测试监理是对软件测试工程活动和产品进行评审和（或）审核，并报告结果。

习题 55

阅读下列说明，回答问题 1 至问题 4，将解答填入答题纸的对应栏内。

**【说明】**

某国家级大型信息网络系统工程建设项目由中央财政投资。在完成编写项目建议书、可行性研究报告、初步设计方案后获得批准。建设单位通过公开招标方式选定某监理单位承担整个项目全过程监理工作。目前，正在进行工程总体设计和招标采购工作。在项目执行过程中发生了以下几个事件：

事件 1：可行性研究报告要求采购部分进口产品。

事件 2：为了更好地开展设备采购工作，保证项目实施质量。监理单位建议建设单位在采购过程中对核心网络交换机进行选型测试，为此需要选择第三方测试机构。

事件 3：由于两次公开招标后，没有足够数量的供应商参与投标，监理单位建议建设单位报请相关部门批准后，对部分网络服务器改用竞争性谈判的方式进行采购。

**【问题 1】**

简要叙述监理单位在招投标阶段应开展的主要工作。

**【问题 2】**

针对事件 1，建设单位在开始采购前应进行什么工作？这项工作包括哪些步骤或内容？

**【问题 3】**

在事件 2 中，建设单位采纳了监理单位的建议，在该项工作实施过程中，监理单位应开展哪些工作？

**【问题 4】**

针对事件 3，监理单位的建议是否合理？请说明理由。如果采用竞争性谈判的采购方式，请简述应遵循的采购流程。

## 习题 56

阅读下列说明，回答问题 1 至问题 3，将解答填入答题纸的对应栏内。

**【说明】**

某市政府机关为拓展公共服务渠道，丰富服务内容，拟重新建设该部门公共服务系统，完善市人才信息库，单位用户可在完成网上备案手续后进行人才信息查询并发布招聘信息，个人用户则可通过实名认证方式登录网站登记个人应聘信息，同时调整网上考试报名及审查系统，并增设人事政策在线咨询等全方位的服务功能。

事件 1：如该政务系统遭到互联网人为攻击和破坏，可能致使网民的注册信息遭受泄露，造成考试报名和审查系统瘫痪，这虽不涉及国家安全，但对该机构履行政务职能会造成一定程度的负面影响。

**【问题 1】**

请简要说明系统建设应满足哪些基本条件才能进入设计阶段。

**【问题 2】**

某监理公司审核该公共服务系统的外部接口设计时，监理重点审核哪几类接口的设计内容？

**【问题 3】**

根据事件 1 的描述：

（1）在充分考虑到系统本身安全需求的同时，为避免因定级过高而造成的过度资源浪费，按照电子政务系统 5 个安全等级的界定，建设单位初步进行自主定级，建议应按照保护要求设计和实施。

A. 1 级　　　B. 2 级　　　C. 3 级　　　D. 4 级　　　E. 5 级

（2）根据与本项目相适应的系统等级保护要求，下列说法中正确的有___、___、___。

A. 为保证在遇到不可预见的故障时及时进行人为数据备份，系统单独设计超级入口模式，无须通过系统身份鉴别程序即可直接对数据库进行操作

B. 应在初始化和对与安全有关的数据结构进行保护之前，对用户和管理员的安全策略属性进行定义

C. 需在系统设计时，设计安全审计功能，并与用户标识与鉴别、访问控制等安全功能的设计紧密结合

D. 应设计系统资源监测功能，即当系统资源的服务水平降低到预先规定的最小值时，系统应能监测和报警

E. 应确保公众用户口令后台可见，以便在用户密码遗失后提供人工找回服务

## 习题 57

阅读下列说明，回答问题 1 至问题 3，将解答填入答题纸的对应栏内。

**【说明】**

为深化金融行业数据的应用，某证券公司启动了数据处理中心建设工作，主要实施内容包括数据中心机房建设、软硬件设备采购及集成、安全防护等。经过公开招标，A 单位

承担总集成工作，B 单位承担监理工作。

事件 1：机房建设过程中，B 单位对管路暗敷工作进行了旁站。

事件 2：A 单位编制了数据处理系统实施方案后提交给 B 单位审核，B 单位工程师认为实施方案中对数据采集、数据分析、数据处理需要重点说明。

事件 3：A 单位完成软硬件集成工作后，建设单位准备邀请第三方测试机构对系统进行全面测试。

**【问题 1】**

请判断下列对管路暗敷的管材与适用场合的说法是否正确，将√（对）或×（错）符号填入答题纸对应栏内。

A. 薄壁钢管不适合电磁干扰影响较大的场合

B. 厚壁钢管耐腐蚀性好，因此在有腐蚀地段使用时，不必做防腐处理

C. PVC 管屏蔽性差，因此不宜在电磁干扰强度大的地方使用

D. 水泥管价格低，隔热性好，一般在智能化建筑引入处和跨距较大的地段使用

**【问题 2】**

针对事件 2 的描述，请将下列数据处理分类与数据处理工作内容项用线条连接对应。

数据采集　　　　　　　　数据分类

数据录入

数据分析　　　　　　　　数据清洗

　　　　　　　　　　　　数据统计

　　　　　　　　　　　　数据迁移

数据处理　　　　　　　　数据转换

**【问题 3】**

针对事件 3，在组织进行第三方测试前，A 单位应完成的两项主要工作是_____和
_____。

习题 58

阅读下列说明，回答问题 1 至问题 3，将解答填入答题纸的对应栏内。

【说明】

某信息网络系统包括屏蔽室建设、网络设备采购及集成等实施内容。建设单位要求总集成单位应具有系统集成一级资质，并要求监理单位应具有涉密工程监理单项资质。经招标，由甲单位承担该项目的总集成工作，乙单位承担该项目的监理工作。

事件 1：乙单位审核甲单位资质后，认为甲单位不能承担屏蔽室建设内容，建议将该项工作分包，经各方协商同意后，由丙单位承担了屏蔽室建设的分包任务。

事件 2：丙单位在建设任务完成后申请验收，乙单位检查测试后，同意通过屏蔽室单项验收。

事件 3：甲单位与建设单位共同确定了整个网络的逻辑设计方案交由乙单位审核。

【问题 1】

（1）在事件 1 中，应由_____最终批准屏蔽室建设分包单位。

A．甲单位　　　　B．乙单位　　　　C．保密管理部门　　　　D．建设单位

（2）丙单位承担屏蔽室建设应具有的涉密资质类型是_____。

A．甲级资质　　　B．乙级资质　　　C．单项资质　　　　D．二级资质

（3）在事件 1 中，你认为乙单位的建议是否正确，请说明理由。

【问题 2】

请指出事件 2 中屏蔽室通过单项验收是否正确，请说明理由。

【问题 3】

事件 3 中，乙单位对甲单位的网络设计方案进行审核，其中网络逻辑设计审核内容包括____、____、____、____、____等几方面（选择候选答案的标号即可）。

① 网间传输协议的选择

② 路由器的选择和设计
③ 网络地址的分配
④ 虚拟网的划分及配置
⑤ 子网掩码的配置
⑥ 交换机参数的确定
⑦ 网络设备的购买及安装方案
⑧ 网络管理系统参数的确定

**习题 59**
阅读下列说明，回答问题 1 至问题 3，将解答填入答题纸的对应栏内。

**【说明】**
某国家重点电子政务工程建设项目由中央财政投资，建设内容是在已有基础软硬件环境下进行业务应用系统的开发。通过公开招标选择公司 A 为承建单位，并选择了 B 监理公司承担该项目的全过程监理工作。目前，各分项建设任务已经完成。

事件 1：在开展项目初步验收工作时，建设单位拟组织系统用户对业务应用系统进行测试，并就重点测试内容咨询监理意见。

事件 2：项目初步验收合格后，经过 6 个月的试运行，项目建设单位认为项目达到了竣工验收条件，拟向项目审批部门提交竣工验收申请。

事件 3：项目通过竣工验收并投入使用 1 年后，建设单位拟委托项目承建单位 A 开展后评价工作。

**【问题 1】**
针对事情 1 的描述，作为监理工程师，提供的咨询意见应包括哪些重点测试内容？

**【问题 2】**
针对事情 2 的描述，建设单位向项目审批部门提交竣工验收申请时，需同时提交哪些材料？

**【问题 3】**

在事情 3 中，建设单位的做法是否妥当？请说明理由。

# 15.2 习题解答要点

### 习题 1 解答要点

**【问题 1】**

业主的做法不合适。理由：

（1）业主应该首先提出变更申请。

（2）经过变更分析，确定变更需要追加的投资。

（3）如果项目追加的投资超过原来总投资的 10%，按照招标法规定，应该重新招标。

**【问题 2】**

最重要的是变更控制、进度控制、投资控制与合同管理。理由：

（1）由于新增和改造部分功能，项目发生了变更，因此要进行变更控制。

（2）由于变更影响到了投资和项目进度，需要重新评估投资，确定进度计划，因此要进行投资和进度控制。

（3）此外，需要对原合同签订补充合同，因此要进行合同管理。

**【问题 3】**

（1）B 向监理工程师提出变更请求，提交书面项目变更申请书。

（2）监理单位首先明确界定项目变更的目标，根据收集的信息判断变更的合理性和必要性，如果合理，进行变更分析。

（3）进行变更分析时，主要分析项目变化对项目预算、进度、资源配置的影响和冲击。

（4）三方进行协商讨论，根据变更分析结果，确定最优变更方案。

（5）下达变更通知书，并把变更实施方案告知有关部门和实施人员，为变更实施做好准备。

（6）监控变更的实施。

（7）进行变更效果评估。

**【问题 4】**

（1）项目开发计划。

（2）软件需求说明书。

（3）软件质量保证计划。

（4）软件配置管理计划。

（5）软件（初步）确认测试计划。

（6）用户使用说明书初稿。

习题 2 解答要点

【问题 1】

不正确。

通过招投标方式签订合同的项目，承建单位可按照合同约定或者经建设单位同意，将中标项目的部分非主体、非关键性工作分包给他人完成，本项目的承建单位未经建设单位同意就将部分工作分包给他人，并且分包出去的工作是关键性开发工作，这两种做法都是错误的。

分承建单位应当具备相应的资格条件，并不得再次分包。

【问题 2】

（1）提出验收申请。

（2）制订验收计划。

（3）成立验收委员会。

（4）进行验收测试和配置审计。

（5）进行验收评审。

（6）形成验收报告。

（7）移交产品。

【问题 3】

软件开发过程中产生的文档如下：

（1）可行性研究报告。

（2）项目开发计划。

（3）软件需求说明书。

（4）数据要求说明书。

（5）概要设计说明书。

（6）详细设计说明书。

（7）数据库设计说明书。

（8）用户手册。

（9）操作手册。

（10）模块开发卷宗。

（11）测试计划。

（12）测试分析报告。

（13）开发进度月报。

（14）项目开发总结报告。

网络系统验收需要提交文档有：

（1）网络系统技术方案。

（2）网络系统到货验收报告。

（3）主机网络系统实施总结报告。

（4）网络系统测试报告。

（5）用户手册。

（6）随机技术资料。

（7）该工程主机网络系统安装配置手册。

（8）该工程主机网络系统维护手册——管理员级。

（9）该工程主机网络系统日常维护及应急处理方案。

### 习题 3 解答要点

**【问题 1】**

（1）网络设备的到货验收。

（2）全部网络设备加电测试。

（3）模拟建网调试及连通性网络测试。

（4）网络系统和重要设备参数的详细设置。

（5）实际网络安装调试。

（6）全网络系统测试。

**【问题 2】**

（1）承建商提前三天通知业主和监理方设备到达时间和地点，并提交交货清单。

（2）监理方协助业主做好设备到货验收准备。

（3）监理方协助业主进行设备验收，并做好记录，包括对规格、数量、质量进行核实，以及检查合格证、出厂证、供应商保证书及规定需要的各种证明文件是否齐全，在必要时利用测试工具进行评估和测试，评估上述设备能否满足信息网络建设的需求。

（4）发现短缺或破损，要求设备提供商补发或免费更换。

（5）提交设备到货验收监理报告。

**【问题 3】**

（1）评估。评估是指依据信息系统工程项目的总体需求和网络设备的指标，判断网络设备是否能够满足信息系统工程的建设需求。由于通常情况下，网络设备提供商提供技术指标比较准确，可信度较高，因此评估方法主要适用于网络设备的选型和采购。

（2）网络仿真。使用网络仿真的方法，可以对网络设计方案进行必要的评估，验证承建方的网络设计方案是否能够满足建设方的需要。

（3）现场旁站。即在网络施工的过程中，采用旁站的方式进行监理，主要的目的在于保证项目实施过程中的工程标准的符合性，尽可能保证施工过程符合国家或国际相关标准。现场旁站比较适合于网络综合布线的质量控制。

（4）抽查测试。即对于某些网络的连通性和通信质量进行一定比率的抽查测试，抽查测试比较适合于综合布线的效果，可以有效保证网络综合布线的质量。

（5）网络性能测试。主要是通过必要的网络测试工具，对网络的性能进行测试。

**【问题 4】**

（1）是否符合工程设计和合同约定的各项内容。

（2）技术文档和工程实施管理资料是否完备。

（3）工程涉及的主要设备、材料的进场和检验报告是否完备。

（4）各单项工程的设计、实施、工程监理等单位分别签署的质量合格文件是否完备。

（5）承建单位的售后服务和培训计划是否完备。

## 习题 4 解答要点

**【问题 1】**

合适。

虽然 A 当前正在使用的业务信息化系统为新系统提供了原型基础，但是由于业务发生了较大的变化，承建单位不能很快全部明确所有的业务需求，因此，承建单位应尽可能及早明确已知的业务需求，完成相应的需求分析，并按瀑布模型的方法进行第一次开发工作，保证基本需求的最快实现。

随后，通过实验或者试运行找出系统中的欠缺和不足之处，明确那些未知的软件需求，再迭代进行增加部分的需求分析和开发。

**【问题 2】**

（1）工程质量的影响。质量指标的不明确、不切实际的质量目标、质量不合格，都将对工程进度产生大的影响。

（2）设计变更的影响。设计的变更通常会引发质量、投资的变化，加大工程建设的难度，因而影响进度计划。

（3）资源投入的影响。人力、部件和设备不能按时、按质、按量供应。

（4）资金的影响。如果建设单位不能及时给足预付款，或是由于拖欠阶段性工程款，都会影响承建单位资金的周转，进而殃及进度。

（5）相关单位的影响。项目建设单位、设计、实施单位、设备供应单位、资金供应单位、监理单位、监督管理信息系统工程建设的政府部门等都可能对项目的进度带来直接或间接的影响。

（6）可见的或不可见的各种风险因素的影响。风险因素包括政治上的、经济上的、技术上的变化等。监理单位要加强风险管理，对发生的风险事件给予恰当处理，有控制风险、减少风险损失及其对进度产生影响的措施。

（7）承建单位管理水平的影响。承建单位的施工方案不恰当、计划不周详、管理不完善、解决问题不及时等，都会影响工程项目的施工进度。

**【问题 3】**

不能认为完成了一半的工作量。因为：

（1）对整个软件的代码行的估计可能不准确。

（2）写完的代码可能相对容易。

（3）如果代码没有通过测试，就不能算完成。

**【问题 4】**

（1）通过测试，发现软件错误。

（2）验证软件是否满足软件需求规格说明和软件设计所规定的功能、性能及其软件质量特性的要求。

（3）为软件质量的评价提供依据。

## 习题 5 解答要点

**【问题 1】**

（1）对省内与省外投标人提出了不同的资质要求；公开招标应平等地对待所有的投标人。

（2）招标文件发出至提交投标文件截止的时间间隔为 14 天少于 20 天；根据《招标法》的规定：依法必须进行招标的项目，自招标文件开始发出之日起至投标人提交投标文件截止日之止，最短不得少于 20 日。

（3）建设单位与承建单位签订合同的日期已超过法定期限；《招标投标法》规定：招标人和中标人应当自中标通知书发出之日起 30 日内，按照招标文件和中标人的投标文件订立书面合同。

### 【问题 2】

《招标投标法》规定适用邀请招标的项目包括："国务院发展计划部门确定的国家重点项目和省、自治区、直辖市人民政府确定的地方重点项目不适宜公开招标的"，经国务院发展计划部门或者省、自治区、直辖市人民政府批准，可以进行邀请招标。

### 【问题 3】

罚款 2 万元不合适。理由是根据招标法的有关规定对 A 公司的上述违规行为处罚的额度应该在"分包项目金额千分之五以上千分之十以下"。本项目中，分包项目金额是 100 万元，因此最多的罚款金额不能超过 100 万×0.1＝1 万元。

根据招投标法的有关规定：违反招投标法规定将中标项目的部分主体、关键性工作分包给他人的（或分包人再次分包的），转让、分包无效。

### 【问题 4】

A 公司的做法不正确。监理公司的建议是妥当的。

这个问题涉及合同条款空缺的解决。根据合同法的有关规定：合同生效后，当事人就质量、价款、履行地点等内容没有约定或者约定不明确的，可以协议补充。因此监理要求 A 公司与建设单位就此问题签订补充协议是正确的做法。

合同法还规定，如果合同内容不明确，又不能达成补充协议时可以适用的相关条款是：质量要求不明确的，按照国家标准、行业标准履行。因此监理的建议也是合理的。

### 习题 6 解答要点

### 【问题 1】

监理默认承建单位进入下一阶段的工作是不妥当的。《需求规格说明书》没有最终用户签字，承建单位擅自决定进入下一阶段，监理应该阻止。

软件需求分析阶段监理的主要任务是对软件需求分析的相关内容（如工程需求、功能需求、性能需求、设计约束等）、需求分析过程、需求分析活动、文档格式进行审查，确认是否满足要求；给出是否符合要求的结论；确定其可否作为软件开发的前提和依据。

### 【问题 2】

① 工作 B 进度正常；工作 C 延误 2 天，因其为关键工作，故影响工期 2 天；工作 D 延误 2 天，但共有 3 天的总时差，故不会影响工期，但影响到紧后工作 G 应按最早开始时间开始。

② 总工期延误 2 天。重新计算机后的网络时间参数如下图所示。

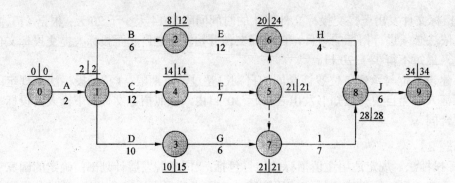

**【问题 3】**

（1）单元测试报告，包括测试记录、测试结果分析。

（2）软件问题报告单和软件修改报告单。

（3）与软件修改报告单一致的、经过修改的全部源程序代码。

（4）回归测试的测试记录和测试结果。

**【问题 4】**

不正确。

正确的做法是：承建单位提出验收申请后，监理单位（或总监理工程师）应该首先对其验收计划和验收方案进行审查。主要审查内容包括：验收目标、各方责任、验收内容、验收标准和验收方式。

## 习题 7 解答要点

**【问题 1】**

不妥当。

在分包时，还应由监理单位组织审核分包单位的相关资质是否符合项目要求。要事先征求监理的意见，而不是事后通知。

**【问题 2】**

不妥当，主要存在两个问题。

《工程暂停令》应签发给 A 公司项目组，因 B 公司项目组和建设单位没有合同关系（或 B 公司只是 A 公司的分包单位）。

显然总监理工程师知道违规操作已经造成了质量隐患，而工程质量事故发生后，总监理工程师首先要做的事情是签发《工程暂停令》。

**【问题 3】**

妥当。

实施进度控制时，可采用基本措施有：

（1）组织措施。落实监理单位进度控制人员的组成，具体控制任务和管理职责分工。

（2）技术措施。确定合理定额，进行进度预测分析和进度统计。

（3）合同措施。合同期与进度协调。

（4）信息管理措施。实行计算机进度动态比较，提供比较报告。

**【问题4】**

不妥当。监理方人员原则上不进入工程验收组，避免出现"谁监理谁验收"的状况。

正式验收的一般程序包括以下8个步骤：

（1）承建方作关于项目建设情况、自检情况及竣工情况的报告。

（2）监理方作关于工程监理内容、监理情况及工程竣工意见的报告。

（3）验收小组全体人员进行现场检查。

（4）验收小组对关键问题进行抽样复核（如测试报告）和资料评审。

（5）验收小组对工程进行全面评价并给出鉴定结果。

（6）进行工程质量等级评定。

（7）办理验收资料的移交手续。

（8）办理工程移交手续。

### 习题8 解答要点

**【问题1】**

NPVA = 8000×0.909+7000×0.826+6000×0.751+5000×0.683+4000×0.621-20000×1.0 = 7272+5782+4506+3415+2484-20000 = 3459（千元）

NPVB = 6800×(0.826+0.751+0.683+0.621)-(10000×1.0+10000×0.909) = 19590.8-19090 = 500.8（千元）

两个方案的 NPV 都大于 0，都可用，但 NPVA>NPVB，所以用 A 方案。

在计算过程中如果使用的是年金现值系数等方式，得出的数值有细微的差别，也是对的。

**【问题2】**

选择项目 A。

因为在无资金限量的情况下，利用净现值法在所有的投资评价中都能做出正确的决策。而利用内部报酬率在互斥选择决策中有时会做出错误的决定。

**【问题3】**

监理的做法不正确，签发的监理通知单也应该报建设单位（业主单位）。

需求分析的目标是深入描述软件的功能和性能，确定软件设计的约束和软件同其他系统的接口细节，定义软件的其他有效性需求。

需求分析阶段研究的对象是软件项目的用户要求。包括：必须全面理解用户的各项要求，但又不能全盘接受所有的要求；要准确地表达被接受的用户要求，只有经过确切描述的软件需求才能成为软件设计的基础。

当然如果从另外的角度考虑问题，通过分析得出监理的做法正确，而且整个分析结果很严谨，同样可以得满分。

### 习题9 解答要点

**【问题1】**

软件生存周期大致分为软件项目计划、软件需求分析、软件设计、程序编码、软件测试、运行与维护6个阶段。

**【问题 2】**

开发库、受控库、产品库。

## 习题 10 解答要点

**【问题 1】**

包括设备安装、布放线缆和缆线端接 3 个环节。

**【问题 2】**

共 5 处不正确。

规程 1：额定电压不应该高于 500V。

规程 2：管内穿线应该在建筑的抹灰、装修及地面工程结束后进行。

规程 3：不同系统、不同电压、不同电流类别的线路不可以穿在线槽的同一个孔槽内。

规程 4：管内导线的总截面积（不包括外护层）不应该超过管子截面的 40%。

规程 5：线管进入箱体，宜采用下进线或者设置防水弯以防箱体进水。

## 习题 11 解答要点

**【问题 1】**

（1）第 1 条不妥。任何工程变更要得到第三方的认可，仅有监理单位的审核、认可是不对的。

（2）第 4 条不妥。监理的质量、进度、成本、变更四大控制目标是相互联系的，让监理单位只控制一个目标是不切实际的。

（3）第 5 条不妥。监理单位作为公正的第三方，以批准的建设文件、有关的法律法规，以及监理合同和工程建设合同为依据进行监理。因此，监理单位应站在公正立场上行使自己的监理权，既要维护建设单位的合法权益，也要维护被监理单位的合法权益。

**【问题 2】**

招投标法规定，由同一专业的单位组成的联合体，按照资质等级较低的单位确定资质等级。根据这个规定，由 D 承建单位组成的联合体的资质应该按照丙公司的资质认定，故投标无效，应当取消 D 承建单位组成的联合体的投标资格。

**【问题 3】**

不合符有关规定。在确定中标人之前和中标通知书发出后，招标人不应与中标人就价格进行谈判。按照规定，招标人和中标人应按照招标文件和中标人的投标文件订立书面合同，不得再签订背离合同实质性内容的其他协议。

## 习题 12 解答要点

**【问题 1】**

有不受之处。

监理规划应该由总监理工程师组织编写、签发。

"工程专业的特点、监理控制的要点目标"这两个内容不应该包括在监理规划的内容中，应该在监理细则中描述。

监理规划中应该有"监理项目部的组织结构与人员"方面的内容。

【问题2】

D、E。

【问题3】

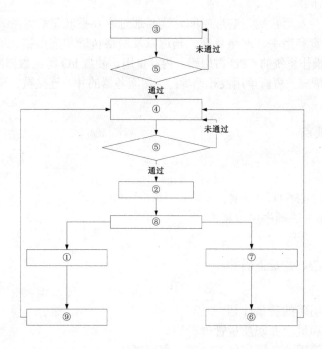

**习题 13 解答要点**

【问题1】

项目的净现值 ＝ 186.36+169.42+154.03+140.03+127.29+317.17−(345.46+330.56+6.76)
＝ 411.52 万元。

项目净现值>0，方案可行。

【问题2】

动态回收期 ＝ (8−1)+(|−32.94|/127.29) ＝ 7.26 年

【问题3】

①招投标费用　②咨询设计费用　③系统运行维护费用　④其他费用
⑤开发软件　⑥系统软件　⑦企业管理费

**习题 14 解答要点**

【问题1】

并发访问用户数、无故障稳定运行时间、大数据量操作。

【问题2】

（1）在真实环境下检测系统性能，评估系统性能是否可以满足系统的性能设计要求。
（2）预见系统负载压力承受力，对系统的预期性能进行评估。

（3）进行系统瓶颈分析、优化系统。

**【问题3】**

应重点关注客户端、网络、服务器（包括应用服务器和数据库服务器）的性能。获取的关键测试指标如下：

（1）客户端：并发用户数、响应时间、交易通过率及吞吐量等。

（2）网络：带宽利用率、网络负载、延迟以及网络传输和应用错误等。

（3）服务器：操作系统的CPU占用率、内存使用、硬盘I/O等；数据库服务器的会话执行情况、SQL执行情况、资源争用及死锁等；应用服务器的并发连接数、请求响应时间等。

### 习题15 解答要点

**【问题1】**

（1）C

（2）～（6）A、C、D、F、K

注：（2）～（6）的顺序可以换位。

**【问题2】**

②、③、⑥、⑦、⑩是正确的。

**【问题3】**

（1）是否制订明确的质量计划。

（2）是否建立和健全专职质量管理机构。

（3）是否实现管理业务标准化，管理流程程序化。

（4）是否配备必要的资源条件。

（5）是否建立一套灵敏的质量信息反馈系统。

**【问题4】**

$PV = 5000 \times 10 = 50000$

$EV = 5000 \times 8 = 40000$

$AC = 45000$

$SV = EV - PC = -10000$

$CV = EV - AC = -5000$

结论：该项目拖期，并且超支

### 习题16 解答要点

**【问题1】**

A：错　　B：对　　C：对　　D：错

**【问题2】**

有错误。

在这个情况下，错误主要有两个：

（1）监理应该与业主单位和承建单位协商确认，而不能只与承建单位协商确认。

（2）应由总监理工程师对工程延期申请予以签认。

【问题 3】

此图表明问题解决过程是平稳的。

平均积压约 20 个问题（中心线 CL 等于 20.04）。

积压问题的上控制限（UCL）约是 32，下控制限（LCL）约是 8。如果在任何点上超过了上限，那么这可能就表明问题解决过程中存在问题，也许是有一个特别棘手的缺陷耗费资源，因此导致了问题的堆积。如果想要过程恢复到原来的（特征）行为，就必须采取纠偏行动。

【问题 4】

等价类划分、边界值分析、判定表、因果图、错误推测、正交试验、流程分析、状态迁移、功能图、场景法。

## 习题 17 解答要点

【问题 1】

（1）确认信息安全管理的对象和范围。

（2）分析针对该对象的安全隐患或攻击行为和方式。

（3）划清安全管理等级，落实对应的控制措施。

（4）跟踪检查信息安全落实情况。

（5）持续改进，防漏补缺。

【问题 2】

（1）防火墙技术，防止网络外部"敌人"的侵犯。目前，常用的防火墙技术有：分组过滤、代理服务器和应用网关。

（2）数据加密技术，防止"敌人"从通信信道窃取信息。目前，常用的加密技术主要有：对称加密算法（如 DES）和非对称加密算法（如 RSA）。

（3）入侵监测和漏洞扫描技术。

（4）物理隔离技术，如网闸。

（5）访问限制，主要方法有用户口令、密码、访问权限设置等。

## 习题 18 解答要点

【问题 1】

（1）项目总进度控制。项目总监、总监代表等高层项目监理人员对项目中各里程碑事件的进度控制。

（2）项目主进度控制。主要是项目监理部对项目中每一主要事件的进度控制，在多级项目中，这些事件可能就是各个分项目。

（3）项目详细进度控制。主要是各项目监理小组或监理工程师对各具体作业进度计划的控制。

【问题 2】

（1）监控项目的进展。

（2）比较实际进度与计划进度的差别。

（3）监督修改进度计划。

**【问题 3】**

甘特图法可以比对各工作的计划进度和实际进度，能十分清楚地了解计划执行的偏差，以便于对偏差进行处理。

网络图法能过充分提示各工作项目之间的相互制约和相互依赖关系，从中找出关键路径，进行重点控制。

### 习题 19 解答要点

**【问题 1】**

不正确的是：（1）、（2）、（4）、（5）

（1）电压：180～264V。

（2）设备电力总容量是指各单位设备电力容量的总和。

（4）这些插座不宜与电源系统共用电源。

（5）配电箱的位置应尽量靠近机房，并且便于操作。

**【问题 2】**

（1）连通性测试。在光纤一端导入光线（如手电光），在光纤的另外一端看看是否有光闪即可。

（2）端—端的损耗测试。使用一台功率测量仪和一个光源，先在被测光纤的某个位置作为参考点，测试出参考功率值，然后再进行端—端测试并记录下信号增益值，两者之差即为实际端到端的损耗值，用该值与相应标准值相比就可以确定这段光缆的连接是否有效。

（3）收发功率测试。在发送端，将测试光纤取下，用跳接线取而代之，跳接线的一端为原来的发送器，另一端为光功率测试仪，使光发送器工作，即可以在光功率测试仪上测得发送端的光功率值。在接收端，用跳接线取代原来的跳线接上光功率测试仪，使发送端光发送器工作，即可以在光功率测试仪上测得接收端的光功率值。发送端与接收端的光功率之差，就是该光纤链路所产生的损耗。

**【问题 3】**

（1）网络基础平台。包括网络传输、路由、交换、接入系统、服务器及操作系统、存储和备份等系统。

（2）网络服务平台。既包括 DNS、WWW、电子邮件等 Internet 网络服务系统，也包括 VoIP、VOD、视频会议等多媒体业务系统。

（3）网络安全平台。包括防火墙、入侵监测和漏洞扫描、网络防病毒、安全审计、数字证书系统等。

（4）网络管理平台。主要指网络管理系统。

（5）环境平台。包括机房建设和综合布线系统。

### 习题 20 解答要点

**【问题 1】**

第 1 条不妥。监理单位不是本工程项目建设的最高管理者。监理单位是受建设单位委托就工程的实施对承建单位进行全面的监督、管理，是为建设单位提供项目管理服务的；建设单位在项目管理中处于主导的地位，涉及重大决策问题还必须由业主做出决定。

第2条不妥。监理单位作为项目管理服务的提供方,自然要维护建设单位的权益,但仍应是合法权益,不是所有的权益;同时作为公正的第三方,监理单位也要维护被监理方的合法权益。

第3条正确。

第4条正确。

第5条不妥。因监理单位的过失而发生重大质量事故,造成了建设单位的经济损失,监理单位应当向建设单位赔偿;累计赔偿总额不应超过监理报酬总额。

【问题2】

甲方案第5年末还款5000万元,以此为基准计算一下乙方案到第5年末的还款值。按照复利终值计算公式:

$$F=1500(1+12\%)^2+1500(1+12\%)+1500=5061.6(万元)$$

或者按照等额年金终值公式计算得出同等的数字。

结论:按照甲方案还款优。

【问题3】

(2)错。正确的是:分支电路的每一条回路都需要有独立的接地线,并接至配电箱内与接地总线相连。

(3)错。正确的是:接地电阻应小于$4\Omega$。

(4)错。正确的是:接地线不可使用零线或以铁管代替。

(6)错。正确的是:网络设备的接地系统与其他接地装置应有4m以上的间距。

### 习题21 解答要点

【问题1】

招标文件规定提交招标文件的截止日期是3月30日,与举行开标会的日期(3月31日)不是同一时间,此为不妥之处1。理由是:按照《招投标法》的规定,开标应当在招标文件确定的提交投标文件截止时间的同一时间公开进行。

E单位于2006年3月31日提交投标保证金居然被接受,此为不妥之处2。理由是:因为招标文件规定招标保证金与提交招标文件两者的截止日期是同一天(皆为3月30日)。因此,对于未能在所规定的期限内提交投标保证金的E单位的投标,招标单位视其为不响应投标即无效投标而予以拒绝。

【问题2】

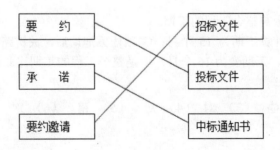

【问题3】

承建单位应承担违约责任。原因如下:

（1）事件2中的变更未经建设单位、承建单位和监理单位三方书面确认，而只有前两方的口头确认。

（2）凡变更须执行变更控制程序，经变更控制委员会批准，而事件2对这两点要求都未做到。

（3）事件2中双方未就合同变更进行书面确认，属无效变更。

（4）原合同仍有效，双方需按原合同执行。

## 习题22 解答要点

### 【问题1】

| 级联线已完成端 | | | 级联线待制作端 | | |
|---|---|---|---|---|---|
| 序号 | 已完成端线序 | 已完成端采用的标准？ | 序号 | 待制作端线序 | 待制作端采用的标准？ |
| 1 | 橙白 | EIA/TIA 568B | 1 | 绿白 | EIA/TIA 568A |
| 2 | 橙 | | 2 | 绿 | |
| 3 | 绿白 | | 3 | 橙白 | |
| 4 | 蓝 | | 4 | 蓝 | |
| 5 | 蓝白 | | 5 | 蓝白 | |
| 6 | 绿 | | 6 | 橙 | |
| 7 | 棕白 | | 7 | 棕白 | |
| 8 | 棕 | | 8 | 棕 | |

### 【问题2】

UTP 测试包括链路长度、连线长度、连通、接线方式（开路、短路、异位）、信号衰减、信号串扰、近端串扰、远端串扰、SRL、回波损耗、特性阻抗和衰减串扰比等性能指标的双向测试，所有指标应符合规范。

### 【问题3】

不妥。不妥之处在于：项目监理机构受理乙承建单位的支付申请，并签发付款凭证。理由是：建设单位与乙承建单位没有合同关系，不能向乙承建单位直接支付分包费。

## 习题23 解答要点

### 【问题1】

G 工作的拖期会影响整个工程的工期。

原因：该项目的计算工期为 15 个月；G 项任务拖期后，关键路径发生了改变，成为了 1−2−4−6−7−8，工期变为 16 个月；于是整个工程的工期比原计划推迟 1 个月。

### 【问题2】

（1）错 （2）对 （3）对 （4）对 （5）错 （6）对 （7）对 （8）错 （9）对 （10）错。

### 【问题3】

应当根据合同（包括招标文件及投标文件等）进行确认，如果在合同中明确规定提交的文件应当是中文版，则建设单位提出的要求是合理的，否则是不合理的。

### 习题 24 解答要点

**【问题 1】**

不可以。监理工程师指导承建单位进行改进设计属越位行为，其只能在自己职权范围内执行任务，不能做超出职权范围的事；而且这样做会使自己乃至监理单位承担不必要的责任。

**【问题 2】**

审查软件设计文档应该依据国家标准《计算机软件产品开发文件编制指南》中与设计相关的条款。审查的要点是：（1）审查该文档所对应的设计方案是否符合已确认的软件需求规格说明及其可能的补充说明和修改说明中的内容。（2）文档是否完整（一般包括概要设计说明书、详细设计说明书和测试计划初稿），是否具有清晰性、非歧义性和可读性等。

**【问题 3】**

验收委员会（专家组）有权：（1）要求业主单位、监理单位及承建单位对开发过程中的有关问题进行说明；（2）决定应用软件开发项目是否通过验收。

如果验收未通过，则承建单位根据验收评审意见修复有关问题后重新进行验收；或者转入合同争议处理程序。

### 习题 25 解答要点

**【问题 1】**

事件 1 中招标文件中的规定是合理的。关于招标文件中规定的投标人工期低于 16 个月的，将折算成综合报价进行评标，其后面规定提前一个月折算成 20 万元进行计算。此规定合理，因为第一点已经说明评标采用最低评标价中标的原则，也就是评标采用的是综合评标法，并且进行折算的计算方法已经公开。如果采用投标人最低报价中标，那么该规定就不合理。

《招标投标法》规定，中标人的投标应当符合下列条件之一：

（一）能够最大限度地满足招标文件中规定的各项综合评价标准；

（二）能够满足招标文件的实质性要求，并且经评审的投标价格最低；但是投标价格低于成本的除外。

**【问题 2】**

不正确。

招标代理机构的有关工作人员不应拒绝接受投标人 C 的补充材料，因为根据《招投标法》规定：投标人 C 在投标截止时间之前所递交的任何正式书面文件都是有效文件（都是投标文件的有效组成部分）。补充文件与原有投标文件共同组成一份投标文件，而不是两份相互独立的投标文件。

**【问题 3】**

A 的工期 16 个月，成本：2084.7 万元；

B 的工期 16 个月，成本：2235.51 万元；

C 的工期 15 个月，成本：2180.24 万元；

所以应选择 A 为中标单位。

## 习题 26 解答要点

### 【问题 1】

综合布线由建筑群子系统、设备间子系统、垂直子系统、管理子系统、水平子系统和工作区子系统 6 个子系统组成。

### 【问题 2】

（1）设备是否与工程量清单所规定的设备（系统）规格相符。

（2）设备是否与合同所规定的设备（系统）清单相符。

（3）设备合格证明、规格、供应商保证等证明文件是否齐全。

（4）设备等要按照合同规定准时到货。

（5）配套软件包（系统）是否是成熟的、满足规范的。

### 【问题 3】

常用的质量控制基本工具中，统计方法除排列图外还有散点图、直方图、控制图、因果分析图、检查表、流程图等。

检查表用于控制质量、分析质量问题、检验质量、评定质量。

流程图的作用是将一个过程（如测试过程、检验过程、质量改进过程等）的步骤用图的形式表示出来。

因果分析图法是利用因果分析图来系统整理分析某个质量问题（结果）与其产生原因之间关系的有效工具。因果分析图也称特性要因图，又因其形状常被称为树枝图或鱼刺图。

直方图法即频数分布直方图法，它是将收集到的质量数据进行分组整理，绘制成频数分布直方图，用以描述质量分布状态的一种分析方法，所以又称质量分布图法。

控制图又称管理图。它是在直角坐标系内画有控制界限，描述生产过程中产品质量波动状态的图形。利用控制图区分质量波动原因，判明生产过程是否处于稳定状态的方法称为控制图法。

散点图是用来发现和显示两组相关数据之间相关关系的类型和程度，或确认其预期关系的一种示图工具。

## 习题 27 解答要点

### 【问题 1】

（1）与信息系统工程建设有关的法律、法规及项目审批文件等。

（2）与信息系统工程监理有关的法律、法规及管理办法等。

（3）与本工程项目有关的标准、设计文件、技术资料等，其中标准应包含公认应该遵循的相关国际标准、国家或地方标准。

（4）监理大纲、监理合同文件及与本项目建设有关的合同文件。

### 【问题 2】

第 1 条不妥当之处在于：甲乙双方的合同中不应当涉及给第三方安排任务，根据我国合同法的相关规定，会造成该条款甚至合同无效。

第 2 条不妥当之处在于：乙方的实施方案不合理无论如何都要向甲方承担责任，至于监理方未检查出实施方案的不合理之处，需要承担责任不是本合同应当关注的问题。

【问题 3】

监理方没有责任。因为实施的直接指挥者是承建单位，而监理方只对网络系统的安装调试相关检查点进行检查，乙方当然要对违反操作规程所造成的后果负责任。

未将事故发生的情况告诉业主的做法是不正确的。监理应当将检查结果（特别是质量事故）报告给业主。

## 习题 28 解答要点

【问题 1】

关键路径是：1-2-3-5-7-8-10；

A、×　B、√　C、×　D、×　E、√

【问题 2】

正确的叙述有：（3）、（5）、（7）、（8）、（10）。

【问题 3】

该排列图的错误是：未按原因从大到小排列；未画出各项原因的累积频率曲线，未做出主、次和一般原因的 ABC 分类。

## 习题 29 解答要点

【问题 1】

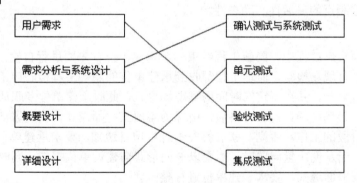

【问题 2】

（1）监督承建单位将合适的软件测试工程方法和工具集成到项目定义的软件过程中.

（2）监督承建单位依据项目定义的软件过程，对软件测试进行开发、维护、建立文档和验证，以满足软件测试要求。

（3）监督承建单位依据项目定义的软件过程、计划和实施软件的确认测试。

（4）计划和实施软件系统测试，实施系统测试以保证软件满足软件需求。

（5）软件监理组跟踪和记录软件测试的结果。

【问题 3】

构成侵权，因为甲、乙的合同约定软件著作权全部归甲方拥有，所以乙不享有该软件作品的所有权。主要依据的是《合同法》、《计算机软件保护条例》、《著作权法》。

### 习题30 解答要点

**【问题1】**

（1）D推迟了3天，E推迟了5天，G推迟了4天。

（2）41天。

（3）D会影响总工期，使总工期推迟3天。

**【问题2】**

（1）妥当。

（2）不妥当。调整后的进度计划应经项目监理机构（或总监理工程师）审核、签认。

（3）不妥当。由总监理工程师主持修订监理规划。

（4）不妥当。由总监理工程师负责处理合同争议。

**【问题3】**

当发生合同争议时，监理单位进行必要的调查和取证，了解合同争议的全部情况，及时与合同争议的双方进行磋商，提出调解方案。在调解失败的情况下，总监理工程师在规定的期限内做出监理决定，并将监理决定书面通知合同争议的双方。

### 习题31 解答要点

**【问题1】**

（1）选择的质量控制点应该突出重点。

（2）选择的质量控制点应该易于纠偏。

（3）质量控制点设置要有利于参与工程建设的三方共同从事工程质量的控制活动。

（4）保持控制点的灵活性和动态性。

**【问题2】**

（1）在工程实施过程中，隐蔽工程结束后，承建单位首先要进行自检，自检合格后，再报监理单位进行现场检验，监理工程师收到承建单位的隐蔽工程检验申请后，首先对质量证明资料进行审查，并在规定的时间内到现场检查，此时承建单位专职质检员和相关施工人员应随同一起到现场。检验合格后，由现场监理工程师或其代表签署认可，承建单位才能进行下一阶段的工作。否则，就要签发不合格项目通知，要求承建单位整改。

（2）不妥。当发现质量问题时，需要以书面形式向建设单位报告。同时，监理工程师应给承建单位发书面通知，要求承建单位进行整改。

**【问题3】**

（1）会议纪要由项目监理工程师起草，经与会各方签认，然后分发给有关单位。

（2）会议记录内容主要有会议地点及时间；出席者姓名、职务及他们代表的单位；会议中发言者的姓名及所发表的主要内容；决定事项；诸事项分别由何人何时执行。

（3）当会议上出现不同意见时，纪要中应该写清楚各方的具体意见是什么。

### 习题32 解答要点

**【问题1】**

招标分为公开招标和邀请招标。

【问题 2】

（1）B 投标单位：补正这个遗漏的页码，不会对其他投标人造成不公平的结果。这属于细微偏差，投标有效。

（2）C 投标单位：投标保证金只要符合招标文件规定的最低投标保证金，属于细微偏差，投标有效。

（3）D 投标单位：属于重大偏差，投标无效。

（4）E 投标单位：如果这个漏项对投标报价有较大影响，则属于重大偏差，投标无效。如果对投标报价没有影响或者影响很小，则属于细微偏差，投标有效。

【问题 3】

（1）招标人不应仅宣布 4 家投标单位参加投标。虽然投标单位 A 在投标截止时间前已撤回投标文件，但仍应作为投标人宣读其名称，但不宣读其投标文件的其他内容。

（2）评标委员会委员不应该由招标人直接指定，而是应该由招标人从国务院有关部门或者省、自治区、直辖市人民政府有关部门提供的专家名册或者招标代理机构的专家库内的相关专业的专家名单中随机抽取。

## 习题 33 解答要点

【问题 1】

（1）第（5）条。终端会话应以方便用户使用为目标，而不是以方便系统维护为目标。

（2）第（6）条。可以对操作员进行培训，告诉他们如何使用系统，但对于如何设计系统的，则没有必要对操作员进行培训。

（3）第（10）条。系统给用户的提示信息应该清晰明了，而不应该含糊。

【问题 2】

（1）监理单位应拒绝接受分包单位终止合同的申请，要求总包单位与分包单位双方协商，达成一致后再解除合同。而且，要求总包单位对不合格工程进行返工或整改。

（2）根据我国民法通则第 115 条的规定，合同的变更或者解除，不影响当事人要求赔偿损失的权利。

【问题 3】

支持业主的意见，按合同条款要求的质量标准进行验收。

## 习题 34 解答要点

【问题 1】

（1）SV = EV-PV = 17000－20000 = -3000。

（2）CV = EV-AC = 17000－18000 = -1000。

（3）CPI = EV/AC = 17000/18000 = 0.944。

（4）SPI = EV/PV = 17000/20000 = 0.85。

【问题 2】

帕累托图（排列图）。

【问题 3】

验收文件资料准备、验收申请由承建单位完成；验收申请的审核、签署验收申请由监理单位完成；组织工程验收由建设单位完成。

### 习题 35 解答要点

**【问题1】**

招标文件内容不妥当处包括第（6）条和第（7）条，这两条内容都属于投标文件的内容，而不是招标文件的内容。

除第（1）、（2）、（3）、（4）、（5）、（8）、（9）条已列出的项目外，还应包括拟签订合同的主要条款、工期、应遵循的相关技术标准。

**【问题2】**

选择 B 投标人为中标单位的做法不妥当。因为《招标投标法》规定：中标人的投标能够满足招标文件的实质性要求，并经评审的投标价格最低，但是投标价格低于成本价的除外。

**【问题3】**

（1）招标人对投标单位提问只能针对具体的问题做出明确答复，但不应提及具体的提问单位。因为按《招标投标法》规定，招标人不得向他人透露已获取招标文件的潜在投标人的名称、数量，以及可能影响公平竞争的有关招标投标的其他情况。

（2）于 8 月 5 日招标人书面通知投标单位，由于某种原因，决定将机房工程从原招标项目范围内删除的做法错误。根据《招标投标法》规定：招标人对已发出的招标文件进行必要的澄清或者修改的，应当在招标文件要求提交投标文件截止日期至少 15 日前，以书面形式通知所有招标文件收受人。该澄清或者修改的内容为招标文件的组成部分。

（3）由招标代理机构组建评标委员会错误，评标委员会应当由招标人组建。

（4）招标人的代表参加评标委员会的专家不得超过评标委员会总人数的 1/3，招标人代表有 2 人进入评标委员会，超过了 1/3。

### 习题 36 解答要点

**【问题1】**

（1）监理规划应由总监理工程师主持并由建设单位认可。

（2）监理规划是作为指导监理单位监理项目部全面开展监理工作的行动纲领；是信息系统工程监理主管部门对监理单位实施监督管理的重要依据；是建设单位确认监理单位是否全面认真履行监理委托合同的重要依据；是监理单位和建设单位重要的存档资料。

**【问题2】**

A、C、E 说法正确，B、D 说法错误。

**【问题3】**

（1）左边呈孤岛分布，由短期内不熟练的人员加入（替代）造成。

（2）右边接近于正态分布状态，说明测试过程是正常的稳定的，满足质量要求。

**习题 37 解答要点**

**【问题1】**

（1）监理工程师应当立即报告总监理工程师，并由总监理工程师向承建单位签发"停工令"，并报建设单位备案。

（2）监理工程师应当对进场的材料进行检查和验收，如果材料经检验合格，则由承建单位填写"复工报审表"报项目监理部审批，由总监理工程师签发"复工令"。如果材料经检验不合格，则监理工程师应以书面形式通知承建单位，不得将这批线缆使用在工程上，并汇报建设单位备案。

**【问题2】**

（1）两相对机柜正面之间的距离存在错误，正确的是：不应小于 1.5 米；走道净宽存在错误，正确的是：走道净宽不应小于 1.2m。

（2）监理工程师发现工程质量存在问题后应及时下达监理通知书，要求承建单位进行整改。

**【问题3】**

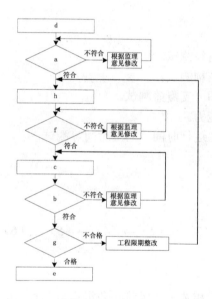

**习题 38 解答要点**

**【问题1】**

（1）总监理工程师代表岗位职责不正确的是：①、②、③；专业监理工程师岗位职责不正确的是：②、⑤、⑥。

（2）监理设施方面的描述是不正确的。监理单位应根据工程情况，配备满足监理工作需要的软硬件工具和监理设备，而不是向承建单位借用或指令承建单位提供。

**【问题2】**

《合同法》（第五十三条）规定：合同中的下列免责条款无效：

（1）造成对方人身伤害的。

（2）因故意或者重大过失造成对方财产损失的。

【问题3】

正确的解答要点是：（1）B　　　（2）D　　　（3）A　　　（4）D　　　（5）D

### 习题 39 解答要点

【问题1】

PV=180000，AC=170000，EV=160000

CV = EV-AC = 160000-170000 = -10000

SV = EV-PV = 160000-180000 = -20000

项目状况是：进度延迟、成本超支，需要改进。

【问题2】

项目工期应为 586 天。因为招标书在前、项目合同在后，根据规定应以合同中规定的工期为准。

【问题3】

（1）软件单元的功能测试。

（2）软件单元的接口测试。

（3）软件单元的重要执行路径测试。

（4）软件单元的局部数据结构测试。

（5）软件单元的语句覆盖和分支覆盖测试。

（6）软件单元的错误处理能力。

（7）软件单元的资源占用、运行时间、响应时间等测试。

### 习题 40 解答要点

【问题1】

正确的排列顺序是（1）→（3）→（2）→（4）→（5）→（6）→（8）→（7）→（9）→（10）。

【问题2】

企业资质、质量管理体系、相关项目经验、公司实力。

【问题3】

（1）招标人可以要求重新进行招标。

（2）如果重新进行招标，给投标人造成的损失不能要求招标人赔偿。虽然重新招标是由于招标人的准备不够充分造成的，但是并非属于违反诚实信用的行为，而招标仅仅是要约邀请，对招标人不具有合同意义上的约束力，招标并不能保证投标人中标，投标的费用应当由投标人自理。

【问题4】

E 单位的投标文件应当被认为无效而拒绝，因为招标文件规定的投标保证金是投标文件的组成部分。

**【问题5】**

（1）开标会由招标代理机构主持是错误的，开标会应由招标人主持。

（2）由招标代理机构组建评标委员会是错误的，评标委员会应当由招标人组建。

（3）评标委员会应由5人以上单数，而不是双数组成，招标人的代表参加评标委员会的专家不得超过总人数的1/3，招标人代表有6人进入评标委员会，超过了1/3。

### 习题41 解答要点

**【问题1】**

（1）发现机房工程存在质量隐患，承建单位乙说不负责任的做法是不对的，因为工程分包后，不能解除总承包单位的责任和义务。分包单位的任何违约行为所导致的工程损害给建设单位造成的损失，总承包单位应承担连带责任。

（2）总监签发的整改通知应只发给总承包单位，因为只有总承包单位才与建设单位有合同关系。

**【问题2】**

（1）可能使衰减和串扰大大超标。

（2）总监理工程师签发"停工令"是恰当的。

（3）总监理工程师在立即签发"停工令"前还应当征求建设单位意见。

**【问题3】**

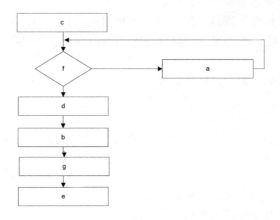

### 习题42 解答要点

**【问题1】**

（1）该网络计划的关键路径是 A→E→L→P（或者 1→2→6→8→11→12）；由此得出计算工期是22个月，与合同工期一致，因此，该网络计划是可行。

（2）工作C的最早开始时间为4，最迟开始时间为10，因此总时差为10-4=6；工作D的最早开始时间是6，因此工作C的自由时差为6-6=0。

**【问题2】**

（1）按照顺序分别是⑤，③，⑤。

（2）按照顺序分别是②，②。

## 【问题 3】

一般可分为主机区、存储器区、数据输入区、数据输出区、通信区和监控调度区等。具体划分可根据系统配置及管理而定。

### 习题 43 解答要点

## 【问题 1】

有违规之处。

按照《政府采购法》"第四十九条　政府采购合同履行中，采购人需追加与合同标的相同的货物、工程或者服务的，在不改变合同其他条款的前提下，可以与供应商协商签订补充合同，但所有补充合同的采购金额不得超过原合同采购金额的百分之十"规定，涉及安全产品的投资变化为 92 万，已经超出了 760 万×10%=76 万限定要求。

## 【问题 2】

了解变化；接受变更申请；变更的初审；变更分析；确定变更方法；监控变更的实施；变更效果评估。

## 【问题 3】

工程验收必须要符合下列要求：

（1）所有建设项目按照批准设计方案要求全部建成，并满足使用要求。

（2）各个分项工程全部初验合格。

（3）各种技术文档和验收资料完备，符合集成合同的内容。

（5）外购的操作系统、数据库、中间件、应用软件和开发工具符合知识产权相关政策法规的要求。

（6）各种设备经上电试运行，状态正常。

（7）经过用户同意。

### 习题 44 解答要点

## 【问题 1】

监理还需重点检查的测试过程包括：

（1）网络流量及路由转发能力测试。

（2）组播测试。

（3）动态路由测试。

（4）静态路由测试。

（5）端口控制功能测试。

（6）链路负载均衡。

## 【问题 2】

检测主要考虑以下技术指标：

（1）吞吐量。可以确定被测试设备（DUT）或被测试系统（SUT）在不丢弃包的情况下所能支持的吞吐速率。

（2）包丢失。通过测量由于缺少资源而未转发的包的比例来显示高负载状态下系统的性能。

（3）延时。测量系统在有负载条件下转发数据包所需的时间。

（4）背靠背性能。通过以最大帧速率发送突发传输流并测量无包丢失时的最大突发（Burst）长度（总包数量）来测试缓冲区容量。

**【问题3】**

网络应用性能测试工具包括 Network Vantage、Application Expert 和 SmartBits6000B 等。

## 习题45 解答要点

**【问题1】**

（1）任命信息中心副主任为项目领导小组组长不妥，因为企业信息化是一项复杂的系统工程，它的实施自始至终都需要企业的最高管理层的介入或授权。

（2）要求系统管理员 A 总体负责业务流程再造、组织机构的调整、业务的重新整合、培训等工作不妥，因为这涉及企业的管理变革，必须由企业的最高管理者主导，管理层参与。

（3）要求系统管理员 B 负责总体协调，负责组织各部门的信息化实施工作不妥，他没有相应的管理权限来协调这些工作。

**【问题2】**

建设单位不违约，因为合同还未成立。建设单位对生产商的回函是一个附条件的新要约，因其对生产商的要约做出了实质性变更，这一行为并不是承诺，而是一个新要约。因此，该合同没有成立，建设单位并不承担任何违约责任。

**【问题3】**

使用贷款资金购买企业生产所需原材料不妥。贷款资金专款专用。

**【问题4】**

CV=EV−AC=540−680=140（万元）

SV=EV−PV=540−640=100（万元）

CPI=EV/AC=540/680=0.794

SPI=EV/PV=540/640=0.843

## 习题46 解答要点

**【问题1】**

（1）有必要；根据《著作权法》或《计算机软件保护条例》规定，如未在合同中进行约定，该标的物的知识产权不属于买受人，即知识产权归开发单位所有或不归业主单位所有。

（2）系统内安装推广会产生歧异；对系统今后的升级维护产生影响。

**【问题2】**

不妥；根据《招投标法》规定，评标委员会可以要求投标人对投标文件中含义不明确的内容进行必要的澄清或者说明，但是澄清或者说明不得超出投标文件的范围或者改变投标文件的实质性内容。

**【问题3】**

（1）投标人资格要求是否满足工程建设需要。

（2）技术要求是否存在明显的倾向性。

（3）项目报价比重是否合理。

（4）评标标准是否合理。

（5）拟签订合同的主要条款是否适用于业主单位及项目实际（合同条款）。

### 习题47 解答要点

**【问题1】**

①、④、⑥、⑦。

**【问题2】**

（1）研究落实专家评审意见。

（2）督促承建单位完善用户业务需求分析工作。

（3）监督承建单位修改和完善软件需求规格说明书。

（4）审核承建单位修改后的软件需求规格说明书。

（5）协助建设单位重新组织需求评审。

**【问题3】**

②、③、④、⑥、⑦、⑨。

### 习题48 解答要点

**【问题1】**

不正确，验收先要经过用户同意，并包括：各个分项工程全部初验合格；系统建设和数据处理符合信息安全的要求；各种设备经加电试运行，状态正常。

**【问题2】**

（1）①、③、⑥。

（2）③。

**【问题3】**

①、③、④。

### 习题49 解答要点

**【问题1】**

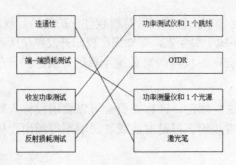

**【问题2】**

错、对、错、对、对、错、对、对。

**【问题3】**

（1）B。

（2）（d）-（f）-（a）-（g）-（c）-（b）-（e）。

**【问题4】**

（1）机柜、机架安装完毕后，垂直偏差应不大于3mm。

（2）机柜、机架安装位置应符合设计要求。

（3）机柜、机架上的各种零件不得脱落和碰坏，漆面如有脱落应予以补漆，各种标志应完整、清晰。

（4）机柜、机架的安装应牢固，如有抗震要求时，应按施工图的抗震设计进行加固。


## 习题50 解答要点

**【问题1】**

合规。

单项工程之间概算调整的数额不超过概算总投资15%，业主可自行调整。

应将调整方案上报主管部门（国家发改委）备案。

**【问题2】**

项目建设单位应在项目建设任务完成后试运行期间，组织开展该项目的信息安全风险评估工作或制定安全策略，并形成相关文档，作为项目验收的重要内容。

**【问题3】**

工程、技术、财务和档案4个方面。这些监理文件包括：

（1）监理大纲、监理规划、细则及批复。

（2）资质审核、设备材料报审、复检记录。

（3）需求变更确认。

（4）开工令、停工令、复工令、返工令。

（5）施工组织设计、方案审核记录。

（6）工程进度、延长工期、人员变更审核。

（7）监理通知、监理建议、工作联系单、问题处理报告、协调会纪要、备忘录。

（8）监理周（月）报、阶段性报告、专题报告。

（9）测试方案、试运行方案审核。

（10）造价变更审查、支付审批、索赔处理文件。

（11）验收、交接文件、支付证书、结算审核文件。

（12）监理工作总结报告。

（13）监理照片、音像。

**【问题4】**

建议项目建设单位及时向项目审批部门提出延期验收申请，经项目审批部门批准后，可以适当延期进行竣工验收。

习题 51 解答要点

**【问题 1】**

投标人 A 资质不满足招标要求。理由如下：

依据《中华人民共和国招标投标法》（或招投标法）国家有关规定或者招标文件对投标人资格条件有规定的，联合体各方均应当具备规定的相应资格条件。由同一专业的单位组成的联合体，按照资质等级较低的单位确定资质等级。

**【问题 2】**

（1）监理所建议的招标方式：竞争性谈判，理由如下：

根据《中华人民共和国政府采购法》招标后没有供应商投标或者没有合格标的或者重新招标未能成立的，可以依照本法采用竞争性谈判方式采购。

（2）单一来源采购。

**【问题 3】**

可以拒绝。理由如下：

乙公司未按政府采购投诉程序（先质疑后投诉）进行；丁公司未参与项目投标。

习题 52 解答要点

**【问题 1】**

③审核实施进度计划。

**【问题 2】**

④ 网闸。

**【问题 3】**

②、⑤、⑥、⑧。

**【问题 4】**

③ 多节点工作。

② 总监理单位+下属工作部实施。建议如下：

a. 建议业主单位制定统一的标准，指导各节点的实施工作。

b. 建议业主单位合理划分行政区域，便于分组开展工作。

c. 建议业主先期选取部分试点单位开展工作，总结相应的经验与教训，形成规范的总结报告，提炼出可行的方法与措施，然后进行推广（先试点后推广）。

d. 建议业主引入总集成商，做好统一协调各承建单位的工作。

e. 建议业主做好文档管理工作，保证项目档案的完整性、可追溯性，也为后续验收及移交创造好的条件。

习题 53 解答要点

**【问题 1】**

A、E、F、K、L、M、N。

**【问题2】**

（1）审查第三方测试机构资质。

（2）审查第三方测试方案。

（3）督促测试中发现问题的解决。

（4）确认测试报告。

### 习题 54 解答要点

**【问题1】**

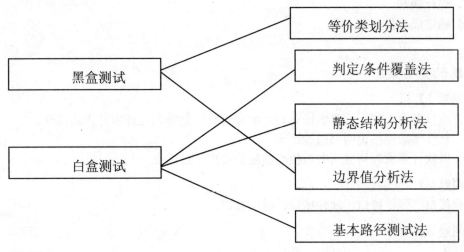

**【问题2】**

| （1） | （2） | （3） | （4） | （5） | （6） | （7） | （8） | （9） | （10） |
|------|------|------|------|------|------|------|------|------|-------|
| 错 | 对 | 错 | 错 | 对 | 对 | 错 | 错 | 错 | 对 |

### 习题 55 解答要点

**【问题1】**

（1）协助建设单位确定招标方式。

（2）协助建设单位编制招标文件。

（3）参与和见证开评标过程。

（4）参加合同谈判和签订工作。

**【问题2】**

建设单位应按照财政部关于进口产品采购管理办法的要求，履行有关报批手续。步骤如下：

（1）建设单位应组织专家进行论证，形成进口产品专家论证意见。

（2）建设单位应将专家意见和有关申请材料报行政主管部门审核。

（3）行政主管部门出具审核意见，并附建设单位上报材料，报财政管理部门批准。

**【问题3】**

（1）审核测试单位资质。

（2）审核选型测试方案。

（3）跟踪项目测试过程。

（4）审核测试报告。

**【问题4】**

合理，流程如下：

（1）成立谈判小组。

（2）拟订谈判文件。

（3）确定邀请参加谈判的供应商名单。

（4）进行谈判。

（5）确定成交供应商。

## 习题 56 解答要点

**【问题1】**

（1）项目开发计划、质量保证计划、配置管理计划等通过评审并正式批准。

（2）软件需求规格说明书通过评审。

（3）以软件需求规格说明书为核心的配置管理基线建立。

**【问题2】**

用户接口、硬件接口、软件接口、通信接口。

**【问题3】**

（1）B。

（2）B、C、D。

## 习题 57 解答要点

**【问题1】**

×、×、√、×。

**【问题2】**

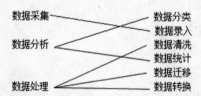

**【问题3】**

（1）完成系统内部联调测试。

（2）做好系统的文档整理。

## 习题 58 解答要点

**【问题1】**

（1）D。

（2）C。

（3）正确。因为屏蔽室建设需要特定资质的单位才能承担。

**【问题 2】**

不正确。只有经过专业机构对屏蔽室进行全面检测、鉴定后，才能进行验收，监理不能擅自同意通过验收。

**【问题 3】**

①、③、④、⑥、⑧

**习题 59 解答要点**

**【问题 1】**

（1）系统功能、性能是否符合需求规格说明书的要求。

（2）系统数据处理是否正确。

（3）界面是否友好，是否容易操作。

（4）系统是否易于维护。

（5）系统是否具有较好的可靠性。

**【问题 2】**

（1）项目建设总结。

（2）初步验收报告。

（3）财务报告。

（4）审计报告。

（5）信息安全风险评估报告、安全保护等级备案证明、安全等级测评报告。

**【问题 3】**

不妥。原因如下：

（1）中央政府投资项目后，评价工作的委托方为国家发改委，而非项目建设单位。

（2）不得委托参加过同一项目前期工作和建设实施工作的工程咨询机构承担该项目的后评价任务。